KB130250

미국 명작의 고향을 순례하다

12인 작가의 숨결을 찾아

문장호 지음

도서출판 청어

미국 명작의 고향을 순례하다

문장호 지음

발행처 · 도서출판 **청어**
발행인 · 이영철
영　업 · 이동호
홍　보 · 최윤영
기　획 · 천성래 | 이용희
편　집 · 방세화 | 이서윤
디자인 · 김바라 | 서경아
제작부장 · 공병한
인　쇄 · 두리터

등　록 · 1999년 5월 3일(제22-1541호)

1판 1쇄 인쇄 · 2015년 7월 1일
1판 1쇄 발행 · 2015년 7월 10일

주소 · 서울 서초구 효령로55길 45-8
대표전화 · 586-0477
팩시밀리 · 586-0478

홈페이지 · www.chungeobook.com
E-mail · ppi20@hanmail.net
ISBN · 979-11-86484-20-3(03810)

이 도서의 국립중앙도서관 출판시도서목록(CIP)은 서지정보유통지원시스템 홈페이지(http://seoji.nl.go.kr)와 국가자료공동목록시스템(http://www.nl.go.kr/kolisnet)에서 이용하실 수 있습니다.(CIP제어번호: CIP2015014225)

미국 명작의 고향을 순례하다

12인 작가의 숨결을 찾아

글을 시작하면서

2012년 9월에 영미문학여행을 하기로 마음먹고 우선 영국부터 시작하여 2014년 3월에 『영국 명작의 고향을 순례하다』를 출간하였다. 이번 미국문학여행은 그 후속편인 셈이다.

영국과 미국은 무슨 연유인지 나의 의지와는 상관없이 인연을 만든 나라들이다. 떠밀려가듯 영문학과에 입학한 것이나, 그 후 영국과 미국에서 10여 년을 생활을 하고, 큰딸아이는 미국인이 되어 미국에서 살고 있는 것 등을 보면 나와 운명적인 관계이다. 그 운명을 따라 이번에는 미국작가들 12명의 흔적을 찾아 헤매었다.

필자가 30여 년 전 런던에 살면서 언젠가 본격적인 문학여행을 하리라 마음먹고, 오랜 세월이 흐른 뒤에 영국편에 이어 미국편까지 책을 내게 되었다는 데에 뿌듯함을 느낀다.

미국문학여행은 작가의 집들이 전역에 분산되어 있어, 광대한 미국을 그것도 캐나다와 쿠바까지 방문하기가 쉽지 않았다. 한 번에 몰아서 하기가 거의 불가능하여 여러 번 미국을 방문하였다.

필자는 이런저런 이유로 미국을 한 해에 한두 차례 방문하는데, 그때마다 한두 곳을 여행하였다. 비행기와 자동차로 다니는 여행이기에 미국은 필자에겐 꽤 익숙한 나라이긴 하지만, 그래도 낯선 고장을 찾아간다는 것은 항상 긴장되었다.

이번 여행의 압권은 미국 최남단 플로리다의 키웨스트를 비롯하여 쿠바까지 네 곳에 흩어져 있는 헤밍웨이의 흔적을 찾아가는 것이었다. 특히 『노인과 바다』의 배경이 된 쿠바 여행은 가장 인상적이다. 다행히 미국 동부 뉴잉글랜드 지역에 많은 작가들의 흔적이 모여 있어 그나마 조금은 도움이 되었다. 2012년의 9월에 시작하여 2014년 11월에 끝냈으니 약 2년여의 시간이 걸린 셈이다.

미국편에 있는 작가는 지난 영국편과 같이 일반 독자들의 선호도를 참작하여 필자가 좋아하는 작가 위주로 선정하였다. 에머슨을 비롯하여 『주홍글씨』의 호손, 『바람과 함께 사라지다』의 미첼, 그리고 스타인벡까지 출생연대순으로 모두 12명의 작가들을 선정하였다. 일반 기행문과는 다르게 문학 기행문으로서의 느낌을 살리기 위해 노력하였다. 특히 작가의 삶, 작품 배경 등을 자세히 다루어 작가에 대한 이해와 감상을 하려고 했다. 그렇다고 전문적인 작가 평론은 아니다.

나이가 들면 좀처럼 새로운 게 없다. 그게 그것이다. 낯선 곳으로 떠나는 것은 새로운 것을 찾는 것이 된다. 익숙한 곳을 떠나 낯선 곳으로 여행을 하자. 여행은 즐기면서 배우는 일상적인 사건이며 살아있다는 증거가 된다. 그래서 '은퇴 후 맞는 제2의 인생에서 가장 큰 행복은 여행이다' 라고 감히 말하고 싶다.

필자에게 왜 작가의 집을 찾아다니는가 하고 묻는 이가 많이 있다. 그런 분들에게 아래의 글을 답장으로 내놓는다. 답이 되었으면 좋겠다.

작가의 집을 찾아 가는 이유

작가의 집 견학은 16세기부터 상류층 자제들의 유럽일주 필수 코스였다. 18세기부터는 영국 스트랫포드 어픈 에이븐에 있는 셰익스피어 집을 방문해 기념품을 살 수 있었다. 지금은 최대의 관광지이다. 스코틀랜드, 월터 스콧경의 애버츠포드는 1832년 사망 직후 집이 공개되자 많은 관광객이 구경하러 몰려들었고, 『폭풍의 언덕』으로 알려진 브론테 자매들의 호워스의 집도 1928년에 공개된 이래 연일 북적이고 있다. 프랑크푸르트의 괴테 생가는 이미 1863년부터 유명 관광지가 되었다. 위에 언급한 곳들이 오늘날에는 한국 여행사의 여행상품이 되었다.

미국 매사추세츠의 피츠필드에 있는 『백경(白鯨, Moby Dick)』의 작가인 허먼 멜빌의 애로우헤드 집에는 많은 이가 그레이록 산등어리 풍경을 보러 온다. 멜빌이 글을 쓰던 2층 서재에서 이 산등선을 바라보면 산이 고래 등처럼 보인다고 하여, 은퇴 후 이곳을 찾아온 노인들이 하얀 고래의 모습을 떠올려 준 그레이록 산등성이가 창밖으로 내다보이는 2층 서재에 서서 울음을 터뜨리는 모습을 종종 목격한다.

미국의 문학 담당 고교 교사들 중 상당수는 은퇴 후 키웨스트에 있는 헤밍웨이 기념관에 가보기 위해 박봉에서 조금씩 떼어내어 적금을 붓는다고 한다. 그들에겐 헤밍웨이 집 방문은 순례이다. 헤밍웨이가 쓰던 타자기를 20달러 줄 터이니 한번 치게 해달라는 은퇴 노인들도 많다.

우리는 종종 작가의 집에 가서 당시의 모습이 어떠했는지 보고 싶어 한다. 그리고 그곳에서 당시 작가가 무슨 생각을 했는지 어떤 행동을 했을지 상상해보고 공감하려 한다. 죽은 작가의 집에는 그의 역사와 생애가 보존되어 있다. 사람들은 작가가 창조한 세계에 가까이 다가가고 싶어 하고 작가에게 닿고 싶어 한다.

작가의 집은 어떤 의미에서는 작가가 쓴 글과 같다. 그래서 우리는 작가의 집을 찾는다.

문장호

차례

Contents

차례

Contents

10 어니스트 헤밍웨이 —『노인과 바다』 • 198

Ernest Hemingway, 1899~1961

11 쿠바 • 254

– 가난이 행복한 나라

1
콩코드 작가들

랠프 에머슨(Ralph Waldo Emerson, 1803~1882): 「콩코드 찬가」
헨리 소로(Henry David Thorough, 1817~1862): 『월든-숲속의 생활』
루이자 앨콧(Louisa May Alcott, 1832~1888): 『작은 아씨들』

Concord

매사추세츠 주 콩코드는 보스턴에서 서북쪽으로 20여 마일 떨어진 자동차로 30분 정도 걸리는 보스턴 외곽도시로, 조용한 마을 같은 분위기가 감돈다. 인근 뉴햄프셔 주의 주도가 콩코드로 동명이어서, 고속도로의 도로표시판에는 뉴햄프셔의 콩코드가 나와 있어 자칫 그쪽으로 갈 뻔했다.

콩코드는 우리에게는 다소 생소한 곳이지만 미국에서 관광객이 많이 모이는 곳 중 하나다. 뉴잉글랜드 지방을 여행하는 사람이면 한번 가볼 만한 곳이다. 이 콩코드가 유명한 것은 우선 미국 독립전쟁의 첫 발발지이기 때문이다.

노스 브리지 교전

— 콩코드 찬가, 그리고 보스턴 마라톤 대회

콩코드의 중심광장인 모뉴먼트 스퀘어에서 북쪽으로 모뉴먼트 스트

노스 브리지: 콩코드 교전이 벌어졌던 장소. 이 다리를 경계로 영국군과 시민군이 서로 대치했다.

리트를 따라 올라가면 국립역사공원으로 지정된 넓은 공원이 나오고, 이 녹지공원 한가운데로 물 맑은 콩코드 천이 흐르는데 그 위에 조그만 다리가 걸려있다. 바로 이 다리가 그 유명한 올드 노스 브리지다. 관광객들이 몰려와 이 다리 위를 서성댄다.

콩코드는 미국이 영국으로부터 독립하는 전쟁을 일으키게 된 계기를 제공했던 고장이다. 그 유명한 보스턴 차(茶) 전쟁이 이곳 콩코드에서 일어난 것이다. 미국시민들이 차에 부과한 세금을 납부하길 거절하며 차를 바다에 버리기까지 하자 이에 영국왕실에서는 군대를 파견하여 이들을 다스리려 했다.

그 당시 미국시민 지도자 존 헨콕과 새무얼 애덤스 등은 민병대를 조직하여 영국에 저항하였다. 민병대 무기고가 콩코드에 있다는 정보를 얻은 영국군은 무기를 압수하고자, 1775년 4월 18일 저녁에 영국군대 3개 중대가 보스턴에서 콩코드로 진격해 갔다.

이를 알리려고 보스턴 올드노스 교회의 첨탑에 2개의 등이 켜졌다. 그리고 보스턴 항구에서 망을 보던 미국시민군 폴 리비어가 콩코드까지 달려가 영국군이오고 있다는 것을 알렸다. 폴 리비어가 달린 이 코스가 바로 보스턴 마라톤 코스가 되었다. 보스턴에서 영국군이 오고 있음을 안 시민군이 바로 이 다리에서 영국군을 기다리고 있었던 것이다.

1775년 4월 19일, 영국군과 시민군이 서로 대치하던 중 영국군이 먼저 발포하자 시민군이 응사하면서 시민군 8명이 죽고 영국군도 수 명의 사상자를 냈다. 불과 몇 분 만에 끝난 교전이었지만 이것이 미국이 영국과 독립전쟁을 하게 된 역사적인 사건이다.

1775년 4월 19일을 기념하기위해 1896년에 이 날을 애국자의 날로 지정하고, 매년 4월 셋째 월요일에 보스턴 마라톤 대회를 개최하고 있다. 마침 필자가 콩코드를 4월 19일에 방문하였는데 4월 21일이 바로 셋째 월요일이었다. 보스턴 마라톤 대회 때문에 주말에 많은 사람이 미국 각지에서 모여 들었다. 호텔에서 필자에게 보스턴 마라톤에 참가하러 왔느냐고 물었다.

노스 브리지 앞에는 그 당시의 교전을 기념하는 오벨리스크 모양의 돌로 된 기념비가 서 있다. 1836년에 세운 것으로, 이때 에머슨이 헌정한 시가 바로 「콩코드 찬가」이다. 기념비는 미국의 독립과 자유의 상징이다. 1875년에 이 기념비 건너편에 '미니트맨' 이라 불리는 콩코드 시민군의 동상이 세워졌는데, 이 동상받침대에 에머슨의 「콩코드 찬가」가 새겨져 있다.

콩코드 교전 기념비: 1775년 콩코드 교전을 기념하는 오벨리스크 모양의 돌로 된 비석이 1837년에 세워졌다. 이때 에머슨이 헌정한 시가 「콩코드 찬가」이다.

콩코드 교전의 민병대였던 미니트 맨 동상: 밑바닥에 에머슨의 「콩코드 찬가」가 새겨져 있다.

'미니트맨' 은 미국 독립전쟁 당시 소집나팔에 즉각 응하던 긴급소집 민병을 가리키는 칭호였다. 미국은 이들 미니트맨의 용기와 희생으로 자유로운 민주국가로 독립하였던 것이다. 그래서인지 이 미니트맨 동상이 2차 대전 때에는 미국의 심벌로 쓰였을 정도로 미국인의 정신적 지주 역할을 했다.

「콩코드 찬가」는 노스 브리지 위에서 벌어진 미국 독립전쟁의 서전을 기리기 위한 기념 시이긴 하지만, 미국인들에게는 그들의 정체성을 찾아주는 시로서 널리 읊어지고 있다. 그래서 대부분의 미국 교과서에는 이 시가 실려 있다.

노스 브리지는 에머슨이 그의 시 「콩코드 찬가」에서 '세월이 낡은 다리를 쓸어 갔다' 고 노래했듯이 이미 에머슨 시절에는 없어져 버렸던 다리였다. 그 후 1954년에 시멘트 콘크리트로 재건되었다가 최근에 다시 참나무로 복원해 놓았다.

'적군은 그 후 오래 고요히 자고 있다 / 승리자도 고요히 자고 있다' 라고 시작되는 「콩코드 찬가」는 숭고한 애국 충정의 표현이다. 이 시에는 적에 대한 적개심은 없고 오히려 동정이 깃들어 있다. 더욱 감격하게 하는 것은 기념비 가까이 놓여있는 영국 병사들을 위한 조그만 돌 비석이다. 여기에도 미국국민의 아량과 인정미가 흐르고 있다. 조그만 바위 돌에 새겨진 글을 소개한다.

영국 병사 추모 돌비석: 콩코드 교전에서 사망한 영국 병사들을 추모한 글을 새겨 놓았다.

영국 병사의 무덤

그들은 3천 마일을 와 여기서 죽었다
과거를 옥좌(왕실) 위에 보존하기 위해서
대서양 건너 아니 들리는
그들 영국 어머니의 통곡소리

올드맨스

노스 브리지 부근 녹지공원 안에 '올드맨스' 라는 구 목사관이 있다. 지금은 박물관으로 운영되고 있지만 목사였던 에머슨의 조부가 지은 집으로, 한때 『주홍글씨』의 호손이 세를 들어 소피아와 갓 결혼한 후 신혼 생활을 시작한 곳이기도 하다.

구 목사관(올드 맨스): 결혼 직후 아내 소피아와 함께 에머슨의 집인 이곳에 세 들어 살면서 『올드 맨스의 이끼』를 썼다.

에머슨의 조부와 구 목사관에 사는 사람들은 창문을 통해 영국군과 미국군이 싸우는 장면을 볼 수 있어 역사의 증인이 되었다. 에머슨은 이 집에서 그의 명저 『자연론』을 집필하기 시작하였으며, 탈고는 렉싱턴 로드의 옆 캠브리지 턴파이크에 있는 그의 집에서 했다.

콩코드 문인 그룹

숲으로 둘러싸인 조용한 마을 콩코드에 많은 관광객들이 모여드는 또 하나의 이유는 19세기 중엽 '뉴잉글랜드의 개화파'라 불린 일련의 문객들이 모여 있었기 때문이다. 그 이후에도 많은 문인들이 배출되어 콩코드를 고향으로 삼고 있는, 책을 출판한 작가가 이백 명이 넘는다고 한다.

콩코드에는 작가의 집 박물관이 사방에 있다. 모두 5곳이나 된다. 이 집들을 보러 작가들이 살아있던 1840년대부터 사람들이 모여들었다. 그도 그럴 것이 당시 위대한 초월주의자들, 랠프 월도 에머슨, 헨리 데이비드 소로, 브론슨 올컷, 그리고 그의 딸 루이자 메이 올컷(『작은 아씨들』의 작가), 『주홍글씨』의 너대니얼 호손 등이 모두 이웃하여 살며 내왕했던 것이다.

1890년대가 되자 콩코드는 유럽 대륙의 어느 곳보다 많은 문학여행자들이 모여들어 또 다른 미국판 스트랫퍼드(셰익스피어 고향으로 세계 최대의 문학 관광지)가 되었다고 할 정도였다.

이곳 콩코드에 모여 서로 친교를 나누며 작품 활동을 한 콩코드 그룹이 낳은 문학적 결과들은 영국의 블룸즈베리 그룹(소설가 버지니아 울프와 이엠포스트, 미술평론가 로저 프라이, 경제학자 존 케인스 등이 속했던 모임 이름이자 지역 이름)에 못지않은 인간적, 문학적 교류의 결과물이었다고 본다.

에머슨 하우스

콩코드 그룹의 중심인물은 아무래도 에머슨이라고 할 수 있다. 그는 이 마을의 다른 작가들을 도와주고 후원해주었다. 너대니얼 호손(『주홍글씨』)의 집세를 내주고, 루이지 올컷(『작은 아씨들』) 집에 슬쩍 현금뭉치를 놓고 가고, 헨리 소로(『월든』)를 오랫동안 자신의 집에서 살게 해 주었다.

에머슨은 철학자로서 미국의 정체성을 형성하는데 큰 영향을 미쳤다. 진실을 이해하기 위한 방법으로 직관을 지지하는 철학을 발전시켰다. 또한 그는 전통적인 사상에 도전하는 시인이자 수필가이기도 했다. 그의 저서 『자연론』이 대표적인데 시인으로서도 명성을 날려 올드 노스 브리지 사건을 기린 기념비에 새길 「콩코드 찬가」란 시를 남겼다.

오늘날에도 콩코드는 문학여행 뿐만 아니라 미국의 정체성을 추구하는 미국인들에게는 고향 같은 곳으로, 많은 학생들이 수학여행을 오는 곳이다.

시내를 빠져나와 렉싱턴 로드 쪽으로 가다 케임브리지 턴파이크 길 초입에 에머슨 하우스가 있다.

에머슨 하우스: 에머슨은 이 집에 32세에 이사와 79세에 죽는 날까지 살았다.
이 집에서 『자연론』을 썼다.

에머슨 가는 7대에 걸쳐서 성직을 이어온 개신교 목사 집안이었다. 에머슨은 보스턴에서 태어났고 자랐지만(하버드 대학 출신) 자주 콩코드에 있는 조부의 구 목사관에서 지냈다.

1835년에는 리디아와 재혼하면서 이 집을 사서 살기 시작하여 죽을 때까지 이 집에서 47년을 살았다. '시인은 시골에 살아야만 한다. 노을과 강, 그리고 숲의 풍경이 친구가 많은 도시보다 더 중요하다' 라고 믿었기에 보스턴을 떠나 콩코드로 왔고, 도시를 떠나기 전 그는 '안녕, 자부심 강한 세상이여! 나는 고향으로 간다' 라고 했다.

에머슨의 집은 일종의 사교의 요충지이자 휴양지였다. 많은 저명한 문학가, 예술가, 정치가들이 찾아오면서 미국 문학의 중심이 되었다. 롱펠로우, 애거시스, 휘티어, 휘트먼, 존 브라운, 하트 제임스 등…….

에머슨은 이 집에서 『자연론』 집필을 마쳤다. 에머슨 후손이 아직도 이 집을 소유하고 있으며, 산책 지팡이, 실내복, 모자 등 몇몇 복제되지 않은 물건들이 보관되고 있다. 방 안의 가구 등 대부분의 물건들은 복제품들이고, 진품은 건너편 콩코드 박물관에 보관되고 있다.

응접실에는 영국의 칼라일의 초상화가 걸려있었다. 그 아래에는 에머슨이 편지에서 오려내 붙인 칼라일의 서명이 붙어 있었다. 필자는 그걸 한참 바라보면서 문학계 인맥을 자랑하고 싶어 했던 에머슨의 모습을 상상해 보았다. 그도 속세를 벗어나지 못하고 있었구나 하는 생각에 초월주의, 자연주의를 주창한 그의 논리와 실체와의 괴리를 느꼈다.

뉴잉글랜드의 명문가의 집답게 이 집은 규모도 크고 분위기가 우아했다. 지금은 후손의 소유인 채 길가에 외따로 서서 '평범한 생활에 고상한 생각' 을 하던 자리를 그의 독자들에게 구경시켜 준다.

콩코드 박물관

에머슨의 집 길 건너 바로 맞은편에 있는 시립 콩코드 박물관에는 복제품이 아닌 에머슨의 서재가 그의 제자격인 헨리 소로의 방과 함께 원형대로 옮겨져 전시되고 있다.

그런데 필자의 눈을 끄는 것이 에머슨과 소로는 나이가 열네 살이나 차이가 나지만 같은 길을 가는 동지이자, 스승이요, 하버드 동문의 절친한 사이임에도 생활하는 방식은 서로 달랐다는 것이다. 달라도 너무 달랐다 에머슨은 부유한 명망가답게 호화스러운 가구와 살림살이의 방에서 생활을 하였고, 소로는 조그만 침대 하나와 주워온 나무판으로 만든 듯한 아주 작은 책상을 쓰고 있다.

에머슨 후손이 소유하며 운영하는 에머슨의 집에서 보관하는 것보다는 시립 공공 박물관에서 잘 관리하는 것이 좋다고 보고 박물관에다 진품을 옮겨놓은 것으로 보인다. (실제 그의 집에는 모조품이 진열되어 있다) 그가 무릎에 받침을 놓고 글을 쓰던 흔들의

콩코드 박물관: 에머슨과 소로의 기념관이 되어 에머슨의 소장품(진품)들을 전시하고 있다 소로의 기념 코너도 있다.

자, 그가 죽던 해의 달력 등…….

콩코드 박물관에는 에머슨 외 콩코드 출신의 작가들에 관한 것들이 전시되어 있었고, 정면에 에머슨의 동상이 서 있다.

에머슨과 소로의 서재 비교: 에머슨의 호화스러운 가구와 소로의 청빈한 살림살이가 대조적이다.

사실 필자에게 에머슨하면 금방 떠오르는 것은 「무엇이 성공인가」라는 시이다. 이 시가 인기 작가 류시화 시인의 번역본으로 유명해졌기 때문이다. 그러나 류시화 시인은 이 시를 에머슨이 쓴 것으로 잘못 알고 있는 것 같다. 원래 이 시는 1904년에 베씨 앤더슨이라는 미국의 이름 없는 시인이 쓴 시이다. 이 시는 100단어 내외로 '성공이란 무엇인가'를 정의하라는 어느 잡지사의 에세이 콘테스트에서 일등상을 받은 작품이다. 어쩌다 미국 일간지의 인생 상담 코너에서 시인의 이름이 에머슨으로 잘못 알려졌다. 그래서인지 아직도 인터넷에는 에머슨의 시라고 떠돌고 있다. 에머슨의 작품이 아니지만 시가 좋아 한번 소개하고자 한다.

무엇이 성공인가

이런 사람이야말로 성공한 사람

잘살고 자주 웃고 많이 사랑한 이

순수한 여인의 신뢰를 누린 자

현명한 이들의 존경과 어린이들의 사랑을 얻은 자

자기자리를 충만히 채우고 맡은 바 일을 다 한 사람

더 나은 양귀비꽃이든 한 편의 완벽한 시 혹은 한 영혼을 구하는 일이든

자기가 태어났을 때보다 이 세상을 좀 더 낫게 만들고 떠나는 사람

이 땅의 아름다움을 늘 잘 알고 그것을 기꺼이 표현하는 사람

타인에게서 항상 장점을 보며 자신의 최선을 그들에게 내어주는 이

그이의 삶이 하나의 영감이었으며

그이의 기억은 하나의 축복이리라

에머슨은 여러 명언들을 남겼는데 그 중 행복에 대한 글이 마음에 와 닿는다. '행복은 내 몸에 몇 방울 떨어뜨려줘야만 남에게 묻혀 줄 수 있는 향수 같은 것.'

월든 호수와 숲

법정 스님이 헨리 소로를 좋아해 이곳 콩코드의 월든 호수를 방문한 적이 있다고 해서 많은 호기심이 생겨 여기에 와보고 싶었다. 법정 스님은 소로가 쓴 『월든-숲속의 생활』을 주위 분들에게 읽어볼 것을 권유했다고도 한다.

콩코드 마을 남쪽으로 월든 스트리트를 따라 가다가 126번 국도에 들어서면 바로 월든 숲이다. 숲 가운데 월든 호수 주립공원 표시판이 있고

◀ 소로의 숲속 오두막집을 주차장 모퉁이에 재현해 놓았다. 견학 온 학생들이 몰려 있다.
▶ 오두막집 내부 살림살이 도구: 최소한 필요한 살림살이뿐이다.

그 공원 안으로 들어가면 커다란 주차장이 있다. 이 주차장 안 모퉁이에 소로의 움막을 재현해놓은 조그만 10평 남짓의 집이 있다. 그 안에 소로가 쓰던 가구와 집기 등을 그대로 모방해 놓았다.

원래 소로의 움막이 있었던 곳에 그대로 재건해놓지 않고 주차장 한 모퉁이에 세워 놓은 것은 조용하고 경건한 분위기를 필요로 하는 장소에 움막을 재현해 놓으면 수많은 방문객들로 붐벼 그 분위기가 훼손될 것을 우려하여 그랬다고 보아진다.

안내판을 따라가다 보면 호숫가가 나온다. 모래사장이 호숫가를 빵 둘러 있는 훌륭한 수영장이었다. 여름철에는 많은 방문객들이 수영을 즐긴다고 한다. 작은 나무 표지판을 따라 구불구불 가다보니 소로가 움막을 짓고 2년을 혼자 살면서 숲 속의 생활을 기록한 자리가 돌무더기로 표시되어 있다. 이 움막에서 소로는 『월든-숲속의 생활』을 집필하였다.

소로는 마을 즉 속세를 떠나 자연으로 들어가, 세상의 기성 틀을 벗어나서 자유를 추구하며 즐기는 삶을 살아보려고 했다. 최소한의 생활비

월든 호수: 모래사장이 호숫가를 뺑 둘러 있어 여름에는 훌륭한 수영장이 된다.

를 벌기위해 가끔 마을로 나와 노동을 했다. 이 움막을 지은 숲속의 땅은 바로 에머슨의 소유였고 이 움막에는 최소한의 집기 즉, 나무책상, 나무침대, 냄비뿐이었다.

소로가 숲 속으로 간다고 했지만 에머슨의 호화스런 집에서 불과 2마일 떨어진 곳이라 완전히 속세를 떠나 산 속으로 입산했다고 보기는 좀 맞지 않는 것 같다.

하지만 소로가 대단하다고 평가를 받은 것은 그가 명문 하버드 대학을 나온 젊은이로써 세속적인 출세를 버리고 맨몸으로 자연과 함께한 삶을 시도했다는 점이다.

소로가 죽은 지 1년밖에 안 된 1863년에 월든은 성지가 되었다. 소로가 마흔넷에 요절했으니 더욱 낭만적이었다. 그러나 소로를 기리는 기

월든 숲속 길: 헨리 소로가 속세를 떠나 자연으로 들어가는 숲속의 길이다.

념물이 없어 뭔가 있었으면 하던 차에, 비석은 적절치 못한 것 같아 콩코드의 또 하나의 철학 교육자인 브론슨 올컷(루이자 올컷의 아버지)의 제안으로 돌무더기를 소로의 움막 터에 쌓기 시작했다.

돌멩이 하나에 자기 이름을 쓰고 그곳에 놔두었다. 원래 돌무더기는 영국의 스코틀랜드와 웨일즈에서 유래한 전통으로, 위인을 존경하는 마음으로 돌멩이를 조금씩 쌓으면 고인의 위대한 정도에 따라 더미의 크기가 커진다는 것이다.

그런데 이곳 순례자들이 움막이 있던 자리에서 뭔가 가져가곤 하여 많은 사람들이 오는 데에도 불구하고 돌무더기가 별로 쌓여 있지 않았다. 필자도 소로를 기리는 마음으로 돌 하나를 맨 위에 올려놓았다. 비싼 예술가의 조각상보다 거친 돌멩이들이 소로를 기리는 데는 더 적절한 기념물이라는 생각이 들었다.

월든 호수는 콩코드의 모든 문학 사적지 가운데서 가장 많은 방문객이 찾는 곳이다. 1차 세계대전까지는 연간 3만 명이 다녀갔다. 1970년에는

◀ 소로가 오두막집을 짓고 2년을 생활했던 자리: 방문객들이 소로에 대한 존경의 표시로 쌓아올린 돌무더기.
▶ 헨리 소로의 오두막집 자리: 돌비석으로 자리표시를 해놓았다. 이곳에 오두막집을 짓고 살면서 『월든-숲속의 생활』을 썼다.

50만 명이 되었다. 필자가 방문 했을 때에도 한 무리의 고등학교 학생들이 단체로 교사 인솔 하에 견학을 하고 있었다.

요새 말로 힐링 코스로 월든을 방문하고 있었다. 콩코드 시내에서 호수까지 걸어가서 돌무더기에 돌 하나를 놔두고 시내로 다시 걸어오는 코스이다. 시내에서 숲을 지나 호수가 오솔길을 따라 가는 길이 소로가 했듯이 깊은 사색을 즐기며 자연과 함께하는 길인 것 같다.

소로는 이 길을 그의 시 「길」의 첫 구절에서 '지금 나는 꼬불꼬불 하고 건조하고 인적 없는 낡은 길을 그리워한다', 그리고 마지막 구절에서는 '지구의 가장 멀리 떨어진 곳까지 갈 수 있는 길' 이라고 읊고 있다.

그러나 많은 방문객들이 몰려들자 자연 훼손을 우려하는 주장이 나왔고, 이에 유명한 록 그룹 이글스의 돈 헨리가 월든 호수를 보존하자는 운동을 시작하여 수백만 달러의 기금을 모았다. 1998년 클린턴 대통령 부부도 그 운동에 동참 하였고, 그 경과를 보러 월든을 다녀갔다.

과수원집, 오어차드 하우스

콩코드 시내에서 동쪽으로 빠져나온 렉싱턴 로드의 399번지에는 한적한 길가에 숲을 등지고 올컷 집안이 살던 오어차드 하우스가 있다. 루이자 올컷은 이 집에서 『작은 아씨들』을 썼다. 자그마한 방들은 작품의 모델이 된 4자매가 자라던 곳이다. 바로 옆 웨이사이드 집에서 살다가 에머슨이 마련해준 이곳으로 와 정착하였고 『작은 아씨들』을 이 집 다락방에서 집필하였다. 길가 집이란 뜻의 웨이사이드 하우스에는 올컷 가가 이사 간 후 『주홍글씨』의 작가 호손이 들어가 살았다.

과수원 집(오차드 하우스): 루이자 올컷의 가족들이 살던 집. 루이자는 이 집에서 『작은 아씨들』을 썼다.

앞마당이 제법 넓다. 집으로 들어갈 때 처음 눈에 띄는 것은 '바람과 함께 사라지다'의 스칼렛 오하라 풍의 드레스를 입혀 120달러에 파는 루이자 메이 올컷의 인형이다. 1층 기념품 가게에서는 티셔츠, 책, 19세기 장난감 복제품 등을 팔고 있었고, 타 작가의 집과 유사한 형태였다. 입장료는 9달러였고, 재단을 위한 기부함이 있었다.

『작은 아씨들』을 여러 나라 언어로 번역된 책들이 있었는데 1981년에 출판된 한글판 책도 있다. 일본판 책은 여러 가지 종류들이 있고 루이자의 작품집을 한 권으로 된 것도 진열되고 있다.

마침 일본 관광객들이 무리로 들어 왔다. 바깥을 보니 조그만 관광버스로 왔다. 일본인 특히 나이든 여성들에게 루이자 올컷의 『작은 아씨들』이 아직도 대단히 인기가 있단다. 한국인은 가끔 개별적으로 온다고 한다. 좁은 집에 한꺼번에 몰리니 좁은 통로가 더 좁아 보였다.

더없이 따스한 가정의 모습이 떠오른다. 티격태격 하면서도 우애 깊은 네 자매들의 이야기, 알콩달콩, 옥신각신……. 그 와중의 중심에는 항상 어머니가 계셨다. 루이자의 어린 시절 경험을 토대로 만든 그녀의 자전적 소설『작은 아씨들』은 1868년에 첫 출간 된 후로 100년이 넘도록 많은 사랑을 받아온 작품이다. 그동안 1933년 캐서린 헵번, 1949년 리즈 테일러, 그리고 1994년 수잔 서랜드 등이 어머니역으로 주연한 영화들이 제작되기도 하였다.

루이자의 아버지, 브론슨 올컷은 목사, 철학자였는데, 남부 노예 노동 착취로 얻은 목화로 만든 면 옷을 안 입었을 정도로 매우 엄격한 생활 방식을 택했다. 그래서 루이자는 아버지의 가풍에 따라 마치 수녀와 같은 긴 머리 수도사 복장을 하고 있었다. 여기서 탈출하고자 루이자는 보스턴으로 도망치기도 하였다.

루이자가 29살 때 남북전쟁이 터지자 간호사가 되었고 거기서 장티푸스에 걸려 수은이 함유된 약을 쓰게 되어 평생을 수은중독으로 고생했다. 얼굴은 늙어 보이고 손가락은 오그라들어 오른손으로 글도 못쓰게 되었을 정도여서, 집필에 골몰하고 나면 지쳐서 몇 달을 앓곤 했다고 한다.

그럼에도 불구하고 루이자는 글을 썼다. 별로 쓰고 싶지 않은 상업적인 소설을 썼다. 자매들이 모두 집을 떠난 후 루이자의 글이 자신과 부모를 위한 주 수입원이었기 때문이다. 결국 루이자는 결혼도 못하고 글만 쓰다가 죽었다. 그것도 부모님 특히 아버지 돌보려고…….

그러나 동생 에이미는 화가가 되려고 유럽으로 유학을 갔고, 그곳에서 결혼을 해서 살았다. 동생이 그린 여러 작품들이 집 대문과 집안 벽면에 걸려있다.

길 옆 집, 웨이사이드 하우스

재미있는 것이 과수원집을 찾는 그 많은 사람 중에 가까운 거리에 있는 '길 옆 집' 을 가보는 사람이 없다는 것이다. 필자는 북적이는 '과수원집' 을 뒤로 하고 렉싱턴 로드를 따라 조금 더 가면 나오는 '길 옆 집' 으로 갔다. 집 밖에는 색 바랜 안내판이 뿌연 창 아래 서 있다. '길 옆 집을 방문해야 하는 열 가지 이유, 그리고 작가 네 명의 집이었다' 라고 쓰여 있다. 올컷 가족, 너대니얼 호손, 해리엇 로스롭 등이 그들이다.

관심을 끄는 것은 호손이 여기서 살았다는 것이다. 호손이 쓰던 책상 위에 원고가 놓여 있다. 밀랍 인형으로 만든 호손 부인은 반짇고리를 가지고 가운데 앉았고 아이들이 주위에 모여 앉았다. 호손은 말년에 이 방을 서재로 사용하며 많은 시간을 보냈다고 한다.

이 집은 국립공원관리단에서 관리하는 미국 최초의 국가 지정 문학 기념물이다. 올컷 가와 너대니얼 호손이 살았던 장소라서가 아니라, 독립전쟁 당시 소집병들이 이곳에서 살았기 때문이라고 한다.

웨이사이드 집: 호손이 죽을 때까지 살았던 길가 집. 『작은 아씨들』의 작가 루이자 앨콧이 살던 곳이기도 하다.

작가들의 무덤동산

콩코드는 또한 미국에서 가장 자랑스러운 묘지를 가진 것이 영광이다. 규모나 아름다운 풍경 등으로 이름난 공원묘지인 롱 펠로우가 묻혀있는 케임브리지의 마운트 오번 공동묘지와 허먼 멜빌이 묻힌 뉴욕 브롱스의 우드론 공동묘지보다는 규모는 작지만, 아담한 동산에 작가들을 한 곳에 모신 것이 그 어느 곳보다 자랑스러워 보인다.

콩코드 중심광장인 모뉴먼트 광장에서 모뉴먼트 스트리트를 가다 오른편 방향에 있는 슬리피 할로우 공동묘지에는 작가의 동산이라 불리는 언덕마루에 에머슨, 너대니얼 호손, 올컷, 헨리 소로 등의 콩코드 그룹이 한 자리에 모였다.

슬리피 할로우 공동묘지에 있는 작가들의 무덤동산 입구 표시판: 콩코드 그룹의 작가인 에머슨, 소로, 앨콧, 호손의 묘소가 함께 있다.

모두들 각자의 가족묘지에 들어가 있었는데, 가족명의 비석을 세워놓고 그 주위에 각자 이름으로 된 작은 묘를 만들었다.

◀ 에머슨의 묘소: 에머슨 가족묘지 표시판 왼편에 있는 동판을 박은 자연석 차돌이 랠프 왈도 에머슨의 묘비이다.
▶ 헨리 소로의 묘소: 소로 가 묘역에 있다. '헨리' 라고 이름만 썼다.

에머슨의 묘석은 커다란 자연석 차돌에 동판을 박아 다른 무덤들 보다 금방 눈에 띈다. 역시 부유한 집안답게 에머슨 가의 묘지는 크게 자리 잡고 있다. 이들 중 호손 가의 묘지가 눈에 띄지 않아서 한참 헤맸다. 루이자 앨콧도 부모, 자매들과 모두 한 자리에 모였는데 연필과 펜, 꽃 등을 애호가들이 갖다 놓았다. 그리고 루이자 이름 앞에 작은 돌멩이가 소복하게 쌓여 있어 그녀의 팬들이 가장 많이 오는 것을 알 수 있었다.

이 자리는 묘지가 되기 전에 에머슨이 자주 산책을 나오던 숲이다. 영원한 사색인인 에머슨과 소로는 죽어 그들의 산책로에 묻혔다.

루이자 올컷의 묘소: 올컷 가 묘역에 있다. 인기작가답게 팬들이 놓고 간 연필, 돌멩이 등이 많이 보인다.

작가에 대하여

랠프 왈도 에머슨

미국의 시인이자 사상가이다. 보스턴에서 대대로 목사인 집안에서 태어나 하버드 대학을 졸업한 후 목사가 되었다가 사임하였다. 유럽 여행을 다녀온 후 1834년 시인은 시골에서 살아야만 한다고 믿어 보스턴 근교인 콩코드로 이주했다. 여기서 그는 소위 콩코드 그룹의 지도자가 되어 미국문학사에 한 획을 긋는 초월주의의 봉화를 올렸다.

1836년에 『자연론』을 출간하여 자연과의 접촉에서 고독과 희열을 발견하고 물질에 대한 정신의 우위를 주창하였다. 그 이후 그의 명성은 미국뿐만 아니라 유럽에서도 떨쳐 보들레르, 니체 등 시인이나 사상가에게 많은 영향을 미쳤다. 그는 격언적인 시를 써 많은 명언들을 남겼다.

그가 쓴 「콩코드 찬가」는 미국 독립전쟁의 도화선이 된 콩코드 전투를 기념하여 쓴 시로 미국 교과서에 이 시가 실려있다.

헨리 데이비드 소로

1817년 매사추세츠 콩코드에서 태어나 하버드 대학을 다녔다. 졸업 후 토지측량을 하기도 하고, 가업인 연필 제조업을 돕기도 하다가 1837년에 콩코드의 현자, 에머슨을 알게 되어 그의 집에서 3년간을 기거하며 초월주의자 그룹에 가담, 콩코드 그룹 기관지 《다이얼》에 글을 실었다.

1845년부터 47년 2년여 동안의 월든 숲 생활을 바탕으로 쓴 『월든-숲속의 생활』을 1854년에 출간했다. 이 책은 많은 독자들로부터 지금까지도 미국 문학의 고전으로 널리 읽히고 있다. 1846년 7월, 멕시코 전쟁에 반대하여 인두세의 납부를 거부하여 투옥 당했으나 그 때의 경험을 기초로 쓴 『시민의 반항』(1849년 출간)은 후에 간디의 인도독립운동과 마틴 루터 킹 목사의 인권운동에 많은 영향을 주었다.

그 후 활발한 강연활동을 펼치던 중 1861년 폐결핵 진단을 받고 1862년 고향인 콩코드에서 조용히 눈을 감았다.

루이자 메이 올컷

1832년 펜실베이니아 주 저먼 타운에서 태어났다. 진보적 교육자이며 사상가인 브론슨 올컷의 딸로, 아버지의 진보적 사상이 미쳐 세상에 받아들여지지 않아 경제적으로 아주 어려운 처지에서 10대 때부터 교사로, 남북전쟁 때는 간호사로 종군하는 등 여러 곳을 전전하며 보냈다.

1868년 그녀는 가족의 생계를 위하여 쓴 상업적인 소설 『작은 아씨들』이 유명해져 작가로서 명성을 얻었다. 이 작품에는 자유, 박애, 평등을 기초로 한 민주주의 정신이 흐르고 그녀의 자전적 소설답게 섬세하게 그려진 일상성이 젊은 독자에게 신선한 감동을 안겨준다.

그러나 그녀의 일생은 불행했다. 간호사 시절 얻은 수은 중독으로 평생 고생했으며 엄격한 아버지 밑에서 마치 수도사 같은 복장으로 결혼도 못한 채, 아픈 몸으로 부모를 위해 글만 쓰다 죽은 셈이다.

작품 줄거리

「콩코드 찬가」

냇물 위에 걸린 튼튼한 다리 곁에서

그들의 깃발은 4월의 산들바람에 펄럭였다

여기 한때 진을 친 농군들이 섰었고

그들이 쏜 총소리는 온 세계에 울렸다

적군은 그 후 오래 고요히 자고 있다
승리자도 고요히 자고 있다
그리고 세월은 낡아 무너진 그 다리를
바다로 가는 어두운 물결에 쓸어 버렸다

이 푸른 언덕 위에 고요한 시냇가에
오늘 우리들은 기념비를 세운다
선조들과 같이 우리 자손도 간 뒤에
기념이 그 공적에 보답할 수 있도록

그 용사들로 하여금 감히 죽게 하시고
그들의 자손들이 자유를 누리도록 하신 신이여
세월과 자연에게 길이 아끼라 하옵소서
그들과 당신에게 드리는 이 비석을

『월든―숲속의 생활』

소로는 월든 호수 가에 있는 숲속에다 손수 오두막을 짓고 2년 2개월 동안 실험생활을 했는데 『월든―숲속의 생활』은 이때의 생활보고서이다. 집을 짓는 것이 어렵지 않으며 농사로도 충분히 혼자 먹을 식량을 구할 수 있다는 것이었다.

소로는 인습과 타성의 굴레에 얽매어 제 정신을 잃은 젊은이들을 크게 나무라고 인간을 병들게 하는 물질생활을 간소화하여 보다 더 본질적인 삶에 충실하도록 당부하고 있다. 즉 밥벌이는 최소한의 노동(1년에 30여 일 일하면 먹고 살 수 있다는 것을 체득함)으로 그치고, 나머지 시간과 노력을 풍요로운 정신생활을 위해 쓰라는 내용이다. 한마디로 '간소한 삶을 살라' 는 것을 실험생활로 얻은 경험으로 입증하면서 당부하고 있다.

이 책이 2차 대전 이후 실의에 빠진 미국의 젊은이들 사이에서 새로운 성서처럼 읽혔다는 사실에 주목해야 한다.

『월든–숲속의 생활』 중에서 마음에 와 닿아서 우리들에게 많이 알려진 구절을 소개하고자 한다.

그대의 삶이 아무리 가난하다 해도 맞부딪쳐 살아나가라. 회피하거니 욕하지 말라. 그대가 나쁜 사람이 아니듯 삶도 그렇게 나쁘진 않다. 그대가 가장 풍요로울 때에는 삶은 초라하게만 보인다. 불평쟁이는 낙원에서도 불평만 늘어놓을 것이다.

자신의 삶을 사랑하라. 삶이 아무리 가난하다 해도 그렇게만 한다면 그때는 비록 달동네의 형편없이 가난한 집에 있다고 해도 즐겁고 가슴 떨리며 멋진 시간들을 보낼 수 있으리라.

황혼의 빛은 부자의 집 창문뿐만 아니라, 가난한 집 창문도 밝게 비춘다. 또한 초봄에는 가난한 자들의 집 앞의 눈도 녹는다. 그대가 평온한 마음을 가지기만 한다면, 거기서도 궁전에서처럼 즐겁고 만족스런 삶을 살 수 있으리라.

『작은 아씨들』

남북전쟁에 참전한 아버지 마치 씨의 안전을 기원하며 어머니 마미 마치와 함께 맏딸 메그, 활달하고 적극적인 조, 내성적인 베스, 깜직한 막내 에이미, 네 자매가 단란한 가정을 이루고 살아가고 있다. 이웃 로렌스 가의 손자 로리는 마치 가의 네 자매에게 관심을 가지고 접근한다.

그러던 중 로리는 둘째 조에게 마음이 있어 언니 메그와 로리 가의 가정교사인 존 브룩과 함께 조를 연극 보러 가자고 불러낸다. 이를 계기로 메그와 가까워진 브룩은 메그에게 청혼하게 되고 둘은 결혼하는데 이때 마침 전쟁에 갔던 아버지가 돌아오고 메그의 결혼식을 맞은 마치 가는 오래 만에 행복한 순간을 맞는다.

로리는 조에게 청혼하지만 조는 거절한다. 막내 에이미가 미술 공부하러 유럽으로 떠나자 조는 작가의 꿈을 찾아 뉴욕으로 간다. 거기서 독일인 교수를 만나 사랑하게 된다.

셋째 베스가 건강이 악화되어 죽게 되자 조는 베스의 유물을 통해 가족 간의 추억이 되살아나고 가족의 이야기를 글로 쓰게 된다. 그 글을 뉴욕의 교수에게 보내고 반응을 기다리는 중 로리가 에이미와의 결혼소식을 가지고 나타난다.

- 에머슨 마지막 집: 에머슨 하우스, 케임브리지 턴 파이크, 콩코드
- 에머슨 소로 기념관, 콩코드 시립 박물관(기념실): 렉싱턴 로드, 콩코드
- 구 목사관: 269 모뉴먼트 스트리트, 콩코드
- 소로 오두막 집: 월든 호수, 콩코드
- 루이자 앨콧 기념관, 과수원집: 399 렉싱턴 로드, 콩코드
- 길 옆 집: 457 렉싱턴 로드, 콩코드
- 묘지(에머슨, 소로, 앨콧): 34 베드퍼드 스트리트, 작가들 무덤동산: 슬리피 할로우 공동묘지, 콩코드

2

너대니얼 호손

Nathaniel Hawthorne, 1804~1864

— 『주홍글씨』

Nathaniel Hawthorne

너대니얼 호손

Nathaniel Hawthorne, 1804-1864

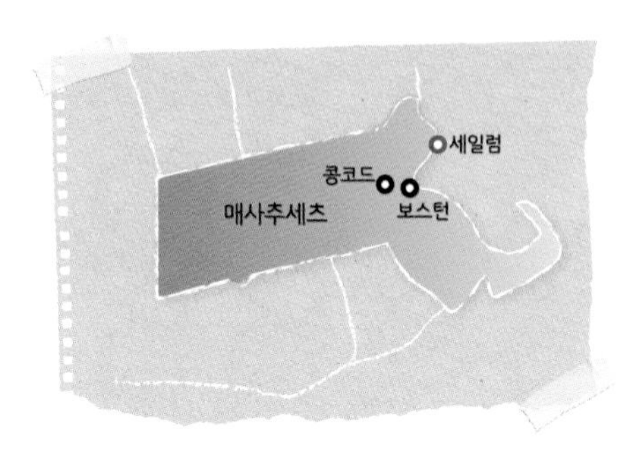

너대니얼 호손이라는 미국 작가의 이름을 기억 못할지라도 『주홍글씨』라는 제목의 소설 이름은 많은 사람들이 알고 있다. 근자에 우리의 정치권에서도 정쟁을 하는 과정에서 억울하게 누명을 씌운다고 항변하면서 마녀사냥과 주홍글씨를 언급하곤 하는데 그때마다 저 사람들이 과연 소설 『주홍글씨』를 읽고 그 뜻을 알고나 말하는 걸까 하고 생각을 해보았다.

영화로도 여러 번 만들어졌는데 가장 최근인 1995년에 제작된 영화에서는 여주인공 헤스터 프린 역을 데미 무어가, 딤즈데일 목사 역을 게리 올드만이 맡았었다.

세일럼

영국 청교도 후손으로 1637년에 정착한 이래 미국에서 다섯 번째 세대인 너대니얼 호손은 동인도와 무역을 전문으로 하는 부유한 항구도시 세일럼에서 태어났다. 그리고 세일럼 세관에서 1846년부터 3년간 감독관으로 근무하던 곳이다. 그래서인지 호손의 『주홍글씨』의 서장에서 세일럼 세관의 묘사가 자세하다. 작자는 이 세관의 창고에서 A 자의 주홍글씨가 쓰인 옷 조각을 발견하는 데서 이야기를 전개한다. A 자는 영어로 간통이란 뜻의 'Adultery'의 첫 글자를 의미한다.

세일럼은 미국 북동부 매사추세츠 주에 있는 항구 도시로 보스턴에서 자동차로 해안 길을 따라가면 약 30분이면 갈 수 있는 항구이다. 지금은 보스턴의 외곽 위성도시로 몰락했지만 보스턴보다는 더 오래된 항구여서 1790년대에는 미국에서 6번째로 큰 도시였다. 무역항으로 성시를 이루어 당시 이 항구에 출입하는 배들로부터 거둔 관세가 연방정부수입의 12분의 1을 차지했다고 한다. 그 번영의 잔재가 세일럼 세관 건물이다.

19세기 시절의 주위건물과 한적한 거리풍경 등 마치 19세기로 돌아온

세일럼 세관 건물: 『주홍글씨』 첫머리에 세관건물에 대한 묘사가 나온다. 호손은 이 세관에서 3년간 근무했다. 지붕 위의 황금색 매가 소설 속에 나오는 것과 같다.

것 같았다. 'Back to the Future' 가 아니라 'Back to the Past' 이다 오가는 사람도 없어 음산한 분위기마저 감돈다.

세관을 중심으로 한 부둣가 일대는 미국 국립 사적 지역(Historic Site)으로 지정 되어 있다. 세관 정면으로 길게 뻗은 것이 더비 부두이다. 부두 끝에는 창고가 하나 무슨 기념물처럼 쓸쓸이 서 있고 그 옆에는 1797년에 건조된 무역선(세일럼의 우정이란 이름을 가진 배)을 1996년에 그대로 재건하여 만들은 모형의 배가 정박해 있다 지금은 관광용으로 선박 내부도 공개하고 있다.

세관건물은 1819년에 지은 빨간 벽돌의 2층 건물로 『주홍글씨』에서 '출입문 위로 커다란 매의 모형이 날개를 펴고……' 라고 쓰인 대로 지금도 매가 한 마리 지붕 위에 올라 앉아있다.

호손이 세관에 근무할 때는 이미 세일럼은 항구로써 전성기를 지난 시절이었다.

◀ 1797년에 건조 된 무역선 우정호(프렌드십 호)를 1996년에 재건조해 더비 부두의 창고 옆에 정박해 놓고 있다.
▶ 호손이 일하던 방에서 내다본 더비 부두 .

건물로 들어서 왼쪽 첫 번째 방이 호손이 근무하던 방이다. 창문 바깥으로 더비부두가 빤히 보인다. 호손은 『주홍글씨』를 이 방에서 구상했다. 이 세관의 창고에서 실제로 A 자가 그려진 옷을 발견하고 소설을 착상했다는 것이다. 그 당시까지도 세일럼은 마녀들이 득실거리는 곳으로 유명하였다. 그래서 지금은 이곳에 마녀 박물관이 있다.

호손의 선대들은 마녀 재판의 판사로 이름을 떨쳤다.

고조부인 윌리엄 호손이 치안판사로서 퀘이크 교도 여성을 공개 처형한데 이어 증조부인 존 호손은 19명을 교수형에 처한 재판관 중 한 사람이었다. 한 여성이 형장으로 끌려가면서 존 호손에게 '신이 너의 가문에 저주를 내릴 것이다' 라고 부르짖었다.

1692년에 일어난 일이었다. 이 일을 알게 된 호손은 세일럼 세관에서 일하면서도 조상의 죄악을 고백하고 싶은 마음과 비밀을 지켜야 한다는 마음 사이에서 고민하다가 선조의 죄와 대속, 타락과 구원의 문재를 주제로 한 장편소설을 써 보기로 결심하여 19세기 미국 소설의 최고봉에 오른 소설 『주홍글씨』를 집필하게 되었다.

호손은 이 소설을 통해 무슨 이야기를 하고 싶었던 것일까. 선과 악의 기묘한 관계다. 죄라는 것이 무엇일까? 죄는 존재하는데 죄를 아는 사람이 있으면 죄가 되고 죄가 있음을 아무도 모른다면 죄가 없는 것이 되는 것인가? 경전과 법전에 죄인이라고 나와 있으면 죄인이 되는가 하는 문제를 제기한 것이다.

A 자를 새긴 옷을 입고 살아가게 한 마을 사람들을 당당하게 대하는 헤스터를 통해 죄책감을 못 느끼는 인간의 양면성을 부각시켜 우리가 선과 악을 함부로 구분 지을 수 없게 한다.

또한 법의 처벌도 헤스터에게 큰 벌을 주지 않았다. 딤스데일 목사의 양심선언으로 법의 심판보다 더 중요한 것이 양심의 소리임을 호손은 말해주고 싶었던 것이다. 현대를 사는 우리도 죄를 지었으면 양심에 따라 참회해야 하지 않을 가 하는 생각이다.

세일럼은 17~18세기에 지은 오래된 건물들이 많기로 유명하다. 그 가운데 특히 '일곱 박공의 집'은 인기가 있어 많은 관광객들이 찾는다. 1668년에 어떤 선장이 지었다는데 300년도 넘은 이 집은 호손의 또 하나의 걸작 소설인 1851년에 발간한 『일곱 박공의 집』의 무대가 되면서 널리 알려졌기 때문이다.

3개의 17세기 건물이 나란히 모여 있는 이곳에 호손의 생가가 있다. 이 생가는 원래 옆 거리인 유니언 스트리트 27번지에 있었는데 1958년에 여기 박공의 집터에 옮겨 놓았다. 아마 17세기에 지은 호손의 생가를

◀ 호손의 소설 제목이기도 한 '일곱 박공의 집'은 세일럼 시에서 가장 오래된 고가의 하나이다.
▶ 호손의 생가: 원래는 유니언 스트리트에 있었던 것인데 일곱 박공의 집이 있는 고가들이 모여 있는 경내로 옮겨 보존하고 있다.

호손의 동상: 호손을 기리기 위하여 이름붙인 '호손 거리(블루버드)'에 있다.

잘 보존하기 위해 17세기 건물들을 한 군데로 모아 놓은 것 같다. 그의 생가가 그의 작품의 무대인 박공의 집 곁에 와 있는 것이 묘한 기분이 든다. 그래도 생가는 원래 있던 자리에 그대로 두었어야 더 좋았을 텐데 하는 생각이다.

호손이 세일럼에서 네 군데의 집에서 살았는데 두 군데만 남아있다. 생가와 『주홍글씨』를 썼던 몰 스트리트 14번지의 집이다. 호손은 『주홍글씨』를 써 놓고는 세일럼을 떠나 콩코드로 갔다. 호손은 그의 고향에 대해 애증이 동시에 있었던 것 같다. 선대 조부님들이 마녀사냥으로 저지른 과오 때문에 세일럼이 싫었으나 그래도 고향을 못 잊어 그의 작품 속에 세일럼의 거리를 묘사해 넣었다.

세일럼 시에서는 자기고장이 낳은 위대한 작가를 기리기 위하여 시내 번화가에 있는 큰 거리를 그의 이름을 따서 호손 거리라고 부르고 있다. 호손 거리 5번지에다가 1904년에 호손의 동상을 세우고 그를 기린다.

매년 7월 4일 그의 생일이 되면 (미국 독립기념일이기도 함) 이 거리에 호손이 나타난다. 옛 옷차림 그대로 호손이 살아 환생한 듯 자신의 동상 앞을 지나 구 시청 홀에도 가보고 자기가 근무하던 세관을 찾아가 거기서는 생일 케이크를 자르기도 한다. 이것은 너대니얼 호손 협회에서 1978년부터 그의 생일을 기념하는 행사로 한 사람을 호손으로 분장시켜 내놓은 것이다.

콩코드

호손이 세일럼을 떠나 정착한 곳은 콩코드이다. 에머슨 때문에 그곳으로 간 듯하다. 가난한 신혼시절 (1842년 7월 9일, 소피아와 결혼), 1842년부터 3년간 에머슨의 조부가 지어 대대로 살았던 곳인 바로 구 목사관(올드맨스)에 세 들어 살았다 아마 에머슨이 집세를 안 받았을 것이다.

올드맨스

이 구 목사관은 그 유명한 콩코드 전투가 일어났던 노스 브리지가 있는, 콩코드 천이 흐르는 넓은 녹지공원 가운데 있다. 2층의 에머슨이 쓰던 책상에서 호손은 『올드

맨스의 이끼』를 썼다. 이 구 목사관은 1939년에 매사추세츠 주의 고적관리위원회에서 사서 관리하고 있다. 호손은 1846년에 책 저술로는 생계가 해결 안 되자 세일럼 세관에 취직하여 콩코드를 떠나 다시 세일럼으로 돌아간다.

그 후 호손이 세관을 그만두고 다시 콩코드로 돌아와 살던 곳은 콩코드 시내에서 조금 벗어나 한적한 숲을 등진 렉싱턴 로드에 위치한 웨이사이드 하우스이다. 이 '길 옆 집, 웨이사이드 하우스'는 『작은 아씨들』의 작가 루이자 올컷이 7년간 살던 집이다.

루이자 올컷이 바로 이웃에 에머슨의 도움으로 과수원집을 마련해서 이사 가자 호손이 1852년에 웨이사이드 하우스를 사서 들어온다. 이 집에서 호손은 죽을 때까지 산다.

이 집은 18세기에 지은 집인데 미국 국립공원 관리공단에서 관리하고 있다. 호손과 올컷이 살던 집이라서가 아니라 미국 독립전쟁 때 소집병

웨이사이드 하우스

호손의 묘소: 콩코드, 슬리피 할로우 공동묘지의 작가의 동산에 있는 호손의 묘.
아무런 묘비명도 없다.

들이 살았기 때문이다. 필자가 방문했을 때에는 마침 수리 중이었다.

이 집에 살고 있을 당시, 친구인 제14대 대통령인 프랭클린 피어스 대통령의 덕으로 1853년 7월에 영국 리버풀 주재 영사로 부임하게 되어 웨이사이드 하우스를 떠났다

1860년에 영사 업무를 마치고 다시 이 집으로 돌아와 살다가 1864년 5월에 친구인 전 대통령인 피어스와 함께 뉴햄프셔 주로 여행하던 중 플리머스에서 갑자기 객사하였다. 그의 나이 60세였다.

호손은 콩코드의 슬리피 할로우 공동묘지에 있는 작가의 동산에 랠프 에머슨, 헨리 소로, 그리고 루이자 올컷 등과 함께 이웃하여 묻혀있다. 호손 가의 가족묘지에 너대니얼 호손의 묘비는 'HAWTHORNE' 이라고만 적혀 있다. 아무런 묘비명도 없다.

콩코드는 어쩜 호손에게는 제2의 고향이었다. 신혼살림을 시작하였고

『주홍글씨』로 명성을 얻고서 전성기 시절을 보낸 곳이 콩코드이다. 죽어 묻힌 곳도 콩코드이다. 콩코드와 그가 태어난 세일럼은 보스턴을 가운데에 두고 각기 동서로 떨어져있는 보스턴 외곽 도시이다.

작가에 대하여

너대니얼 호손은 1804년에 영국계 청교도 후손으로 세일럼에서 태어났다. 이민 5세대로 그의 선대 조부들이 마녀사냥 처형의 판사들이어서 '저주' 의 어두운 그늘이 그를 따라 다녔다.

어릴 때 선장인 아버지가 항해 도중 사망하자 어머니는 유복한 중산층인 친정으로 호손과 함께 돌아갔다. 호손이 건실한 교육을 받고 대학까지 마친 것은 그의 외가 덕분이었다.

1821년 17세에 보든 대학교에 입학하여 그곳에서 롱펠로우 그리고 후에 대통령이 된 프랭클린 피어스와 친해진다. 동창인 롱펠로우가 호손을 천재라고 칭찬한 글을 비롯하여 에드가 포우의 호평을 받아 문예지 《더 토큰》에 단편들을 발표, 널리 알려지게 된다.

에머슨을 만나 그의 도움으로 소피아와의 신혼을 콩코드에서 생활하게 되고 에머슨의 영향을 받게 된다. 하지만 낙천적인 에머슨과 달리 호손은 암울하고 진지한 주제들을 다룬 작품들이 나온다. 청교도적인 집안 전통과 그의 가족사 배경은 인간의 양심과 죄, 사회의 속박과 자유, 사랑과 미움 등을 다룬 『주홍글씨』를 탄생시키게 했다.

『백경(白鯨, Moby Dick)』의 작가 멜빌과도 친교를 맺고 내왕을 하였다. 그래서인지 멜빌은 그의 작품 『백경』을 호손에게 헌정하였다.

1842년에 소피아와 결혼, 1846년 세일럼 세관 근무, 1850년 『주홍글씨』 발표한 데 이어 1851년 『일곱 박공의 집』을 발표했으며, 1852년 웨이사이드로 이사, 1853년 리버풀 영사로 부임하고, 1860년 영국에서 귀국하여 1864년 친구이자 전 대통령 피어스와 여행 도중 플리머스에서 객사하였다.

작품 줄거리

『주홍글씨』

보스턴의 형무소 앞 광장에 한 여자가 칼을 쓰고 있다. 이 여자는 사생아를 낳았으나 아이의 아버지가 누구인가를 밝히려 하지 않는다. 헤스터 프린이란 이 여자의 남편은 오랫동안 소식이 없는 사람이었으므로 간통죄로 재판을 받아 간음을 뜻하는 'A' 라는 글자를 새긴 옷을 입은 채 살아간다. 이 아이의 아버지는 마을의 딤스데일 목사였는데 양심상 고백을 하고 싶으나 용기가 없어 못하고 숨긴 죄 때문에 번민을 하며 괴로워한다.

헤스터의 남편인 칠링워스가 나타나 헤스터의 남편임을 속인 채 목사를 골탕 먹이며 복수를 하려 한다. 헤스터와 딤스데일 목사는 헤스터의 고향인 영국으로 달아나려고 시도하나 칠링워스의 방해로 실패한다.

딤스데일 목사는 양심선언을 하기로 결심하고 처형대에서 그의 죄를 고백한 후 헤스터의 팔에 안겨 죽는다.

- 태어난 집: 27 유니언 스트리트, 세일럼, 매사추세츠
- 기념관, 일곱 박공의 집: 54 터너 스트리트, 세일럼, 매사추세츠
- 구 목사관(올드만스): 269 모뉴먼트 스트리트, 콩코드, 매사추세츠
- 웨이사이드 집: 455 렉싱턴 로드, 콩코드
- 묘지: 34 베드포드 스트리트, 작가의 동산, 슬리피 할로우 공동묘지, 콩코드, 매사추세츠

3

헨리 롱펠로우

Henry Wardsworth Longfellow, 1807~1882

—「에반젤린」

Henry Wardsworth Longfellow

노바 스코시아의 그랑프레와 핼리팩스

캐나다의 맨 동쪽 끝 반도에 있는 노바 스코시아 주의 그랑프레 국립공원에 헨리 워즈워스 롱펠로우의 흉상이 있다. 그 좌대에 '그랑프레의 아카디 연인들의 아픈 이야기인 그의 「에반젤린」이 온 세계인의 마음속에 2백 년 전 강제추방의 슬픈 기억을 간직시켜왔다' 라고 씌어 있다. 롱펠로우가 40세 때인 1847년에 발표한 「에반젤린」은 미국 역사상 가장 중요한 장시로 그의 명성을 높인 걸작이다.

노바 스코시아 주의 그랑프레를 가기위해 주도인 핼리팩스 행 비행기를 필라델피아에서 탔다. 시카고에서 직항이 없어 필라델피아를 경유했는데 늦은 출발밖에 없고 연발까지 해서 밤 12시 40분에야 핼리팩스 공항에 도착했다. 공항에서 렌트카를 이용할 예정이었는데, 예약한 렌트카 사무실이 늦은 시간이라 문을 닫아 하는 수 없이 택시를 타야 했다.

밖에는 비가 내리고 바람도 불어 4월 중순인데도 추운 겨울 같다. 호텔까지 택시비가 캐나다달러로 70달러이다. 그래도 무사히 왔다는데 만족하려 했지만 내일 아침에 다시 공항에 가서 미리 지불해놓은 렌트카를 빌려야 한다고 생각하니 머리가 아프다. 이 모든 것이 여행의 맛이라 여기고 마음을 달래본다.

헬리팩스 항구는 필자가 무역 초년병 시절 선적서류 작성하면서 익히 알고 있던 도시이다.

캐나다 동부 지역으로 수출하는 화물은 거의 이곳 헬리팩스 항이 도착지였다. 무역 거래에서는 필수였던 신용장을 개설한 은행이 대개 노바스코시아 은행이었다.

지난날에 번성하던 헬리팩스는 근자에 와서는 수송수단의 발달과 자유무역의 영향으로 무역항의 호황을 잃었다. 지금은 경기하강으로 가라앉은 듯 전형적인 캐나다 변방 도시로 전락하여 조용하기만 하다.

헬리팩스 해양박물관: 타이타닉 호의 승객들의 유품 전시가 인상적이다.

헬리팩스는 그 유명한 타이타닉 호 침몰과 연관이 있다. 헬리팩스가 타이타닉 침몰시 가장 가까운 항구로 구조선을 급파하고 수많은 시신들을 수습했던 곳이다. 시신들을 영국 성공회 교회, 가톨릭 교회, 기타 일반 등 3군데의 공동묘지에 모셨다. 처음 사고소식을 무선전파로 받은 당국은 사고승객들의 철도수송을 위해 핼리팩스로 기차를 보냈고 이민당국도 나와 사고처리를 준비했으나 결국 좌초했다는 소식에 경악을 금치 못했다.

부둣가에 있는 핼리팩스 해양박물관에는 타이타닉에 관한 전시가 잘 되어 있다. 파도에 떠밀려온 유물잔해들을 수습하여 전시해놓았는데 사고 당시의 비극을 세월이 흐른 지금도 생동감 있게 느끼게 한다. 특히 1등실 갑판 위 흔들의자의 실물을 건져서 실물 그대로 전시해놓은 것과 요금이 적혀 있는 일등실과 이등실 표와 함께 그 표의 승객의 사진을 전시해 놓은 것이 인상적이었다. 그 사진은 사고 후 가족에게서 구해 놓은 거라고 한다.

타이타닉 호 승객들의 유품: 1등실 갑판 위 흔들의자와 장갑과 신발 등이 전시되고 있다.

이 지역은 랍스터가 많이 잡히는 곳이어서 랍스터 가격이 저렴하다. 부둣가에 위치한 한 식당을 소개한다. '워터프론트 웨어하우스' 즉 선창가 창고라는 식당인데 549번지, 로우어 스트리트에 위치해있다. 부둣가 창고를 개조해서 식당으로 만들어 식당 내부가 매우 넓다. 랍스터 한 마리와 감자, 야채샐러드, 그리고 빵이 나오는 코스 메뉴였는데 가격이 25캐나다달러였다. 한국보다는 절반 이하 가격이다.

에반젤린의 땅 그랑프레는 핼리팩스에서 80여 km 거리여서 자동차로 1시간 조금 더 걸린다. 가는 길 연변은 높은 언덕도 없는 평지의 연속이고 작약나무와 키 작은 나무, 그리고 초원의 들판이다. '그랑프레 국립역사공원' 이라는 간판이 서 있다. 둘러보아야 민가는 보이지 않고 허허벌판이다.

관광안내소 앞에서 공원 안으로 들어서면 길가에 흉상이 하나 서 있다.

◀ 워터프론트 웨어하우스 식당: 부두 창고를 개조한 식당. 바닷가재 전문집이다.

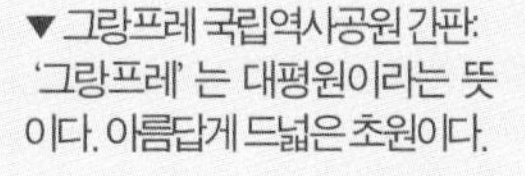
▼그랑프레 국립역사공원 간판: '그랑프레' 는 대평원이라는 뜻이다. 아름답게 드넓은 초원이다.

1755년에 있었던 아카디 사람들의 강제추방의 아픈 사연을 노래한 서사시 「에반젤린」을 쓴 것에 대해 이를 기리기 위해 200년이 지난 1955년에 세운 헨리 워즈워스 롱펠로우의 흉상이다.

롱펠로우의 흉상: 그랑프레 공원에 「에반젤린」의 작가를 기념하여 세워 놓았다.

노바 스코시아는 15세기 말 영국인이 발견하기는 했으나 17세기에 첫 식민을 한 것은 프랑스였다. 프랑스인들은 이곳을 아카디라고 불렀다. 그 후로 영국과 프랑스는 이 아카디를 놓고 서로 자기 땅이라고 했고 1621년에 영국 왕이 한 스코틀랜드 신하에게 이 땅을 하사하여 신 스코틀랜드 즉, 노바 스코시아라고 불리게 되었다. 1713년에 유트레히트 조약에 의해 영국령이 되었다. 그러나 1740년에 영·불 간에 다시 싸움이 일어났고 영국정부는 프랑스계인 아카디 주민들이 위험한 존재라고 생각되어 이들을 강제 추방시키기로 했다. 1755년 9월 5일, 418명이 먼저 100년 이상 살아온 정든 땅을 떠나야 했다. 집들은 불 질러지고 농토는 짓밟혔다. 이들은 배에 실려 뉴잉글랜드, 루이지애나, 그리고 서인도제도로 떠나 뿔뿔이 흩어졌다. 결국 그 당시 인구 1만 명 중 8천 명이 추방당했다.

롱펠로우가 이때의 비극을 장편의 서사시 「에반젤린」으로 그린 것이다. 그랑프레 제일의 농부인 베네딕트 펠레퐁테인의 아름다운 딸, 에반젤린과 그의 친구 대장장이 바실의 아들 가브리엘. 이 두 연인의 비극적인 이야기를 롱펠로우는 대학동창인 나대니얼 호손이 데리고 온 콜리라는 목사로부터 들었다.

콜리 목사는 이 슬픈 이야기를 자기 교구사람으로부터 듣고 호손에게 소설을 써 줄 것을 권했지만 호손은 롱펠로우에게 자기대신 시를 써주기를 원해서 롱펠로우가 서사시로 쓰기로 하고 「에반젤린」을 발표하게 되었다.

그랑프레는 프랑스어로 넓은 초원이란 말이다. 바다를 막은 둑까지 끝없는 넓은 초원이다. 실제로 더 넓은 초원이 그랑프레 이름에 걸맞다. 강제추방 당시 노바 스코시아에서 가장 인구가 많은 아카디의 중심지였다. 하지만 지금은 허허한 벌판이다.

이곳 바닷가를 에반젤린 비치라고 부른다. 이 바닷가는 지형상 유럽에서 배 타고 와서 곧장 상륙이 가능했다고 한다. 그래서 이곳에 정착했으리라. 특이한 것이 밀물과 썰물의 차가 심해 밀물일 때는 반도인 이 그랑프레의 안쪽의 둑까지 물이 차올라 지금도 이 광경을 보러 관광객들이 몰려온단다. 현재의 국립 역사공원으로 1961년에 지정되었다.

이 공원 가운데 눈에 잘 띄는 장소에는 조그만 교회가 서 있다. 이 교회는 1930년에 옛날 아카디 인들의 교회가 있었던 자리에 옛 모양 그대로 복원하여 지은 것이다. 그런데 지금은 교회가 아니라 아

아카디 박물관: 옛날 아카디아 인들의 교회터에 1930년에 다시 복원된 교회 건물. 지금은 박물관이다.

카디 인의 역사를 전시해놓은 박물관으로 사용하고 있다.

이곳 박물관에는 1755년 강제추방 당한 아카디 인들의 명단이 보존되어 있다. 여기에 에반젤린의 집안인 펠레폰테인 가가 두 집이 나오지만 에반젤린과 관계가 된다는 확실한 증거는 없다 공원 안에 있는 대장간도 가브리엘 아버지의 대장간이라는 증거도 없다. 그래도 여길 찾는 관광객들은 에반젤린과 가브리엘을 연관시키고 싶은 마음에 멋대로 상상을 해보는 것이리라. 에반젤린은 실명은 아니지만 어쩌면 실재했던 주인공인 것 같다.

미국 루이지애나 주의 세인트 마틴스빌이라는 마을에 에멜린과 루이스의 집이 있다. 노바 스코시아에서 추방당한 이 남녀의 이야기가 「에반젤린」과 같다고 하여 사람들이 모여들어 일반에게 공개되고 있다고 한다.

강제추방당한 아카디 인들의 애환을 보니 문득 만주지역, 러시아에서 살던 우리민족이 스탈린에 의해 카자흐스탄, 우즈베키스탄으로 강제이주당한 것이 떠올랐다. 여기나 아시아나 나라가 힘없으면 백성들은 핍박받음을 상기해야겠다.

박물관 문 앞에 에반젤린의 동상이 서 있다. 손에 기다란 지팡이를 들고 고개를 살짝 어깨너머로 돌려 하늘에 떠가는 구름을 바라보고 있는 듯하다. 이것은 1920년에 아카디 인의 후손인 필리프 에베르라는 조각가가 만들어 세운 것이다.

롱펠로우의 흉상이 있는 곳에서 가까운 곳에 에반젤린의 우물이 있다. 옛날 아카디 인들이 쓰던 우물을 복구한 것인데 지금은 우물이 아니라

◀ 에반젤린의 동상: 1920년에 아카디아 인의 후손인 필리프 에베르가 조각하여 세웠다.
▶ 에반젤린 우물: 아카디 인들이 쓰던 우물을 복구한 것인데 지금은 우물이 아니다.

그저 우물터였음을 보여주는 것처럼 보인다.

롱펠로우의 「에반젤린」에는 '태고의 원시림은 여전히 그대로 우거져 있지만, 이 숲에서 멀리 떨어진 곳, 이름 없는 무덤에 사랑하던 그들은 나란히 잠들어 있네.' 라고 읊고 있다.

그러나 그랑프레에는 원시림도, 솔송나무도 없다. 그도 그럴 것이 롱펠로우는 그랑프레를 와 보지도 않은 채 콜리 목사로부터 이야기만 듣고는 그랑프레를 본 듯이 에반젤린을 그렸기 때문이다.

핼리팩스 공항에서 비행기를 타고 보스턴으로 향했는데, 하늘에서 내려다본 노바 스코시아는 비가 많이 온 뒤의 늪지대처럼 커다란 연못물 구덩이 많고 한없이 뻗은 푸른 녹지대의 지평선의 장관이었다. 문득 생전에 다시 와 볼 수 있을 가하는 생각이 스쳤다.

케임브리지

롱펠로우가 「에반젤린」을 쓴 것은 매사추세츠 주의 케임브리지에서였다. 이곳 케임브리지에 롱펠로우가 하버드 교수가 되면서 부터 45년간 평생을 살았던 집이 있다.

조지 워싱턴이 미국 독립전쟁 당시 보스턴을 공격하기 위해 사령부로 사용했던 크레이기 하우스이다. 롱펠로우는 1836년에 하버드 교수가 되자 이 집에 세를 들어 살다 패니 애플턴과 재혼했는데 이때 그의 장인이 결혼 선물로 사주어 세입자가 집주인이 되었다.

케임브리지는 찰스 강을 사이에 두고 보스턴의 서쪽에 있는 도시인데 하버드대학이 있어 유명세를 얻고 있다. 특히나 한국인들은 하버드 대학을 관광하기를 즐겨 언제나 존 하버드 동상 앞이나 하버드 스퀘어에

크레이기 하우스: 롱펠로우는 장인으로부터 선물 받은 이 집에서 45년 간 살다 죽었다.

가면 한국인들을 만날 수 있다.

하버드 대를 처음 본 건 영화 〈러브 스토리〉(1970)에서였다. 하버드 법대생과 길 건너 래드클리프 여대(지금은 하버드로 편입되었음)생의 순애보이다 필자는 이곳 케임브리지를 자주 방문하였다. 큰딸 아이가 이곳에서 학업을 해서이다.

존 하버드 동상 왼쪽 구두코를 만지면 자손이 잘되거나 하버드에 합격한다는 속설이 있다. 하버드에 가면 하버드 동상 왼쪽 구두코만 만지고 오지 말고 꼭 음료수대에 가서 물을 마시고 물맛을 음미해보라고 권하고 싶다. 그래야 한국 와서는 사람들에게 '하버드 물'을 먹었다고 할 수 있으니까.

롱펠로우가 하버드 교수가 된 1836년부터 그의 두 번째 부인이 된 패니를 쫓아다녔는데 케임브리지의 집에서 찰스강 위의 보스턴 다리를 건너 보스턴에 있는 패니의 집까지 먼 거리를 걸어 왕복했다고 한다. 처음 만난 이후 7년 후에야 패니로부터 결혼승낙을 받아낸다. 그래서인지 1906년에 보스턴 다리를 재건하였는데 이름을 '롱펠로우 다리'라고 불렀다. 지금도 롱펠로우 다리이다.

'크레이기 하우스'라 불리는 롱펠로우의 집의 역사를 살펴보면 1759년에 존 바살 소령을 위해 지었으나 1775년과 1776년에는 조지 워싱턴 장군의 사령부로 사용했고, 1791년에 앤드류 크레이기가 소유한 후 (그래서 이름이 크레이기 하우스가 됨) 그가 죽자 그의 부인이 1819년부터 기숙사로 임대 놓다가 1843년에 롱펠로우가 구입하여 살았다. 1913년에 롱펠로우 재단이 생겨 운영하다가 1972년에 국립공원공단에 편입되어 롱펠로우와 조지 워싱턴의 기념관이 되었다.

롱펠로우의 서재: 크레이기 하우스의 서재. 이 방에서 「에반젤린」을 썼다.

이 롱펠로우의 집은 서재와 응접실 등이 그가 생전에 쓰던 그대로다. 응접실은 워싱턴 장군의 부인 마사 부인과 롱펠로우의 부인 패니가 모두 사용하던 이 집에서는 가장 멋있는 방이다. 책상 위에는 잉크스탠드와 깃털 펜, 그리고 창가에 다리가 높은 책상이 놓여있다.

월요일과 화요일 제외하고는 오전 10시부터 4시 30분까지 일반에게 개방된다. 하버드 스퀘어 가는 전철을 타고 처치 스트리트에서 내리면 된다. 종종 이 집에서는 시낭송회가 개최되는데 운 좋으면 그것도 들을 수 있단다. 시 낭송은 간혹 유명배우들이 하는 경우도 있다.

2월 22일이 롱펠로우 생일이어서 그 기념식을 오번 공원묘지 내 성당에서 갖는다는 것과 2월 27일 크레이기 하우스에서 호손 부인과 롱펠로우 부인의 글들을 낭송하는 모임이 있다는 포스트가 크레이기 하우스 입구 도로변에 붙어 있다. 이 부인들은 남편 따라 글도 잘 썼던가 보다.

1841년에 발표한 시집 『발라드와 다른 시들』에 들어 있는 '가지 늘어진 밤나무 밑에/마을의 대장간이 서있네' 라고 시작되는 「마을 대장장이」는 너무나 알려진 시이다. 이 대장간이 그의 집과 같은 브래틀 스트리트에 있었는데 지금은 그 자리에 교육센터와 상점들이 들어서 흔적을 찾을 수가 없다.

롱펠로우는 그의 집인 크레이기 하우스에서 불과 2km 정도 떨어진 케임브리지 공동묘지인 마운트 오번 묘지에 묻혀있다.

이 마운트 오번 묘지는 아름다운 공원으로 국립역사공원이며 언덕과 계곡, 연못, 그리고 초원들로 둘러싸인 175에이커(약 17만 평)의 부지 안에 식물원, 야생 동물원이 있어 전혀 묘지 같은 분위기가 아니다. 가이드가 유명 인사들의 묘지를 안내하는 투어도 있고 혼자 오디오를 틀며 둘러보는 투어도 있다. 묘지공원 안에 조그만 교회도 있어 장례식은 물론 추모 기념식도 할 수 있다. 이렇게 공동묘지가 진화 할 수도 있구나 하는 감탄사가 절로 나온다. 그의 묘는 작은 언덕 위에 '롱펠로우' 라고

◀ 「마을의 대장장이」라는 시에 나오는 대장간이 있던 자리에 지금은 교육센터가 들어선 현대식 건물로 바꾸었다.
▶ 케임브리지의 마운트 오번 공동묘지에 있는 롱펠로우의 묘.

만 커다랗게 쓰인 석관으로 되어 있다. 그가 1882년에 죽었으니 벌써 130년 전에 묻힌 거다.

그는 전 세계 문학인들의 최고의 명예전당인 영국 런던 웨스트민스터 사원의 시인코너에 기념되어 영국인이 아닌 외국인으로 서는 처음으로 그의 흉상이 서있다.

포틀랜드 메인 주, 롱펠로우 하우스

롱펠로우는 미국 본토에서 가장 북동쪽에 있는 메인 주 항구 도시, 포틀랜드 시에서 8남매 중 둘째로 1807년 2월 27일 태어났다. 포틀랜드는 지금은 인구 10만 명이 조금 넘는 소도시이지만 과거에는 영국인들이 먼저 정착한 뉴잉글랜드의 중심이었다.

그의 생가는 지금은 없어지고 그가 8개월 때 이사 와서 청소년 시절을 보낸 집은 콩그레스 스트리트 487번지에 롱펠로우 하우스가 되어 있다.

포틀랜드의 롱펠로우 하우스: 외할아버지가 지은 집으로 청소년 시절을 보낸 집이다.

이 집은 그의 외할아버지인 펠레그 워즈워스가 1785년에 지은 집인데 지금은 롱펠로우의 누이동생인 앤이 메인 주 역사 협회에 1901년에 유언으로 기증하여 그 협회가 관리 운영 하고 있다.

여기서도 새삼 느끼는 바이지만 유럽과 미국의 유명 인사들의 후손들은 자기들이 소유하는데 집착하지 않고 그 유산들을 공공기관에 기증하여 관리토록 함으로써 대대로 보존될 수 있도록 한다는 점이다. 우리들은 후손들이 보존하지도 못하면서 소유하다가 타인들에게 팔려 그 소중한 유산들이 헐리고 부서져 사라져 버리는 안타까움의 연속이다.

집안 내부에 옛 모습을 재현해 놓고 있지만 그 중에 눈에 띄는 것이 롱펠로우의 어릴 때 모자, 어릴 때 보던 책, 그리고 책상 등이 전시되어 있는 것이다.

외가가 그 당시에는 부유한 집안이었다. 그의 외조부인 펠레그 워즈워스는 독립전쟁의 장군 출신으로 연방정부의 의회의원이었으며 메인 주의 부른스위크에 있는 보든 대학의 설립자였다. 아버지는 변호사로 그 대학의 신탁관리 이사였다. 그 덕에 그는 15살의 어린 나이에 보든 대학에 입학할 수 있었고 졸업 후에는 그 대학의 교수가 된다. 대학에서 그는 그보다 3살이나 위이지만 평생친구로 지낸 『주홍글씨』의 작가인 호손을 만난다. 그에게는 일생의 행운이었다.

어린 시절에는 외가의 덕을 보고 자랐고, 커서는 부자 장인을 만나 워싱턴 장군의 사령부로 쓸 정도로 큰 집을 결혼선물로 받아 평생 잘 살았다. 하버드 교수로서, 유명작가로서 지성, 명예, 그리고 부를 다 누리면서 살았다. 문학인들은 대개 동서를 불문하고 가난했는데 말이다. 부럽다.

미국에서 가장 동쪽이며 가장 북쪽의 끝에 있는 메인 주는 변방이지만 그래도 역사적으로 영국에서 이민 온 1세대들이 정착한 뉴 잉글랜드 지방에 속한다. 포틀랜드는 과거 18, 19세기에는 번성한 곳이지만 현대에 와서는 이렇다 할 산업이 없어 메인 주의 주도이지만 한가한 도심의 거리가 과거를 팔고 있다는 느낌 외에는 별 감흥이 와 닿지 않는다.

롱펠로우 기념관 맞은편의 콩그레스 스트리트에 한국인 식품가세가 있다. 일본인과 한국인들을 위한 곳이겠지만 이런 변방에도 한국인이 와서 있구나 하는 생각이 든다. 하기야 첩첩산중에서 여긴 한국인이 없겠지 하고 쉬고 있는데 '여보세요' 가 들려 깜짝 놀랄 때가 있다. 요새는 미국 전역에 한국인이 없는 곳이 없다.

롱펠로우 동상: 고향인 메인 주 포틀랜드에 그를 기리기 위하여 좌상을 세웠다.

포틀랜드에서는 가장 번화한 장소인 스테이트 스트리트와 콩그레스 스트리트가 교차하는 코너 광장에 동으로 만든 롱펠로우가 의자에 앉아 있는 동상이 세워져 있다. 롱펠로우 기념관이 있는 같은 콩그레스 거리 선상이다. 1888년, 그가 죽은 지 6년 후에 프랭클린 심먼스가 제작했다고 쓰여 있다.

45년 동안 평생을 살면서 대학에서 가르치고 작품 활동을 했으며, 죽어서는 묻힌 케임브리지에는 그의 동상이 없다. 그런데 여기 포틀랜드는 고향이라 그를 기리기 위해 번듯한 동상을 세워 놓았다. 롱펠로우는 고향에서는 대접받는구나 하는 생각이 들게 했다.

작가에 대하여

헨리 워즈워스 롱펠로우는 1807년 2월 27일에 메인 주 포틀랜드에서 태어났다. 1822년 15세의 어린 나이로 외조부가 설립했고 아버지가 신탁관리 이사로 있었던 보든 대학에 입학했다 거기서 『주홍글씨』의 작가인 호손을 만나 평생친구로 지낸다. 대학을 졸업 후 3년간의 유럽여행을 한 뒤에 보든 대학의 교수가 된다.

1831년에 고향친구인 메리 포터와 결혼했으나 그가 두 번째 유럽여행을 하는 도중에 1835년에 사망한다. 1836년 하버드 대학 교수가 되어 케임브리지로 이사 가고 조지 워싱턴의 사령부였던 크레이기 하우스에 셋방을 얻는다.

1843년에 7년에 걸친 구애 끝에 패니 애플턴과 결혼하게 되고 보스턴 부자인 장인으로부터 저택, 크레이기 하우스를 결혼선물로 받는다. 이 집에서 그는 평생 살았다. 슬하에 6남매를 두었다.

1853년 너댈니어 호손이 영국 리버풀 영사가 되어 떠나자 그를 위해 크레이기 하우스에서 환송파티를 열어 주었다. 1854년에 작품 활동에 전념하기위해 하버드 교수직을 사임한다. 1859년에는 하버드에서 명예박사를 받는다.

그는 1839년에 첫 시집 『밤의 소리』를 발표하고 1841년에 『발라드와 다른 시들』이라는 시집을 출간한다. 그 시집에는 그 유명한 시 「마을 대장장이」가 들어 있다. 1847년에는 그의 최고의 작품인 「에반젤린」을 발표하여 당대의 최고의 시인으로 등극한다. 1950년에는 그의 작품수입이 1,900불 정도였다고 하니 그 당시로는 대단한 수입이었다. 그는 또한 1867년 단테의 『신곡』을 미국에서는 최초로 번역하였다.

그의 시는 건전한 인생관을 바탕으로 알기 쉬운 표현을 하여 널리 애독 되어 당대에는 최고의 명성을 얻었다. 그러나 너무 통속적이고 낭만적인 교훈조여서 20세기에 들면서 그리 환영받지 못했다. 혹자는 그를 두고 영국의 낭만주의를 모방한 것일 뿐 그 이상도 아니라고 혹평을 하기도 했다. 하지만 근자에도 그를 기리는 이벤트가 행해지고 있다.

1974년에 가수 닐 다이아몬드는 〈롱펠로우 세레나데〉라는 노래를 불러 히트 시켰고, 2007년에 미국 우체국에서 그의 기념우표를 만들어 그를 추모하였다.

작품 줄거리

「에반젤린」

18세기 후반 영국과 프랑스가 아메리카 대륙에서 서로 영토 확장으로 다투던 시절, 캐나다 동쪽 끝 노바 스코시아의 아카디 땅 그랑프레 마을에 에반젤린이라는 아름다운 아가씨가 있었다. 같은 마을의 대장장이 아들 가브리엘과 결혼식을 올리던 날 영국의 강제추방 정책에 의해 프랑스계인 온 마을 사람들은 쫓겨난다. 두 사람은 서로 헤어지고 그 후로부터 에반젤린이 가브리엘을 찾아다니는 긴 고난의 여행이 시작된다.

하지만 서로 길이 어긋나면서 서로 만나지 못하고 수십 년 세월이 흘러 두 사람은 노인이 된다. 흑사병이 퍼지고 에반젤린이 요양소를 찾아 죽어가는 사람들을 위로하며 다니던 어느 날, 흑사병으로 죽어가는 늙은 가브리엘을 만난다. "가브리엘! 오, 내 사랑하는 사람이여!" 에반젤린은 절규하며 가브리엘을 안아주고 가브리엘은 조용히 두 눈을 감는다.

- 태어난 집: 포어 스트리트와 핸코크 스트리트의 모퉁이, 포틀랜드(없어짐)
- 마지막 집: 크레이기 하우스, 105번지 브래틀 스트리트, 케임브리지, 매사추세츠 주
- 기념관: 마지막 집, 롱펠로우 하우스, 487번지, 콩그레스 스트리트, 포틀랜드
- 기념물
  - 흉상: 그랑프레 공원, 노바 스코시아, 캐나다
  - 동상: 스테이트 스트리트와 콩그레스 스트리트의 교차점, 포틀랜드, 메인 주
- 묘지: 마운트 오번 공동묘지, 560번지, 마운트 오번 스트리트, 케임브리지, 매사추세츠 주

4

에드가 앨런 포

Edgar Allan Poe, 1809~1849

—「애너벨 리」,「갈까마귀」, 그리고 「검은 고양이」

Edgar Allan Poe

에드가 앨런 포

Edgar Allan Poe, 1809~1849

에드가 앨런 포 하면 먼저 떠오르는 것이 고등학교 때 읽었던 그의 시 「애너벨 리」이다. 애절한 사랑 이야기는 가슴을 적셨고 특히나 감성적인 배경 음악과 함께 유명한 팝가수 짐 리브스의 굵직하고 달콤한 목소리로 낭송한 「애너벨 리」는 잊을 수가 없다.

에드가 앨런 포는 이사를 많이 다녔다. 대부분 경제적 문제 때문에 어쩔 수 없이 한 이사였다. 포는 가난해서 집을 소유한 적이 없고 늘 셋집을 전전했다. 포가 쫓겨나야 했던 집이 지금은 그를 기리는 박물관이 된 것이다. 미국 동부 연안을 따라 흩어져 있는 포의 박물관은 모두 네 군데로 뉴욕의 브롱크스, 필라델피아, 메릴랜드 주의 볼티모어, 버지니아의 리치몬드 시에 있다. 포가 남긴 물건이 거의 없기 때문에 '포가 썼던 물건과 가구'라고 전시할 것이 없다. 그래도 포의 생활에 대한 상상을 조금이나 할 수 있게 몇 가지 유사품들을 갖다 놓았다.

신기하게도 170년 동안 엄청난 인구 변동과 도시 개발이 되었음에도 불구하고 아직도 다들 현재 가난한 동네에 위치하고 있다. 포와 가난은 사후에도 뗄 수가 없는 것인가 보다.

1849년 포의 사망 이후 170년 동안 이룩한 눈부신 미국의 경제성장도 이 지역의 궁핍한 사람들에게 보다 나은 조건을 마련해 주지 못했다는 것은 미국이 안고 있는 문제점의 단면을 보는 것 같다.

필라델피아

1682년 영국의 퀘이크 교도 윌리엄 펜이 필라델피아의 시작이다. 그래서 미국에서 가장 오래된 도시이다. 한때 미국 연방정부의 독립 초기 수도였던 필라델피아에는 독립의 역사 사적지가 많이 있다. 영국에 대항하여 제1회 미국대륙회의를 이곳에서 열었으며 자유, 평등 사상을 천

에드가 포의 국립 사적지 집: 이 집을 포함하여 다른 집까지 합하여 필라델피아에서 6년을 살았다. 이 집에서 「검정 고양이」를 쓴 것으로 여겨지고 「갈까마귀」도 이 집에서 썼다.

명한 독립선언과 미국헌법이 제정된 곳이다. 독립선언서 및 헌법이 채택된 인디펜던스 홀이 있고, 그 맞은편에는 자유의 종이 있다. 그리고 주위에는 첫 대륙회의 장소인 카펜터스 홀과 미국의회의 시작인 콩그레스 홀 등이 있다.

인디펜던스 홀에서 북쪽으로 1마일쯤 올라가면 번잡하게 가로지르는 스프링 가든 대로이다. 여기에서 노스 세븐스 스트리트로 접어드는 입구에 '에드가 앨런 포 국립 사적지' 가 있다. 국립공원관리공단이 이 집을 운영하는데, 포의 다른 박물관 가운데서도 가장 잘 운영되고 있다.

포는 필라델피아에서 6년을 살았지만 노스 세븐스의 이 집에서는 겨우 한두 해를 살았다. 필라델피아의 다른 집들은 헐리고 보존이 안 되었고 이 집만 남아 있어 국립공원관리 공단에서 관리하게 된 것이다.

포의벽화, 초상화: 포의 집 바로 이웃 집 벽면에 포의 열혈 팬인 화가가 그려놓은 포의 초상화.

내부는 비좁지만 벽돌 3층 집이고, 뒤뜰이 제법 넓다. 2층에서 포가 글을 썼고 3층은 어린 아내, 버지니아가 썼다. 주위에는 연립 공공주택들로 둘러싸여 있다. 비교적 집 유지보수가 되어 있어 발티모어의 집처럼 빈민가의 인상은 주지 않았다.

그래도 이 집에 살 때 많은 일을 했고 행복했다. 출판사까지는 2킬로미터 정도로 걸어 다닐 수가 있었다. 역시 셋집이었고 아무도 포가 어떻게 해놓고 살았는지 당시 가구들은 어디로 갔는지 모르기 때문에 집 안에는 별 게 없다.

토, 일요일에만 개방하기에 제법 관람객들이 몰려든다. 공간이 좁아 10명만 와도 꽉 찬다. 관리사무실로 사용하는 일층에서 비디오로 포에 대해 설명을 해주고 있다.

옆 마당 길 건너 연립주택 외벽 벽돌담 전체에다 포의 초상화를 크게 그려 놓았다. 마치 그 집이 포의 집인 것처럼 착각하게 하여 그 집으로 들어갈 뻔 했다. 거기에 대형 초상화를 그려놓은 것은 포의 열렬 팬인 한 화가가 포의 집 외관 벽에 그리고 싶다는 제의를 해 왔는데 국립 사적지가 된 포의 집을 훼손할 수가 없어 거절하였더니 옆집 주인의 동의를 얻어 옆집 벽에 그렸다는 것이다. 그런데 그 작품성은 '글쎄올시다' 이다. 그림은 잘 모르지만…….

집 주위를 둘러싼 철책 안은 풀밭이다. 이 녹지 가에 새까만 철제 까마귀 한 마리가 긴 막대 위에 날개를 펴고 앉아 있다. 바로 에드가 포의 대표 시 가운데 하나인 「갈까마귀」를 기리기 위해서 세워 놓은 것이다. 어느 음산한 밤에 방문을 두드리고는 '네버모어(Nevermore)' 한 마디만을

까마귀 철제상: 필라델피아 포의 집 녹지에는 철제로 만든 까마귀 상이 세워져 있다. 「갈까마귀」를 쓴 것을 기념한 것이다.

계속해서 되풀이 하는 까마귀의 섬뜩한 목소리가 들리는 듯하다.

포가 이 「갈까마귀」를 쓴 데에는 영국의 찰스 디킨스의 미스터리 소설 『바나비 러지(Barnaby Rudge)』에서 영감을 얻어 썼다고 볼 수 있고 그 영향으로 디킨스의 그립(갈까마귀 이름)을 떠올리며 시 안에서 갈까마귀가 방문을 톡톡 두드리는 장면을 설정 한 것으로 보인다. 『바나비 러지』에서도 비슷한 장면이 나온다. 그립이 창문을 두드리자 미망인이 "누가 창문을 똑똑 두드리잖아!" 하고 소리치는 장면이다. 이것이 우연의 일치인지 의도된 암시인지는 모르나, 포가 『바나비 러지』에서 영감을 받아 자신의 시에 갈까마귀를 등장시켰을 가능성을 보여주는 대목이다.

영국의 대문호인 찰스 디킨스는 갈까마귀 광이었다. 그립이란 이름을 가진 갈까마귀를 집에서 키우고 있었는데, 이 말하는 새에 대한 집착이 정상의 범주를 벗어나서 미치광이로 와전되기도 했었다. 갈까마귀 광이란 단어가 'raven mad' 여서 미치광이란 단어인 'raving mad' 와 비슷해서 그렇게 되었을 것이라고 한다.

디킨스는 그립에 대한 애정이 대단했다. 그립의 건강이 안 좋아 곧 죽을 것 같아 보이자 그 그립이란 갈까마귀 새를 그가 쓰고 있던 소설『바나비 러지』속에 담았다. 작품 속의 갈까마귀 이름도 그립으로 똑같이 하여 그의 소설 속에 영원히 남아 살아있도록 했고, 그립의 몸은 박제를 해 보관하였다.

그런데 에드가 앨런 포가 1841년에 필라델피아의《새터데이 이브닝 포스트》와 1842년에《그레이엄스 매거진》에 이『바나비 러지』에 대한 서평을 실었다. 포는『바나비 러지』에게 찬사를 아끼지 않았지만, 줄거리가 좀 약하다는 평을 남겼다.

1844년 새로운 시를 쓰는 과정에서 포는 '말은 할 줄 알지만 생각할 줄 모르는 생물' 을 시에 넣고 싶었다. 처음에 떠올린 것은 앵무새였다. 하지만 알록달록한 앵무새는 그가 표현하고자 하는 어둡고 우울한 정서와 맞지 않았다. 그래서 생각한 것이『바나비 러지』의 갈까마귀, 그립이었다. 고뇌에 찬 시인의 작품에 꼭 알맞은 새가 아니었던가.

사실 포가 디킨스의 새에서 문학적 영감을 얻었다고 인정한 적은 없다. 다만 많은 독자들의 추측이 그러할 뿐이지만 어쨌든 디킨스의 그립과 포의 갈까마귀가 서로 닮았다는 사실만은 분명하다. 포를 사랑하는 많은 사람들은「갈까마귀」가 디킨스의 그립을 문학적 재료로 삼아 탄생한 시라고 믿어 왔다.

디킨스의 그립은 죽고 나서도 영생을 얻었다. 그립의 영혼은 디킨스의 소설『바나비 러지』에 살아 후대에 전해오고 그립의 몸은 박제가 되어 보관되었는데 디킨스가 사망한 뒤, 그의 갈까마귀 복제는 경매를 통해 포의 열성적인 팬인 리처드 김벨 대령에게 팔려 미국으로 건너갔다.

그립은 현재 필라델피아에 있는 파크웨이 중앙도서관 3층 희귀본 서고에 당당히 앉아 있다. 희귀본 서고는 수중에 하루 3시간만 신청자에 한해 공개된다. 필자는 포의 집이 주말에만 공개되기 때문에 일요일에 필라델피아의 포의 집을 방문 할 계획을 세웠었다.

갈까마귀, 그립의 박제품: 영국작가인 찰스 디킨스가 그의 애완동물인 갈까마귀(이름이 그립임)를 박제한 것을 포의 팬인 김벨 대령이 구입하여 미국으로 가져온 것이다. 지금은 필라델피아 중앙도서관 희귀본 서고에 있다.

포의 집과 도서관을 하루에 충분히 모두 방문할 수 있는 일정이었다. 그래서 포의 집 다음 방문지가 희귀본 서고였는데, 하는 수 없이 발길을 돌리고 월요일로 미루었다. 일정이 하루 늦어졌다.

에드가 앨런 포의 단편소설 「검은 고양이」는 그 으스스한 이상한 분위기 때문에 한 번 읽으면 잊히지 않는 강한 작품이다. 그 애꾸눈의 검은 고양이가 들어 앉아 이상한 울음소리를 내던 벽이 실제로 이곳 필라델피아의 포의 집 지하실에 있다. 전시실에서 계단으로 지하실로 내려가면서 검은 고양이가 아내의 시체와 함께 갇혔던 곳이 바로 이 벽이라고 말해주는 안내인의 말을 듣고는 고양이가 털을 세우듯 오싹해진다.

그러나 포가 정확히 언제 이 집으로 이사 왔는지가 확실하지 않아 「검은 고양이」를 이 집에 살 때 쓴 것이라고 장담 못한다. 1843년 초에 발표했으니까 1842년 말에 소설을 쓴 것인데 1843년에 온 것은 분명하나 1842년에 왔다는 정황이 없다. 그냥 전설로 남겨 두는 것이 좋겠다.

어릴 때부터 고양이를 좋아한 포는 장모와 아내 버지니아와 함께 살면서 실제로 이 집에서 검은 고양이 한 마리를 키웠다. 1842년에 그가 쓴 「본능 대 이성」에서 그는 '검은 고양이를 한 마리 키우고 있는데 검은 고양이는 모두 요물이다' 라고 해 평소의 검은 고양이에 대한 그의 감정을 표출했던 적이 있다.

발티모어

포가 1832년부터 3년 동안 머문 메릴랜드로 주 볼티모어로 가보았다. 1729년 시가 된 발티모어는 미국에서 오래된 도시 중 하나로 미국 최초로 철도가 놓인 도시이다. 지금은 인구 60여만 명의 잘 정비된 아름다운 항구로 유명하며 특히 대서양에서 움푹 들어간 체사피크 만에 지어진 이너하버지역의 항구 주변에는 많은 관광객이 모여들고 18, 9세기풍의 벽돌이 빼곡히 깔린 길가에 옛 건물 사이로 좁은 수로의 운하를 만들어 운치가 더한다. 그 주변에 쇼핑몰과 수족관, 그리고 호텔들이 늘어서 있다.

웨스트 볼티모어 애머티 거리소재 포의 집은 오늘날 우리가 즐기고 있는 포의 대중적 이미지에 잘 부합하는 곳인 것 같다. 이 집이 지어질 당시 인근은 도시외곽 전원지역이었다는데 지금은 집들이 들어찼다. 가난한 사람들이 사는 우범지역 같이 황량하다 이곳뿐만 아니라 다른 도시에 있는 포의 집들도 마찬가지, 포가 살았던 집들은 170년이 지나도 그대로 가난한 동네에 있다. 도시계획으로 부자동네로 바뀔 수도 있었을

발티모어 항구 풍경.

테인데 포의 상징인 '가난'을 오랜 세월도 바꾸지 못했다.

문득 '더 와이어'라는 오래전 미국에서 본 텔레비전 드라마가 생각난다. 한 백인 여자관광객이 필자처럼 포의 집을 찾고 있었는데 어느 집 계단에 앉아 있던 사람들에게 포의 집이 어디냐고 묻는 장면이 나온다. '포의 집? 둘러보쇼. 전부 가난한 집이니까.' (흑인 영어에서 'Poe House'는 'Poor House'와 발음이 같다.)그래서 포는 평생 가난에서 벗어나지 못했나보다.

애머티 거리 입구에 '포의 집'이란 조그만 표시판이 서있어 쉽게 찾았다. (자동차 GPS 덕이기도 하다.) 집 앞에는 독일 함부르크에서 왔다는 검소한 차림의 노부부가 막 집을 둘러보고 나오는 길이다. 역시 서양인들은 여행을 즐기며 사는구나 하는 생각이 들었다.

이 집은 현재 발티모어 시에서 소유하고 있지만 '포 발티모어'라는 시

발티모어 포의 집: 붉은 벽돌집 부문만 포의 집이다. 이 집에서 23세부터 26세까지 살았다.

민단체에서 관리 운영하고 있다. 2014년 말까지는 토요일, 일요일에만 문을 연다. 그 후 잠시 문을 닫았다가 2015년 봄에 다시 연단다. 입장료는 5달러이다. 둘러볼 것도 없는 좁은 집인데 무슨 입장료를 받는가 하는 생각을 하는데 필자의 마음을 읽었는지 묻지도 않았는데 운영비를 마련해야 하기에 어쩔 수 없이 받는다는 설명이 뒤따른다.

집 내부는 좁아 포가 다른 다섯 가정과 함께 살았던 집이라곤 믿기지 않는다. 이층으로 오르는 계단은 좁아 겨우 혼자 올라갈 수 있고 맨 위 다락방으로 오르는 계단은 사다리에 가깝다. 연립주택인데 포의 집만 외벽이 새것이라 다른 집과는 표가 난다. 내부도 수리를 해서 비좁지만 깨끗하다 다른 집들은 그대로 가난을 벽에 붙이고 퇴색한 외벽을 지닌 채 살고 있다. 발티모어의 포의 집은 그 궁색함이 생전의 포와 어울리는 것 같다.

이 집에서 포는 「병 속에서 발견된 수기」를 써서 어느 볼티모어 신문의 단편소설에 응모해 상금 50달러를 받는다.

포의 무덤은 그가 살았던 포의 집에서 약 1킬로미터 떨어진 웨스트민스터 교회 내에 있는 교회묘지에 있다. 그가 죽은 지 26년이 지난 1875년 11월에 기념묘비가 세워졌고, 뉴욕 브롱크스에서 1847년에 죽은 그의 처 버지니아와 포의 어머니의 묘를 1885년에, 이장해와 합장하였다. 최근 1977년에 독지가의 성금으로 지금의 근사한 묘비를 세워 놓았다.

누군가가 매년 1월 19일 포의 생일에 반쯤 마신 코냑과 세 송이의 붉은 장미를 포의 무덤에 놔두고 간다. 세 송이 장미는 포와 그의 어머니, 그리고 아내 버지니아를 위한 것이리라.

지난 2009년, 포의 탄생 200주년 되던 해에는 과연 그 해에도 코냑과 장미를 가져다 놓을 것인가가 관심의 대상이어서 수백 명의 관중이 포의 묘지를 지켜보았지만 끝내 나타나지 않았다. 포를 사경에 이르게 만든 사람이 아마도 포에 대해 사죄하는 마음으로 처음에는 자기가 장미를 갖다 놓다가 그 후는 그의 아들과 후손들이 대를 이어서 장미를 바치지 않았을까 하는 설이 있다 이래저래 지금은 관광의 명소가 되어 버렸다.

포의 묘: 발티모어의 웨스트민스터 교회묘지에 있다.

포가 발티모어에 묻힌 이유는 포가 1849년 10월 7일에 발티모어에서 죽었기 때문이다. 그의 사인은 확실하지 않다. 다만 발티모어의 노스 브로드웨이 거리에 쓰러져 있는 것이 발견되어 인근 대학병원에 입원했다. 이때 포를 치료한 존 모란 박사의 진술에 의하면, 포는 남의 옷을 얻어 입은 듯 옷차림이 남루했으며 세수도 못하고 횅한 창백한 얼굴의 거리의 노숙자 모습 그대로였다는 것이다. 병원에 입원한 지 4일 만에 사망했고, '신이시여, 내 불쌍한 영혼을 돌보소서!' 라는 마지막 말을 남긴 채 눈을 감았다고 한다.

포의 묘지를 떠나면서 다시 한 번 왜 포가 발티모어에서 의문의 죽음을 당했을까 하는 생각이 들었다. 왜냐하면 포는 그가 리치몬드에 살던 어린 시절의 단짝 여자 친구였던 새라 로이스터와 약혼한 사이였으며, 곧 결혼을 앞두고 있었다. 이 여자 친구는 포의 열렬한 팬으로 돈 많은 과부여서 포가 창작활동과 출판 일을 하는데 든든한 후원자가 될 것이어서 앞 장래가 기대되는 상황이었는데, 인생 자포자기한 사람처럼 노숙자 차림으로 객사한 것은 이해가 안 되었다. 죽을 이유가 없었다.

포가 약혼자가 있는 버지니아 주, 리치몬드를 방문한 후 자신의 결혼식에 숙모를 모시려고 그의 뉴욕 집으로 가는 도중에 예정에 없던 발티모어에 들러 죽은 것이다. 버지니아와 신혼을 보낸 발티모어에서 버지니아를 못 잊어 폭음을 했고 그로 인한 죽음일까? 아마 평소 포는 도박과 알코올 중독의 증세가 있었는데 이와 연관이 있을 거란 추정이 맞을까? 둘 다 일까? 아님 누군가에 의해 약물투여로 죽어간 것일까? 미스터리이다.

발티모어 사람들의 포에 대한 애정은 대단하다. 필라델피아, 뉴욕과 서로 경쟁을 하고 있다. 필라델피아는 국립역사 유적지로 되어 국립공단에서 관리한다. 그래서 필라델피아에 뒤지지 않으려고 발티모어 시민들이 나서서 '포 발티모어' 라는 단체를 만들어 자원 봉사로 관리하고 있다 그 열정이 뉴욕과 필라델피아보다는 더 강한 것 같다.

뉴욕의 포 하우스

뉴욕 브롱크스에 위치한 포의 집은 작고 흰 시골집이다. 1812년에 지어진 이 집으로 포가 이사 온 것은 공기 때문이었다. 1846년 포는 아내 버지니아와 맨해튼에 살고 있었다. 폐결핵을 앓는 버지니아 때문에 좋은 공기를 찾아 외곽으로 온 것이다. 버지니아를 살릴 수 있으리라 희망하여 한 달에 100달러를 집세로 지불하는 도박을 감행했지만 실패했다. 이사 온 다음 해 1847년에 버지니아는 1층 침실에서 죽었다. 포는 2년을 더 살았다. 1849년 볼티모어에서 죽은 채 발견되었을 때도 이곳이 포의 집이었다. 공기 좋다고 이사 온 시골집이 170년의 세월이 흘러 지금은 빌딩으로 꽉 차 매연에 기침이 나올 지경이다.

뉴욕의 브롱크스의 포의 집: 마지막 3년을 살면서 명시 「애너벨 리」를 여기서 썼다. 원래 이 집은 도시계획으로 헐려 현재의 자리로 옮겨놓은 것이다.

포의 집이 원래는 킹스브리지 로드 쪽에 있었는데 포어덤 마을이 뉴욕 시로 편입되어 인구가 늘어나고 아파트들이 들어서면서 헐리게 되자 시

당국은 1913년에 원래 있던 자리에서 150미터 옮긴 지금의 자리에 포의 집을 복원시켰다. 그 후 1917년부터 기념관으로 개관되었다.

이 기념관에는 포가 쓰던 물건이라고는 침대와 흔들의자 정도이다. 이 침대에서 아내 버지니아가 24세의 나이로 죽었다. 1836년 13세의 어린 나이로 15세나 연상인 사촌오빠인 포와 결혼하여 10여 년 동안 가난과 폐결핵으로 고생하다가 세상을 하직했다. 추운 겨울에 담요도 없이 짚을 깐 침대에 쓸쓸히 눈을 감은 아내를 바닷가의 어느 왕국에 사는 소녀 '애너벨 리' 로 미화시켜 애도하였다.

이때의 아내에 대한 애절한 사랑이 「애너벨 리」라는 그 유명한 시를 쓰게 한 것이다. 천사조차도 샘낼 정도로 죽음으로도 갈라놓을 수 없는 영원한 사랑이라고 노래하며 '우리는 사랑보다 더한 사랑으로 사랑했다' 라는 명 구절을 남긴 채. 가난해서 아무것도 해줄 수 없었던 포는 시라도 써서 버지니아에게 바칠 수밖에 없었을 것이다.

그러나 실제로 현실에서는 포는 2년이 지나자 옛 연인인 새러와 결혼을 약속한다. 영원한 사랑은 포의 가슴속에 두고 새 출발을 하려고 했던 것일까? 영원을 다짐했던 자가 2년 만에 약혼을 했다는 것이 마음에 걸린다. 2층 비디오실에서 포가 이 집에 살 때 가난한 생활을 했던 단면들을 보여 준다.

포의 집들은 뉴욕의 브롱크스에서 부터 필라델피아, 그리고 볼티모어에 이르기 까지 오늘날의 미국 동부 연안도시 지역의 빈곤 지형도라고 해도 좋겠다. 가난과 포는 떼어 놓을 수 없는 그 무엇이 있나 보다. 원래라면 부서졌을 포가 살았던 집들이 보존되어 관광객에게 공개되고 있다는 것이 다행이다.

작가에 대하여

에드가 앨런 포는 보스턴에서 1809년에 배우인 에리자 포와 데이비드 포 주니어의 아들로 태어났다. 아버지는 포가 한 살도 되기 전에 집을 나갔으며 어머니도 세 살 때 결핵으로 사망했다. 어머니는 그녀가 죽었을 당시 리치먼드 지방신문에 기사로 실릴 정도의 배우였다.

어머니가 죽자 버지니아 주 리치먼드의 성공한 담배 사업사인 존 앨런에게 입양되었고, 그의 가운데 이름 앨런은 그의 양부의 성을 따온 것이다. 양부모를 따라 영국에 가서 그곳 사립학교인 매너 스쿨에 다녔고 11살 때 양부모와 함께 미국 리치먼드로 돌아왔다.

1826년 17살 때 버지니아 대학에 들어갔으나 도박 때문에 일 년밖에 다니지 못하였다. 1829년 양모 프란시스 앨런이 죽자 그녀의 유언을 따라 양부와 화해하였고, 양부는 포를 웨스트포인트 사관학교에 보내 주었다. 그러나 명령불복종으로 웨스트포인트에서 퇴학당하자 양부와는 1843년 양부가 죽을 때까지 받아들여지지 않았다.

1832년에 포는 숙모인 마리아 클렘과 그녀의 딸 버지니아 클렘과 함께 메릴랜드 주 발티모어로 옮겨왔다. 3년여 발티모어에서 살다가 다시 1835년에 리치먼드에 있는 《서던 리터러리 메신저》 지의 편집자로 취직이 되어 리치먼드로 옮겨왔다.

1836년 5월 16일에 포는 13살짜리 그의 사촌인 버지니아와 리치먼드에서 결혼한다.

1843년에 《그레이엄》 지의 부편집장이 되어 필라델피아로 이사 온다. 같은 해 그의 대표작 「검은 고양이」를 발표하고 1845년에는 또 하나의 대표작인 「갈까마귀」를 《이브닝 미러》 지에 발표하여 연달아 히트작품을 내놓았다.

1846년 뉴욕 맨해튼으로 와서 살다가 1847년에 버지니아의 폐결핵 때문에 공기 좋은 뉴욕외곽 시골인 브롱크스로 이사 왔다. 허나 1847년에 버지니아는 24세의 나이로 죽고, 이때의 슬픔을 노래한 시가 바로 「애너벨 리」이다.

버지니아 사망 이후 정신적 불안으로 시달렸고 폭음으로 시름을 달랬다. 그 후 어릴 적 고향인 리치먼드로 내려가 옛날 연인 새라 로이스터와 재회하고 약혼한다.

1849년 40세의 나이로 사망원인은 의문을 남긴 채 볼티모어 길 거리에서 의식불명이 되고 4일 후 죽는다.

포는 어릴 때 조실부모하고 불행한 삶의 연속이었다. 평생 술과 도박에서 벗어나지 못한 불행한 시인이었다. 그러나 문학적 업적은 대단해서 미국 단편소설의 개척자, 추리소설의 선구자였으며 시에 운율을 도입한 시를 미국에 처음 발표하였다.

포는 생전에는 물론이고 사후 거의 1세기 가까이 영어권 문학에서 평가받지 못한 불행한 소설가요, 시인이었다. 먼저 프랑스에서 인정받기 시작했다. 프랑스 상징파 시인 보들레르에 의해 그의 천재성이 세상에 알려지면서이다.

작품 줄거리

「애너벨 리」

우리의 사춘기 때 사랑을 꿈꾸며 열렬히 환호해 마지않던, 사랑을 주제로 한 발라드 형식의 연애 시이자 애도 시이다.

언어가 지닌 미묘한 뉘앙스를 중시하여 '바닷가의 어느 왕국에(a kingdom by the sea)' 라는 구절과 '애너벨 리(Annabel Lee)' 라는 아름답고도 애조 띤 음조의 이름을 각 연마다 반복적으로 사용하여 시의 운율이 주는 감흥이 순수한 사랑에 대한 애틋한 마음을 나타내는 데 더욱 효과적으로 작용했다.

'오래고 또 오랜 옛날/바닷가 어느 왕국에/여러분이 아실지도 모를, 애너벨 리라고 하는 이름의 한 소녀가 살았지/그 소녀는 나를 사랑하고 내 사랑 받는 것 외에는 아무 생각도 없이 살았네/그녀는 어렸고 나도 어렸지만/그러나 우리는 바닷가 왕국에서/사랑보다 더한 사랑을 하였지/날개달린 천상의 천사조차도 샘 낼만큼 그런 사랑을' 이라고 시작된다.

마지막 문장의 애절함이 바로 포의 슬픔 그 자체란 걸 알 수 있다.

'달이 비칠 때면 아름다운 애너벨 리의 꿈을 꾸네/별이 비칠 때면 아름다운 애너벨 리의 밝은 눈동자를 느끼네/그러기에 나는 밤새도록 내 사랑, 내 사랑, 나의 생명, 나의 신부, 애너벨 리의 곁에 누워만 있네/거기 바닷가 그녀의 무덤 안에/파도소리 들리는 바닷가 그녀의 무덤 곁에서'

실재로 포는 버지니아가 죽고 몇 주 동안 그녀의 무덤가를 배회하며 정신을 놓고 울곤 했다고 전해진다.

「갈까마귀」

1845년 시 「갈까마귀」를 발표하면서 포는 일약 유명작가로 이름을 날리게 된다. 「갈까마귀」의 주인공 청년 역시 이제는 가고 없는 연인에 대한 사랑과 추억에 가득 차 있다.

어느 폭풍우가 치는 밤에 창문을 통해 쉴 곳을 찾아 갈까마귀가 한 마리 날아오는데 이 갈까마귀는 어떤 질문에도 '네버모어(Nevermore)' 즉, '더 이상 영영 없으리/안 하리' 라는 대답 밖에 못한다.(앵무새나 갈까마귀는 한 단어를 외우면 아무 생각이나 뜻도 모른 채 그 단어만 반복해서 말한다) 그래도 청년은 계속 물을 수밖에 없다.

'내 연인이 다시는 이 보랏빛 쿠션의자에 기대앉지 못하겠지?/영영 못 앉아/슬픔을 고치는 향이란 게 있을까? 나에게 말해주오/영영 없으리/슬픔의 무거운 짐을 지고 있는 이 가련한 영혼에게 말해주오/저 멀리 에덴에서도 성스러운 소녀를 껴안는지/세상에 둘도 없이 빛나는 소녀를/더 이상 없으리'

뭐라고 묻든 같은 대답을 들을 걸 뻔히 알지만 계속 물을 수밖에 없는 절망적인 매달림이 「갈까마귀」란 시의 전체적인 정서이다. 결코 잊을 수 없는 사랑과 사라진 희망에 대한 추억이 갈까마귀의 대답, '네버모어' 와 함께 울려 퍼지는 동안 우리도 함께 슬픔을 느끼게 만든다.

「검은 고양이」

'나' 는 술에 취해 발작적으로 여러 해 동안 애완용으로 기르던 검은 고양이의 한쪽 눈을 칼로 찔러 나무에 목을 매달아 죽여 버린다. 그날 밤 '나' 의 집에 불이 나서 타버리고 남은 벽에 목에 줄을 맨 고양이 형상이 나타난다.

얼마 뒤 애꾸눈에다 검은 고양이 한 마리가 길을 잃고 있는 것을 발견하고는 집으로 데리고 온다. '나'는 이 고양이를 도끼로 치려다가 아내를 죽이게 된다.

아내의 시체를 지하실 벽장 속에 넣고 벽을 발라 감추었으나 경찰이 조사를 나왔을 때에 벽장 속에서 이상한 울음소리가 들려 벽을 파보니 아내의 시체 위에서 애꾸눈의 검은 고양이가 울고 있었다.

- 기념관
  - 필라델피아: 에드가 앨런 포 국립 사적지, 532번지, 노스 7번 길, 필라델피아, 펜실베이니아
  - 뉴욕: 에드가 앨런 포 카티지, 2640번지 그랜드 콘코스, 브롱크스, 뉴욕
  - 볼티모어: 포 하우스, 203번지, 노스 애미티 스트리트, 볼티모어, 메릴랜드
- 묘지: 볼티모어 웨스터민스터 교회 묘지, 519번지, 웨스트 페이엣 스트리트, 볼티모어, 메릴랜드

5
허만 멜빌
Herman Mellville, 1819~1891

— 『백경(白鯨, Moby Dick)』

원래 원제목은 『모비 딕-흰 고래』인데 우리나라에서 『백경』으로 번역되어 소개되었다. 백경, 즉 하얀 고래라는 뜻이다. 이하 제목은 『백경』으로 표기한다.

Herman. Mellville

스타벅스 커피와『백경』

전 세계를 휩쓸고 있는 유명한 커피숍 스타벅스는『백경』과 연관이 있다. 이 스타벅스란 이름을 지어준 사람이 바로 멜빌이다.『백경』에서 일등항해사인 스타벅은 너무 커피를 좋아해 항상 커피를 달고 산다. 시애틀의 젊은 청년 몇이서 처음 시애틀 부두에다 커피숍을 개점할 때 가게 이름을 뭐라고 할지 고민하다가『백경』의 항해사 스타벅이 생각났고 그래서 '스타벅의 커피' 즉 영어로 '스타벅스(Starbuck' s) 커피' 로 정했다고 한다.『백경』이 미국인들에겐 아직도 기억 속에 남아 있어서 작품속의 이름을 따온 것이다. 그만큼 아직도 인기가 있다는 증거이지 않을까?

시애틀 바닷가 파이크 플레이스 1912번지에 있는 스타벅스 커피숍 제1호점은 공간도 넓지도 않은데 항상 수많은 관광객들로 인산인해이다. 커피뿐만 아니라 커피잔, 머그잔, 수건, 기타 액세서리 등도 판매하고

스타벅스 커피숍 1호: 시애틀에 있다. 소설 『백경』의 1등 항해사인 스타벅의 이름에서 따온 커피숍 이름이다.

있다 이제는 관광명소가 되어 버렸다.

2010년에 필자는 친구 넷이서 미국 대륙을 자동차로 횡단한 적이 있는데 그때 이곳에 들른 적이 있다. 바로 앞에 있는 파이크 플레이스 마켓에서 싱싱한 새우를 사다 소금을 뿌려 구워먹었는데 너무 맛있게 먹어서 지금도 가끔 생각이 나곤 한다.

뉴베드퍼드

『백경』 하면 우선 그레고리 펙이 주연하고 존 휴스턴이 감독한 영화가 기억난다. 멜빌이 이 불후의 명작을 쓰게 된 것은 큰 고래가 나타나 배를 침몰시키고 많은 사상자를 낸 다음 결국 선원들의 추적 끝에 죽음을 맞는다는 실화를 바탕으로, 멜빌 자신이 몸소 경험한 고래잡이 생활을 가

미할 수 있었기 때문이다.

『백경』의 배경인 뉴베드퍼드에 가보았다.

미국 동북부 매사추세츠 주의 항구 도시 뉴 베드포드는 보스턴에서 정남쪽으로 80여 마일, 뉴욕에서 동쪽으로 해안도로인 195번 도속도로를 따라 코네티컷 주와 로드아일랜드 주를 지나서 180여 마일 떨어진 곳에 위치해 있다.

이 뉴베드퍼드 항구가 석유가 나오기 전인 1800년대 전반까지 고래잡이로 전성기를 맞고 있었다. 당시 사람들에게 고래는 매우 유용한 자원이었다. 고래 기름으로 등불을 밝혔고, 여성들은 고래 뼈로 만든 코르셋으로 허리를 잘록하게 조였다.

1820년대부터 포경선이 모여 들기 시작하여 한때 3백 척의 포경선에 1만 명의 선원들이 득실거려 세계 고래잡이 산업의 중심지였고 소득 또

로체 존스 더프의 저택: 고래장사로 돈을 벌어 1834년에 지은 호화주택. 당시 고래장사의 번성을 보여준다.

한 세계 제일의 항구였다. 그러나 지금은 쇠락해져 인구가 겨우 5만 명이 넘는 한적한 포구로 전락해 버렸다. 포구에는 최신 요트선과 어선 화물선들이 몇 채 떠있을 뿐이다.

멜빌이 뉴베드퍼드를 배경으로 한 『백경』을 쓴 1850년 당시가 바로 호황을 누리던 시기였다. 그러던 것이 1860년대에 석유가 나오기 시작하면서 석유가 고래 기름을 대신하게 되자 고래잡이는 사양길로 들어섰다. 뉴베드퍼드의 거리에는 19세기 초중반의 번영을 나타내는 조지아 양식으로 지은 커다란 벽돌 건물이 늘어서 있다. 그 시절의 세관과 시청의 건물들이 아직도 그대로인 채 사무를 보고 있다. 얼마나 이 항구가 그 당시 번영을 누렸던가를 말해준다.

그러나 1960년대에는 미국 내에서도 미국에서 가장 실업률이 높은 도시 가운데 하나였다. 그래서 멜빌의 『백경』과 함께 그 시절의 옛 번영을 상품화하여 관광객을 유치하기로 하고, 1966년 옛날 부두의 부근 일대를 사적지로 지정하여 19세기 도시를 개조했다.

좁다란 거리들에는 옛 방식대로 자갈들이 깔리고 가스등이 켜졌다. 고래 상인들과 포경선 선장들의 집들은 새 단장을 해서 오늘에 이른다. 멜빌의 『백경』을 내세워 관광객들을 유치하는 정책을 펼친 것이다.

'미국 어느 곳에도 이만큼 귀족적인 거리는 없다' 라고 멜빌이 『백경』에 썼던 카운티 스트리트를 재현시켜 놓았다. 카운티 스트리트 396번지에 있는 고래장사로 돈을 벌어 부자가 된 로체 존스 더프의 저택은 압권이다. 1834년에 지어진 이 희랍 양식의 호화로운 3층 저택은 멜빌이 『백경』에서 묘사한 '훌륭한 주택들과 꽃으로 장식된 정원들' 의 실제 표본

뉴베드퍼드 항구의 최근 풍경.

옛 무역세관 건물.

이다. 실내 장식, 가구들, 그리고 잘 꾸며진 정원 등을 보노라면 그 시절로 되돌아가는 느낌이 든다.

멜빌이 없었다면 이 도시는 어쩔 뻔했을까! 무얼 먹고 살아갈 수 있었을까!

부둣가에서 멀지않은 조니 케이크 힐 15번지의 나지막한 언덕 위에 아담한 2층 건물로 된 '선원 예배당'이 보인다. 1832년 5월 2일에 지었다고 쓰여 있다. 정문 오른쪽 기둥에는 '멜빌의 『백경』에 나오는 선원 예배당'이라고 쓴 안내판이 걸려있다. 왼쪽 기둥에는 '고래 잡으려고 출항하는 선원들은 이곳에서 일요일 예배를 보고 간다'는 『백경』의 7장에 나오는 구절이 쓰여 있다. 무사히 돌아온다는 보장이 없는 불안한 선원들은 이 예배당에서 하느님께 기도라도 하고 떠나야 심적 안정을 얻을 수 있었기에 여기 예배당에 들렀을 것이다.

뉴베드퍼드의 선원 예배당: 바다로 나가는 고래잡이 선원들의 기도장소였다. 정문은 수리 중이었다.

이 예배당에는 멜빌의 『백경』에 나오는 설교하는 단상이 뱃머리 모양으로 만들어져 있다. 멜빌은 실제로 포경선을 타기위해 1841년 22살 때

목사 설교단: 뱃머리 모양의 설교단은 멜빌이 보았던 것은 불에
타 버리고 지금의 것은 1961년에 새로 만든 것이다.

이 예배당에 들어와 예배를 보았다. 그는 그 때의 경험으로 『백경』에서 '이 설교단은 세상을 인도하는 앞머리이다' 라고 썼다.

그런데 『백경』이 출판된 지 15년이 지난 1866년, 이 예배당은 불이 나서 타버렸다. 우여곡절 끝에 지금의 뱃머리 설교단은 1961년에 새로 만들어 진 것이다. 불타기 전의 설교단이 뱃머리 모양이었는지 아니면 『백경』에서 멜빌이 뱃머리 모양을 상상으로 지어낸 것인지가 확실하지 않다. 확실한 것은 현재의 것이 『백경』에 서술된 모양대로 만든 것이라는 것이다.

멜빌이 『백경』을 쓰기 전 1820년에 조지 폴라드 선장이 지휘하는 포경선 엑섹스 호가 갈라파고스 제도 근처에서 큰 고래의 공격으로 침몰한 이야기를 책으로 읽었다. 생존자 중 한 명인 오웬 체이스의 처참한 체험담은 멜빌에게 충격과 자극을 주었다.

그 후로 칠레 연안에 모카 딕이라는 큰 고래가 나타나 많은 사상자를 냈고 공포의 대상이 되어 있었다. 그러다가 1839년 모카 딕은 결국 최후를 맞았고, 그 기사를 멜빌이 《니커보커 매거진》에서 읽게 된다. 멜빌은 이 전설적안 고래를 소재로 자신의 고래사냥 경험담을 모아 한 편의 소설을 쓰기로 마음먹는다. 제목은 모카 딕에서 이름만 살짝 바꾸어 '모비딕' 으로 했다.

그렇다고 남의 이야기만으로 『백경』을 쓴 건 아니다. 1841년 그는 남태평양으로 고래를 잡으러 떠나는 애큐시넷 호에 합류했다. 배를 공격하는 포악한 고래를 맞닥뜨린 적은 없었지만 멜빌은 한동안 『백경』의 선원들과 똑같이 모험을 좇아 포경선을 탄 것이다.

선원의 집: 선원 예배당 옆 건물로 지금은 일반인들도 묵는 호텔이다.

교회 옆의 선원의 집은 지금도 뜨내기 선원들을 재워 주는 곳이라고 한다.

선원 예배당의 바로 맞은편은 포경박물관이다. 1903년에 개관하여 지금은 건물을 확장 개축하였다. 규모가 꽤나 커서 포경 관련 수집품이 세계 제일이라고 한다. 포경선과 큰고래의 뼈 모형이 실제 크기로 만들어 진열되어 있다.

포경 박물관: 수집품이 세계 제일이다. 이 고장 명소로 결혼식 기념촬영을 하기도 한다. 거대한 고래뼈 모형을 전시해 놓고 있다.

◀ 뉴베드퍼드의 시립 도서관: 예전 전성기에는 시청이었다. 앞에 고래잡이 작살꾼 동상이 서 있다.
▶ 고래잡이 작살꾼 동상: 뉴베드퍼드 시립 도서관 앞에 서 있는 동상에 '고래를 죽이느냐, 아니면 내가 구멍이 뚫리느냐' 라고 새겨져 있다.

현재 시청 옆의 시립 도서관에는 당시 포경선들의 항해일지와 『백경』의 초판본 등이 진열되어 있다. 옛 시청은 현재 시립 도서관이 되었고 길 건너 옆, 조그만 건물에 현재의 시청이 들어 서 있다. 이것만 보아도 지금은 얼마나 쇠락했고 옛 시절이 얼마나 번영했던가를 나타내준다.

시청 옆 시립 도서관 건물 앞에는 작살을 든 1913년에 세운 고래잡이 선원의 동상이 서 있다. 동상은 작살을 들고 고래사냥을 하는 포즈이다. 지금은 이 동상이 뉴베드퍼드의 상징이 되어 있다.

동상에는 '고래를 죽이느냐 아니면 배가 구멍이 뚫리느냐' 라고 새겨져 있다. 이 말은 절박했던 당시 선원들의 모토가 아니었을까 하는 생각이 든다.

트로이, 멜빌의 집

허만 멜빌의 가족들이 뉴욕 주 올배니에서 살다가 이곳 트로이로 이사와 1838년에서 1847년까지 살았던 집이다. 이 기간 동안 멜빌은 1841년에 포경선 선원이 되어 태평양으로 나갔다가 1845년에 가족들이 있는 이 집으로 돌아왔다. 그 후 선원 시절 경험한 내용을 토대로 식인종과의 동거를 다룬 『타이피(Typee)』와 『오무(O Moo)』, 이 두 작품을 이 집에서 완성했다. 그의 첫 작품들을 여기서 쓴 것이다.

이 집을 트로이 시가 속해있는 랜싱버러 카운티의 사적 관리위원회에서 관리하고 있는데 그 보존상태가 열악하다. 예산부족으로 그런 것 같다 마치 버려진 폐가의 분위기였다. 사전예약에 의해서만 들어가 볼 수 있다고 써 놓았다. 하지만 아무도 방문하지도 않을 것 같다. 트로이 시는 완전 시골이다. 이름이 트로이 목마를 연상시킨다.

집 바로 옆에 허드슨 강이 흐르고 있다. 집 주위가 조용하고 강을 끼고 있어 작품을 쓰기에는 좋은 환경이다. 상류인데도 그 강폭이 꽤 넓고 물살이 강하다. 하기야 바다와 만나는 맨해튼의 허드슨 강은 폭이 넓고 깊

뉴욕 주 트로이의 멜빌의 집: 1941년에 멜빌이 포경선원으로 나갔다가 이 집으로 돌아와 『타이피』와 『오무』를 썼다.

이도 높아 웅장한 것을 감안하면 상류인 여기 허드슨이 넓은 것이 이상할 게 없다. 뉴욕 시에서 300여 km 거리인데 역시 미국의 강은 크고 길기도 하다. 멜빌이 어린 시절 살던 맨해튼의 허드슨을 회상하며 이 강물을 바라보았을 것 같다.

애로우 헤드, 피츠필드의 멜빌 집

그가 청소년 시절을 보낸, 뉴욕 주 올배니 가까이 있는 매사추세츠 주 내륙도시, 피츠필드 시의 변두리에 있는 홈스 로드라는 긴 숲속 길에 '애로우 헤드' 라는 멜빌의 집이 있다. 1850년에 사들어 와 이 집에서 『백경』을 썼다.

▼ 피츠필드에 있는 멜빌의 집, 애로우헤드: 13년 동안 이 집에서 살며 『백경』을 썼다.

원래 이 집은 1780년에 지어진 조지 왕조시대 건축양식의 농가였다. 멜빌이 이곳 피츠필드로 이사를 오게 된 동기는 그가 청소년 시절, 여름만 되면 이곳에 있는 그의 삼촌인 토마스 멜빌의 집에서 지냈기 때문에 어린 시절의 향수를 못 잊어 그랬을 것이다.

더욱이 매사추세츠에서 제일 높은 그레이 록 산맥을 바라본 어린 시절의 추억이 마음속 깊이 남아 있어 그레이 록 산이 바라보이는 이 집을 구입하였다고 한다. 여기서 멜빌은 소, 말, 돼지, 토끼 등의 가축을 키우고 옥수수, 호박, 그리고 감자 등을 재배하는 농사를 지었다. 이 집에서 13년을 살았다. 지금도 한적한 시골집이다. 멜빌이 뒤뜰에 심은 나무들이 160여 년이 지나 하늘 높이 뻗어 있다.

애로우 헤드에서 살던 1850~1863년 사이 멜빌의 가정은 꽤 복닥거렸다. 어머니, 3명의 고모, 4명의 자식들, 그리고 아내 등 10여 명이 함께 지내려고 집을 계속해서 늘려갔다. 필자를 포함한 많은 방문객들이 애로헤드의 집이 좁은 것을 보고 글을 써서 돈을 많이 벌지 못했다는 것을 알고 놀란다. 그는 평생 1만 달러밖에 벌지 못했다고 한다.

1927년까지 멜빌 가에서 가지고 있다가 독립 200주년이 되는 1976년이나 되어서야 이 집을 매사추세츠 주 버크셔 카운티에서 사서 사적 기념관으로 개관하여 일반에게 공개하였다.

그리 멀지 않은, 같은 매사추세츠 주의 콩코드에 살던 『주홍글씨』의 작가 너대니얼 호손과는 15살 아래이지만 왕래를 하며 친교를 맺고 지냈는데, 호손과 만나던 별채 헛간도 공개를 한다. 멜빌의 가족들이 많아 번잡한 본채에서 벗어나 조용한 공간을 찾아 호손과 이 헛간으로 옮겨 문학작품 이야기꽃을 피운 것이리라. 멜빌은 『백경』을 출판하면서 책 첫

머리에 호손에게 이 작품을 헌정한다고 썼다.

애로우 헤드에 있는 멜빌의 서재: 멜빌이 『백경』을 쓴 책상이 그대로 남아 있다. 산속에서 바다의 고래잡이를 썼다.

멜빌이 『백경』을 쓴 책상 앞에서 정면으로 내다보이는 창밖 너머로 그레이 록의 산등성이가 보인다. 이 산등성이가 커다란 고래 등을 연상시켜 멜빌이 『백경』을 쓸 때 영감을 얻었다고 한다.

애로우 헤드의 안내인은 하얀 고래의 모습을 떠올려준 그레이 록의 산등성이를 바라보면서 2층 서재 입구에 서서 꼬장꼬장한 노인들이 감격하여 울음을 터뜨리는 모습을 종종 목격한다고 말했다.

그러나 필자는 공감이 그다지 가지 않는다. 산등성이가 고래 등 모양 같기는 하지만 눈물 흘릴 정도로 감격스러운 장면은 아닌 것 같다. 멜빌

그레이 록 산등성이: 애로우 헤드에서 멀리 바라보이는 그레이 록 산등성이가 커다란 고래등을 연상시켜 『백경』을 쓰는 데 영감을 얻었다고 한다.

은 이 산등성이에서 태평양의 바다를 연상했다니 실로 그는 숲 가운데서 고래잡이를 하고 있었던 것이다.

멜빌 트레일이라고 하여 멜빌이 다니던 마을 교회와, 농산물 시장, 그리고 그의 두 아들이 다니던 학교와 하버드 의과대학장 출신의 멜빌의 주치의의 집, 특히나 시립 도서관 내에 있는 멜빌 기념실 등 12곳을 둘러보는 투어코스가 있다. 이 투어는 멜빌의 일상생활을 유추해볼 수 있는 그런 투어이다 4월 봄부터 10월 가을까지만 한다.

일층에는 조그만 선물가게도 있다. 필자는 『백경』에서 유일한 생존자이며 해설자로 나오는 이스마엘이 프린트된 검정색 티셔츠를 하나 사보았다.

뉴요커 멜빌

멜빌이 태어난 곳은 뉴욕 시 맨해튼 최남단 끝, 6번지 펄 스트리트이다. 자유의 여신상으로 가는 페리가 떠나는 선착장이 바로 공원 맞은편이다. 경제 중심지인 월가가 걸어서 5분 거리이다. 지금은 50m의 고층 건물이 들어서 있어 멜빌이 태어날 당시의 흔적을 찾을 길이 없

멜빌의 생가 터: 멜빌이 태어난 곳은 맨해튼 최남단 끝 펄 스트리트 6번지이다. 지금은 고층 빌딩이 들어서 있다.

다. 부모가 담배수입 무역을 했던 관계로 무역의 중심지였던 이 맨해튼에 살았던 것 같다. 멜빌은 아버지가 사업 실패로 뉴욕 주 올버니로 이사하기 전 11살 때까지 이곳 맨해튼에서 살았다.

멜빌의 묘: 뉴욕 브롱크스의 우드론 공동묘지에 있다. 세계 제일의 공원묘지로 약 50만 평의 넓은 곳에 약 31만 명이 묻혀 있다. 부인이 옆에 함께 있다.

멜빌은 바다를 바라보며 태어나 결국은 고래사냥의 명작을 남겼나 보다.

멜빌이 죽어 묻힌 곳은 뉴욕 시 브롱스에 있는 우드론 공동묘지이다. 1863년에 조성된 이 묘지 공원은 종교와는 무관하며 대지가 400에이커, 약 50만 평정도의 넓은 곳에 약 31만 명 이상이 묻혀있고, 일 년에 10만 명 이상이 찾아오는 세계 제일의 공원묘지이다. 그래서 비용도 만만치가 않다고 한다. 부유한 집에서는 그 비싼 스테인드글라스로 치장하여 마치 조그만 성당 같은 내부 인테리어를 해 놓은 무덤도 보인다.

멜빌의 묘를 찾아가기 위해 안내소에서 묘지 지도를 구했다. 허만 멜빌을 찾는다고 하니 웬 동양인이 멜빌을 찾는가 싶어서인지 어디서 왔냐고 묻는다. 코리아라는 말에 옆에 있던 경비 아저씨가 찾기가 쉽지 않으니 자기가 데려다 주겠단다. 자동차로 5분 거리이다. 경비가 안내하지 않았다면 초행길의 방문객에게는 결코 쉬운 길이 아니었다. 안내소로 돌아오는 길에 전설적인 재즈 연주가들인 마일스 데이비스와 듀크 엘링튼의 묘를 보고는, 잠깐 내려 함께 사진 찍고 고마움을 표했다.

멜빌은 진정한 뉴요커이다. 뉴욕 시 태생에다 뉴욕 시에 묻혔지 않은가. 비록 불멸의 명작 『백경』의 배경을 매사추세츠의 뉴베드퍼드에서 따왔고 매사추세츠 주 피츠필드에서 소설을 썼지만, 죽어서 묻힌 곳은 결국 뉴욕 시였다. 미국은 연합중국 즉, 각 주가 독립된 채 연합해서 만든 국가이다. 그래서인지 미국인들은 자기가 속한 주에 대한 애정과 자부심이 대단하다. 멜빌은 매사추세츠에서 생활하고 백경을 썼지만 죽어서는 고향인 뉴욕 시로 돌아왔던 것이다.

재즈 트럼펫 연주가인 마일스 데이비스의 묘.

우드론 묘지가 비싼 공원묘지이나 그 당시는 묘지가 조성된 지 30여 년밖에 안 되어 돈 없는 멜빌이 묻힐 수가 있었다. 작가로서 명성은 얻었지만 미국도 당시에는 전업 작가의 수입이 얼마 안 되어 넉넉하지 못하여 그가 평생 번 돈이 일만 달러 정도였다고 한다.

그래서인지 묘비는 너무 소박하고 단순하다. 아무런 묘비명도 없다. 'Herman Melville 1819~1891' 뿐이다. 옆에 나란히 부인의 묘가 있다. 다만 비석 앞면에 작가임을 나타내는 종이 두루마리가 크게 조각되어 있다. 묘비 상단 좁은 공간에 조그만 돌멩이들이 놓여있다. 참배객들이 그의 명복을 빌며 올려놓은 것이다.

롱펠로우가 묻힌 케임브리지의 마운트 오번 공원묘지도 굉장하구나 하고 느꼈었는데 여기 우드론 공원묘지에 와 보니 공원규모나 묘지의 크기가 비교가 안 될 정도이다. 아마도 뉴욕 시와 케임브리지 시의 차이인 것 같다.

작가에 대하여

허만 멜빌은 1819년 8월 1일, 8형제 중 3남으로 유복한 가정에서 뉴욕에서 태어나 그곳에서 유년시절을 보냈다. 아버지는 무역업을 했으나 1930년(미국 대공황 시절)에 파산하여 뉴욕 주 올버니로 이사가 1835년까지 그곳에서 살았다.

1832년 아버지가 사망하자 올버니 학교를 중퇴하고 일을 해야 했다. 뉴욕 여객선의 승무원이 되어 영국에도 다녀오기도 하고 1841년 태평양행 고래잡이 선원이 된다. 섬에서 탈주하여 식인종에 연금되는 등 4년 동안 바다의 방랑 생활을 한다. 이때의 경험이 그의 첫 작품인 『타이피족』과 그 후 『백경』이 되는 데 역할을 한다.

멜빌은 1850년 피츠필드의 애로우헤드로 이사하여 『백경』을 썼다. 그는 1851년 출판 당시에는 평판을 받지 못하였고 끝내 작품성을 인정받지 못한 채 1891년에 숨을 거둔다. 1920년대에 들어서야 멜빌의 작품은 인정을 받기 시작하였다. 현재는 멜빌은 미국문학에서 매우 중요한 인물로 존경받고 있으며, 특히 『백경』은 세계 걸작의 하나로 꼽힌다.

작품 줄거리

『백경』

유일한 생존자 이스마일이 내레이터가 되어 서술하는 형식으로 소설이 전개된다.

이스마엘은 뉴베드퍼드의 여관에서 만난 작살꾼 퀴케크와 함께 고래잡이 배 피쿼드 호를 타기로 한다. 항해를 시작한 지 며칠 만에 모습을 드러낸 에이허브 선장이 고래 뼈로 의족을 하고 있는 모습을 보고 놀란다. 바로 흰 고래 '모비 딕' 때문에 선장이 한쪽 다리를 잃었다는 것이다. 선장은 고래잡이에는 관심이 없고 오로지 모비 딕을 잡겠다는 생각밖에 없다. 선장은 선원들의 동요와 일등항해사 스타벅의 권유도 아랑곳 하지 않은 채 모비 딕을 좇아 무리한 항해를 계속한다.

피커드 호는 대서양에서 출항하여 인도양을 거쳐 태평양까지 간다. 마침내 그들 앞에 모비 딕이 나타났다. 3일간의 사투 끝에 결국 선장 에이허브가 거대한 모비 딕의 옆구리에 작살을 꽂지만 분노한 모비 딕은 피쿼드 호를 침몰시킨다. 고래, 선장, 그리고 모든 선원이 죽음을 맞는다. 다만 작살꾼 퀴퀘크가 미리 만들어 놓은 관에 숨어 든 이스마엘 혼자 살아남아 지나가던 배에 구조된다.

- 태어난 집: 6번지, 펄(Pearl) 스트리트, 뉴욕 시, 뉴욕 주
- 마지막 집: 이스트 26 스트리트, 뉴욕 시, 뉴욕 주
- 기념관: 애로우헤드, 780번지, 홈스 로드, 피츠필드, 매사추세츠
- 살던 집: 2번지, 114번가, 트로이, 뉴욕 주
- 기념물
  - 선원교회: 15번지, 조니케이크 힐, 뉴베드퍼드, 매사추세츠
  - 어부동상: 613번지, 플레전트 스트리트, 뉴베드퍼드, 매사추세츠
  - 고래박물관: 18번지, 조니케이크 힐, 뉴베드퍼드, 매사추세츠
- 묘지: 브롱크스 우드론 공동묘지, 웹스터 애브뉴와 517 이스트 233번가 교차점

6

마크 트웨인

Mark Twain, 1835~1910

— 『톰 소여의 모험』

Mark Twain

미주리 주, 한니발

『톰 소여의 모험』의 고장 한니발은 미국 중부 미주리 주에 있는 인구 18,000여 명밖에 안 되는 소도시로, 같은 미주리 주의 세인트루이스에서 북쪽으로 약 100마일 떨어져 있다.

필자는 시카고에 사는 큰딸을 보러 시카고에 있었다. 시카고 오하라 공항에서 차를 렌트하여 한니발까지 가기위해 GPS를 입력시키고 보니 거리가 305마일이나 된다. 이는 약 500km로, 서울에서 부산 거리이다. 시카고에서 출발하여 로스앤젤레스까지 이어지는 서부개척의 역사적인 도로 루트66과 겹치는 I-55고속도로로 세인트루이스 방향으로 가다가 링컨 대통령의 고향인 스프링필드에서 I-72도로를 만나 서쪽 방향으로 가는 여정이다.

I-72는 한가한 고속도로이다. 시속 130km로 30분 이상 달렸는데도

끝이 안 보이는 광활한 지평선의 연속이다. 주위는 온통 옥수수 밭뿐이다. 차는 띄엄띄엄 보여 자연히 속도를 내게 된다. 이 풍경은 2010년에 친구들과 자동차로 미국 대륙 횡단을 했을 당시 지났던 아이오와 주의 대평원을 연상시켜 준다. 역시 미국은 거대한 땅을 가진 축복 받은 나라이다.

미시시피 강이 미주리 주와 일리노이 주의 경계이다. 다리 위 중간에 주 경계 표시판이 서 있다. 이 다리가 마크 트웨인 다리이다. 다리만 건너면 바로 한니발이다.

작가 마크 트웨인이 자란 마을이라는 이유 하나만으로 유명해진 도시가 한니발이다. 작가들과 관계가 있는 다른 도시들 즉, 헤밍웨이의 키웨스트, 에머슨의 콩코드 등은 작가뿐만 아니라 다른 것들로도 유명하다. 그런데 유독 한니발은 오로지 마크 트웨인으로 칠갑이 된 곳이다. 마을에 들어서면 온통 호텔. 식당 이름이 마크 트웨인이다. 그는 작은 강가 마을, 한니발을 모델로 해서 『톰 소여의 모험』과 『허클베리 핀』 속의 세인트피터즈버그 마을을 그려냈다.

한니발은 마을 전체가 마크 트웨인의 작품의 소재가 되었고 지금의 거리와 강변은 소설 속 세인트피터즈버그 마을 그대로이다. 150여 년이 지났건만 변두리에 시멘트공장 통조림 공장 등이 있기는 하나, 마크 트웨인이 살던 그 시절과 변화된 것이 없어 보인다. 오가는 자동차도 뜸하다. 소설의 장면들을 마을에다 세트장으로 만들어 재현시켜 놓은 것 같다. 톰 소여와 허클베리 핀의 이름이 사방에 있다.

『톰 소여의 모험』 서문에서 트웨인은 작품 속의 이야기는 대부분 실제로 일어난 일이며, 한두 개는 작가가 겪은 것이고 나머지는 친구들이 겪은 일이라고 밝혔다. 그래서인지 이 작품에 등장하는 인물들은 모두 실제 존재했던 모델이 있다. 톰 소여는 트웨인 자신이고, 허클베리 핀은 마음 착한 부랑아 블랭큰십, 메어리 시드 등은 트웨인의 동생들이었다. 톰 소여의 연인 베키 대처는 작가의 소꿉동무인 로라 호킨스였다.

트롤리 관광버스: 한니발에서는 트롤 리가 『톰 소여의 모험』 무대를 한 바퀴 돈다.

공용주차장 앞에서 한 시간 남짓 소요되는 트롤리 관광버스 투어가 매 시간 마다 출발한다. 맨 먼저 마을 한쪽 끝에 있는 카디프 힐에 들른다. 언덕 아래에 톰 소여와 허클베리 핀의 두 동상이 서 있다. 이 언덕은 마크 트웨인이 학교를 빼먹고 친구들과 큰 돌을 굴려 내리며 놀던 곳이다. 언덕 이름도 원래는 '할러데이스 힐' 이었는데 지금은 아예 『톰 소여의 모험』에 나오는 이름으로 바뀌어 '카디프 힐' 로 불린다. 마크 트웨인이 어린 시절을 회고 하면서 쓴 작품인 『미시시피 강의 생활』에서 그는 30년 만에 한니발을 찾아 이 카디프 언덕을 올라 어릴 적 놀던 시절을 회상한다는 이야기를 했다.

◀ 톰 소여와 허클베리 핀의 동상: 학교를 빼먹고 큰 돌을 굴러 내리며 놀던 곳이다.
▶ 리버 뷰 공원에 있는 마크 트웨인 동상: 1913년에 미주리 주 정부에서 그를 기리기 위하여 세웠다.

카디프 힐을 뒤쪽으로 돌아올라 가면 리버 뷰 공원의 숲이 나온다. 리버 뷰 공원은 이름대로 산 위에서 미시시피 강을 내려다보는 전망이 절경이다. 숲 끝자락에 있는 전망대에 1913년에 미주리 주 정부에서 세운 마크 트웨인의 동상이 미시시피 강을 내려다보며 서 있다.

동상의 비문에 새긴 내용은 '그의 종교는 인류애였으며 그가 1910년에 세상을 떠났을 때 전 세계가 애도했다' 라고 쓰여 있다.

트롤리 관광버스는 한니발 중심가에서 남쪽으로 약 1.5마일 떨어진 동굴도 간다. '마크 트웨인 동굴' 이라고 불리는 이 동굴은 석회석 동굴인데, 안을 한 바퀴 도는데 한 시간 정도 소요된다. 젊은 여자 안내인이 톰 소여와 베키

마크 트웨인의 동굴 입구: 톰과 베키는 이 동굴에 들어가 길을 잃는다.

대처가 길 잃어 헤맨 장면들과 인디언 조가 숨어 있던 장소들을 장황하게 설명해준다. 동굴 속 길이 복잡하여 톰이 길을 잃을 만하다. 실제로 마크 트웨인이 이 동굴에서 길을 잃은 적이 있다고 한다.

트롤리 관광버스는 다시 시내로 돌아오고 강변의 부둣가에는 유람선 '마크 트웨인 호' 가 서 있다. 옛날식 증기선이다. 배는 일리노이 주와 미주리 주를 잇는 마크 트웨인 교를 지나 하류 쪽으로 약 3마일 거리인 잭슨 섬까지 갔다 온다. 미시시피 강에서는 상류에 속하는데도 큰 강이라 강폭이 넓다. 물살도 유유히 흐르는 것이 트웨인이 뗏목을 띄우고 놀던 그때를 연상케 한다.

◀ 미시시피 강 강변에 유람증기선 '마크 트웨인 호' 가 서 있다. 하루에 몇 차례, 1시간 소요되는 투어를 한다.
▶ 한니발 시내에서 바라본 미시피강: 멀리 보이는 다리가 미주리 주와 일리노이 주의 경계이다. 미시시피 강은 마크 트웨인의 인생 스승이요, 문학영감의 원천이었다.

어린 시절부터 이 강변에서 뛰놀면서 자랐고 12살 때 아버지를 여의고 학교를 중단한 트웨인은, 이 강에서 증기선의 수로 안내인으로 일하면서 이 강물 길을 오르내렸을 것이다. 어찌 보면 이 미시시피 강은 그의 인생 스승이요, 그의 문학 영감의 원천이었다.

그래서 '마크 트웨인' 이란 필명을 미시시피 강 수로 파일로트의 용어에서 따온 것이다. 수로 안내인 파일로트들의 용어로 '마크 트웨인' 은 두 길 물속 즉, 배가 지나가기에 안전한 수심을 뜻한다. '트웨인' 은 둘(Two)의 고어체이다. 두 길 물속이란 수심 약 3.7m를 말한다.(한 길은 약 1.8m) 미시시피 강 수로 안내인들은 조타수를 향해 '마크 트웨인' 이라 외치곤 하는데, 이것은 배가 지나가기 안전하다는 뜻이다. 트웨인은 그가 수로 안내인으로 일할 때 외쳐대었던 '마크 트웨인' 을 그의 필명으로 택했다. 트웨인의 본명은 사무엘 랭혼 클레멘스이다.

마크 트웨인은 네 살이던 1839년에 한니발로 이사 왔다. 그가 태어난 곳은 한니발에서 서쪽으로 35마일 떨어진 조그만 마을 플로리다이다.

아버지 존 마셜 클레멘스는 힐 거리에 목조 주택을 지었다. 아버지 존 클레멘스는 변호사이자 치안판사였지만 돈을 잘 벌지 못했다. 그래서 그 집에서 나와 1846년 길 건너 집으로 이사했다. 1847년에 아버지가 죽고 나서 어머니가 구한 돈으로 가족은 다시 아버지가 지은 집으로 돌아온다.

톰 소여 울타리: 소설 속에 톰이 담장에 흰 페인트를 칠하는 장면이 나온다.

아버지가 지은 집은 지금 힐 스트리트, 208번지에 서 있다. 바로 톰 소여의 집이다. 정원을 막은 나지막한 판자 울타리에 흰색 페인트가 칠해 있다. '톰 소여의 울타리' 라는 간판이 붙어 있다. 『톰 소여의 모험』 작품에서 톰의 어머니가 톰에게 벌로 이 판자 울타리에 흰색 페인트를 칠하는 일을 시키자 톰은 친구들에게 이 페인트 일이 무슨 재미있는 일인 것처럼 속여 오히려 보상을 받고 이 일을 떠맡겨 버리는 장면이 나온다. 그 장난기에 웃음이 나온다. 실제로 마크 트웨인은 여기 울타리에 페인트칠을 하는 벌을 받은 적이 있다. 그 일을 소설화 한 것이다.

톰 소여의 집: 트웨인이 소년 시절을 보낸 집, 왼편의 집이 트웨인 박물관이다.

집 안 2층 뒤쪽에는 '톰 소여의 방' 이 있는데 실은 트웨인 자신의 방이었다. 이 방에서 어머니 몰래 물통을 타고 일층으로 내려가 놀러 나가곤 했던 곳이다. 2층 앞쪽은 어머니 폴리의 침실이었고 아래층 식당도 작품 속에 나오는 그대로이다.

트웨인은 열일곱 살에 한니발을 떠났고 남은 가족들도 뒤따라 한니발을 떠났다. 힐 거리의 집은 세를 놓다가 결국 파손되었다. 1910년에 트웨인이 죽던 해 즈음부터 한니발은 쇠락하기 시작했다. 강을 따라 번창하던 목재산업이 쇠락해진 것이다.

1911년 매물로 나왔고 한니발 주민이자 변호사이며 트웨인의 팬인 조지 매헌이 위기에 몰린 고장의 새로운 수익처가 될 수 있지 않을까 싶어 집을 사서 시에 기증했다.

한니발 시에서 1935년 트웨인 탄생 100주년을 맞아 마크 트웨인 박물관을 설립하고 가두행진을 벌여 100주년 행사를 개최했다. 1956년부터 매년 7월 넷째 주말에 열리는 '톰 소여의 날' 축제는 지금도 계속되고 있다. 4살 난 남자아이와 여자아이 중에서 톰 소여와 베키 대처를 뽑아 가두 행진에 참가한다. 여러 행사 가운데 체커 장기시합, 개구리 멀리 뜀뛰기, 뗏목경주, 그리고 판자 울타리에 흰 페인트칠하기 대회 등이 인기가 있다.

톰 소여의 집 바로 길 건너 맞은편에 베키 대처의 집이 있다. 트웨인이 어릴 적에 좋아하던 두 살 아래의 로라 호킨스의 집이다. 로라는 계속해서 한니발에 남아 결혼하고 애도 낳으면서 죽을 때까지 한니발에서 살았다.

1908년에 로라는 손녀를 데리고 당시 코네티컷 주의 레딩에 살고 있는 대작가로 성공한 마크 트웨인을 방문한다. 이에 트웨인은 사진 한 장을 어린 시절 연인인 로라에게 주었다. 로라는 1928년 91세에 세상을 떴고 한니발에서 10마일 서쪽으로 떨어진 렌설리어 묘지에 묻혔다. 묘비에 '톰 소여의 베키 대처의 묘' 라고 쓰여 있다. 실존했던 인물의 묘가 허

톰 소여의 연인, 베키의 집: 실제로 트웨인이 좋아한 로라의 집.

상인 소설의 인물이 되어 버렸다.

같은 힐 스트리트 선상에 베키 대처의 집 옆에 변호사이면서 치안판사이던 존 클레멘스의 사무실이 있다. 사무엘 클레멘스 즉, 마크 트웨인의 아버지의 판사 사무실이다. 『톰 소여의 모험』 속에서는 머프 포터의 살인 혐의에 대한 재판이 있던 곳이다.

톰 소여, 허클베리 핀, 그리고 베키 대처의 표지판과 유적은 한니발 마을 사방에 있지만 검둥이 짐이나 『톰 소여의 모험』에 나오는 인디언 조에 대한 표지판이나 이름을 사용한 간판들을 볼 수가 없다. 짐 식당, 조 놀이동산, 또는 짐 전당포 같은 그들의 흔적이 있어야 하는데 찾기가 힘들다. 당시 한니발에서 성행했던 노예시장에 대해 언급하는 안내판도 없다. 게다가 필자가 하루 종일 돌아다녔는데도 흑인을 한 명도 보지 못했다. 한니발 시에서 의도적으로 백인들만의 마을로 꾸민 것이다. 그래서 백인이 아닌 그들의 흔적이 없다.

한니발에서 관광은 제일 돈 잘 버는 산업이다. 농업과 제조업은 거의 돈 벌이가 되지 못한다. 마크 트웨인이 아니었다면 벌써 쇠락한 도시가 되었을 것이다. 인구 17,000여 명밖에 안 되는 도시에 연간 20만 명이 방문한다고 한다.

『톰 소여의 모험』과 『허클베리 핀의 모험』을 그대로 재현시켜 관광객을 유치한 정책이 먹힌 것 같다. 그러나 그 정도가 지나치다. 소설 속의 인물들이 어찌 실존한 인물이 될 수 있는가 말이다. 예를 들면, 마크 트웨인 박물관에는 하얀 울타리가 있다. 그 앞에 사적지 표시가 돼 있다. 안내판 맨 위에 둥그런 사적지 표지까지 붙여 놓았다. 하지만 여기는 결코 사적지가 아니다. 소설 속 실존하지 않은 인물의 장소들이다.

코네티컷 주 하트퍼드, 마크 트웨인 뮤지엄

마크 트웨인은 미시시피 강 증기선 수로 안내인으로 일한 후, 네바다에서 기자로, 세인트루이스와 뉴욕 시, 그리고 필라델피아에서 인쇄공으로 일하고 몇 가지 직업을 더 거쳐 올리비아 랭든과 결혼하고 1871년 코네티컷 주 하트퍼드로 이사한다.

1873년에 건축가에게 의뢰해 새집을 지었다 이 호화로운 빅토리아 풍 목조주택은 마치 모험소설의 세트처럼 엉뚱하고 이상한 구조와 장식을 가진 적갈색의 고딕식 건물로 강 위에 떠있는 배 같은 모양이다. 트웨인이 설계했는데 미시시피 강을 잊지 못했던 것 같다. 집 안에는 미시시피 강 증기선의 모형이 놓여 있다. 바깥에서 보기에는 근사한 저택이나 일반주택에서 느끼는 안락함의 분위기가 아니어서 어색했다.

하트퍼드는 뉴욕과 보스턴 사이 코네티컷 주의 중심에 위치한 코네티컷 주도이다. 주 정부 청사 건물이 있는 파밍턴 애브뉴에 마크 트웨인의 집이 있다. 보험업이 발달한 도시이다. 50여 마일 남쪽 뉴 헤이븐에는 예일대학이 있다.

마크 트웨인이 이곳 하트퍼드에 사는 동안 『톰 소여의 모험』을 포함해서 대부분의 트웨인의 유명 작품들이 쓰였다. 하지만 하트퍼드의 집에서 쓴 글은 거의 없다. 집 구조가 산만하여 하는 수 없어 대부분의 집필을 뉴욕 주 엘미라의 처형 집에서 했다. 처형은 제부를 위해 서재를 마련하여 주었다.

코네티컷 주의 하트퍼드에 있는 트웨인 하우스 : 그는 자신이 직접 설계한 이 집에 살 당시 『톰 소여의 모험』을 썼다.

우리의 옛말에 새집을 지으면 안 좋은 일이 생긴다고 했는데, 미국의 트웨인에게도 안 좋은 일이 생겼다. 인쇄조판기 자동식자기계 사업에 투자하여 실패함으로써 트웨인은 모은 돈 대부분이 날아갔다. 완전히 망한 것이다. 1891년에 결국 하트퍼드 집을 떠났고 1894년에 파산신고를 했다. 1903년 경매를 통해 하트퍼드 화재보험사가 사들였다가 학교로, 석탄창고로, 다세대 주택으로 쓰였다. 다행히 1929년 마크 트웨인 기념사업회가 집을 사들여 기념관이 될 수 있었다. 트웨인이 집 지은 지 100주년 되는 1974년에 집 복구공사를 하여 오늘에 이른다.

앞 정원 가로 질러 옆집이 『톰 아저씨의 오두막 집』을 쓴 해리엇 비처 스토가 살던 집이다. 그래서 관광객이 더 온단다. 요즘에는 일 년에 7만 명 정도의 관광객이 찾아온다고 한다. 방문객들을 위해 주택이 있는 같은 파밍턴 애브뉴 선상에서 30여 미터 떨어진 큰 도로변에 커다란 주차장이 마련되어 있다. 대형버스도 몇 대 둘 수 있을 정도이다.

작가에 대하여

마크 트웨인은 필명이고, 본명은 사무엘 랭혼 클레멘스이다. 1835년에 출생하여 1847년 아버지가 세상을 떠나자 인쇄소에서 일했다. 번번한 교육을 받지 못했지만 독학으로 지식을 쌓았다. 어릴 때 인쇄소에서 일을 해서 그런지 그는 늘 글의 생산과정에 관심이 많았다. 말년에 투자한 인쇄조판기 사업에 실패하여 재정적 어려움을 겪는다.

미시시피 강가에 있는 핸니벌에서 어린 시절 미시시피 강을 무대로 생활하고 뛰놀던 경험과 22살 때부터 증기선의 수로 안내인으로 일한 경험은 그의 작품에 큰 영향을 미쳤다.

헤밍웨이는 '모든 미국 문학은 『허클베리 핀』에서 나왔다.' 고 말했다 또 포크너는 트웨인을 '미국 문학의 아버지' 로 불렀다. 이렇듯 트웨인은 '미국 문학계의 링컨' 이라 일컬어지는 소위 미국 최초의 국민적 작가다. 미국을 대표하는 미국을 정의하는 작가라는 평을 얻었다. 그는 자유 활달, 단순 솔직한 문체로 인간을 통찰하고 사회정의를 주장하면서 실로 미국적인 작품들을 썼다.

그의 작품으로는 1876년에 발표한 『톰 소여의 모험』을 비롯하여, 『허클베리 핀의 모험』, 『왕자와 거지』, 『미시시피 강 위의 생활』, 그리고 『아서 왕 궁전의 코네티컷 양키』 등이 있다.

학벌이 없는 트웨인은 예일대 명예문학박사, 미주리 주립대 명예법학박사, 그리고 옥스퍼드 명예문학박사 등의 학위를 받았다.

사무엘 클레멘스 즉, 마크 트웨인은 하트퍼드에서 멀지 않은 같은 코네티컷 주의 레딩이라는 곳에서 말년을 살다가 1910년에 거기서 죽었다. 그리고 처가의 가족묘지가 있는 뉴욕 주 엘미라의 우드론 공동묘지에 묻혔다.

작품 줄거리

『톰 소여의 모험』

미국 미시시피 강가 마을, 한니발의 밉지 않은 악동, 톰 소여와 그의 친구, 마을의 부랑아 허클베리 핀이 우연찮게 살인사건을 목격한다. 현장에 있던 주정뱅이 포터가 살인죄를 뒤집어쓴다. 톰은 인디언 조가 진범임을 재판장에서 진술하고 이에 인디언 조는 달아난다. 그 후 톰과 허크는 보물찾기를 하며 빈집에 숨었다가 인디언 조와 일행들이 보물을 꺼내는 것을 보게 된다.

여름방학이 끝나고 톰은 여자 친구 베키와 동굴탐험에 나섰다가 우연히 인디언 조의 은신처를 발견한다. 마을사람들은 위험하다고 동물의 입구를 막아버리는데, 2주가 지나서야 톰이 이 사실을 알고 마을사람들에게 동굴 안에 조가 있음을 알린다. 마을사람들은 동굴 안에서 굶어 죽은 조의 시신을 찾아낸다.

며칠 후 톰과 허크는 동굴 안에서 조가 숨겨놓은 보물을 찾게 되고 부자가 된다. 허크는 평상적인 생활에 갑갑해 하며 모험을 찾아 떠나려 하고 이에 톰은 다음에 함께 모험을 떠나자고 약속한다.

- 태어난 집: 미주리 주 플로리다 마크 트웨인 공원 내
- 마지막 집: 레딩 시 코네티컷 주
- 기념관
  - 톰 소여의 집: 208번지, 힐 스트리트, 한니발, 미주리 주
  - 마크 트웨인 뮤지엄: 351번지, 파밍턴 애브뉴, 하트퍼드, 코네티컷 주
- 묘지: 우드론 묘지, 뉴욕 주

7

유진 오닐

Eugene Gladstone O' Neill, 1888~1953

— 〈밤으로의 긴 여로〉

Eugene G O'Neill

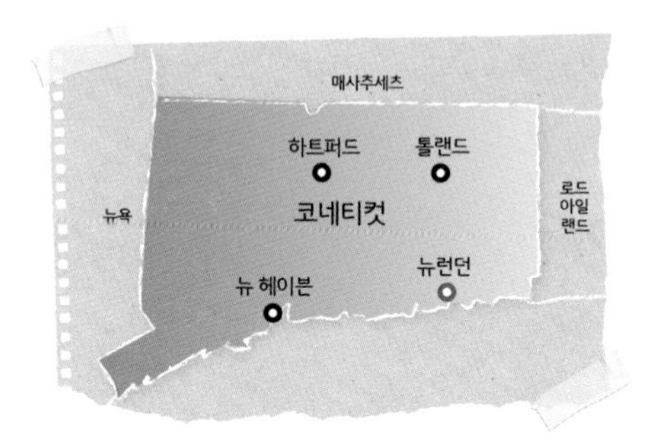

유진 오닐은 〈밤으로의 긴 여로〉의 제목을 구약성경 열왕기 상 1장 19절에서 따왔다. 엘리야는 하룻길을 더 걸어 광야로 나갔다 영어로 'A Day's Journey into the Desert'이다. 이것을 'Long Day's Journey into Night'로 살짝 바꾸었다. 캐서린 햅번이 메리로 나온 영화가 머리에 남는다.

코네티컷 주 뉴런던,
유진 오닐 하우스(몬테크리스토 커티지)

유진 오닐의 〈밤으로의 긴 여로〉는 티론 패밀리의 여름별장이 무대이다. 이 별장이 뉴런던에 있는 오닐 일가의 별장이다.

유진 오닐은 태어나길 뉴욕의 브로드웨이에 있는 호텔에서 태어났고

유진 오닐 하우스: 뉴런던에 있는 오닐 가의 여름별장인 몬테크리스토 커티지. 이 집을 모델로 하여 〈밤으로의 긴 여로〉가 전개된다.

죽을 때도 보스턴의 호텔에서 죽었다. 그야말로 호텔의 인생을 살았던 것이다. 오닐은 아버지가 유랑극단의 배우였기 때문에 어릴 때는 부모를 따라 옮겨 다니느라 길 위에서 자랐다. 호텔생활을 하는 부모덕에 호텔이 집이었다. 그래서 유진일가는 여름 한철은 뉴런던에다 별장을 얻어 거기서 지냈다. 유진 오닐이 7살 때부터는 가톨릭계의 기숙사에 들어가 부모와 떨어져 있어 그에게는 뉴런던의 별장이 여름이면 가족과 재회하는 집과 같은 장소였다.

〈밤으로의 긴 여로〉의 대사 가운데 둘째아들 에드먼드는 '뉴욕의 호텔에서 지내는 것보다 낫군. 우리 집이라곤 이 집이 처음이지 아마.' 라고 말한다. 이처럼 이곳 뉴런던의 별장은 오닐의 유일한 집이었던 것이다.

뉴런던은 뉴욕 시에서 해안을 따라 나 있는 95번 고속도로를 동북방향으로 130여 마일 가다보면 있는 코네티컷 주의 항구도시이다. 롱아일랜드만으로 흘러 들어오는 테임즈 강의 하구여서 마치 강이 아니라 바다 같다. 뉴런던은 이 강을 따라 길게 뻗어있다. 인구가 28,000명 정도 되어 코네티컷 주에서도 오래된 작은 도시 중 하나이다. 영국인들이 미국으로 이주하면서 자기네들이 정착한 지역 일대를 뉴잉글랜드로 불렀고, 이곳은 영국 런던과 그 지형이 비슷하다 하여 도시 이름과 강 이름이 런던에서 따왔나 뉴런던과 테임즈 강이다.

고래잡이로 번성한 멜빌의 『백경』의 배경 항구인 뉴베드퍼드와도 거리가 멀지않다. 그래서 뉴런던도 예전에는 고래잡이로 번성했다. 그 당시 잘나가던 19세기 집들이 아직도 남아있다. 동부지역에서 아름다운 곳이기도 하여 19세기에도 여름 휴양객이 몰리는 곳이었다. 조그만 요트 배를 타고 즐기는 휴양지외는 이렇다 할 특색이 없는 그런 도시이다. 특히나 바닷가로 나 있는 피쿼드 애브뉴에는 경치가 좋아 여러 별장들이 들어 서 있다. 유진 오닐 가의 별장도 이 피쿼드 애브뉴 325번지에 있다.

하얀 2층집으로 앞 잔디마당이 넓고 그 넘어 도로를 건너서는 바로 강가이다. 배를 정박할 수 있는 선창시설이 되어 있다. 집 뒤로는 나무가 울창하다.

입구에 '몬테크리스토 커티지(별장)' 라고 쓴 안내판이 서 있다. 유진 오닐의 아버지가 알렉상드르 뒤마의 〈몬테크리스토 백작〉 연극의 주인공 백작 역으로 대중의 우상이 될 정도로 인기가 많았던 배우였다. 그래서 아버지는 자기 배역의 이름을 따서 이 별장 이름을 '몬테크리스토' 로 하였다.

약간 비스듬히 오르막에 자리 잡아 강을 바라보는 전망이 좋다. 집 안으로 들어서자 왼쪽에 거실이 있다. 이 거실이 바로 〈밤으로의 긴 여로〉의 무대이다. 연극 4막 모두 이 거실에서 진행된다. 오닐은 작품 속에서 이 거실을 자세히 서술하고 있다. 책장, 그 속에 꽂힌 책이름, 전기스탠드 등 소도구에 대한 묘사가 자세하다. 그런데 지금 이 거실은 작품과는 같지가 않다.

몬테크리스토 커티지의 거실: 오닐의 자전적 작품인 〈밤으로의 긴 여로〉의 무대가 된다.

이 집이 1921년에 경매로 팔리고 가구들도 뿔뿔이 없어졌다. 1974년에 유진 오닐 센터에서 사들여 기념관으로 개관하면서 그 시대의 가구들을 사서 작품속의 것과 비슷하게 꾸몄다. 가구들은 달아났지만 방문, 베란다, 그리고 창문으로 바라본 강가 부둣가 전경은 오닐이 바라다 본 장면 그대로이다. '앞마당 저 너머 항구가 보이고 부둣가의 거리도 보인다.' 고 서술했었다.

몬테크리스토 커티지에서 바라본 뉴런던의 테임즈 강변.

이 거실에 1912년 8월 여름 어느 날, 24세인 유진 오닐과 그의 가족들이 모였다. 이 시기가 오닐 집안의 최대 어려운 시기였다. 아버지 제임스 오닐은 영화의 등장으로 연극이 사양길을 걷기 시작하자 30여 년 맡아오던 〈몬테크리스토 백작〉의 명연기를 더 이상 할 수 없게 되었고 새로운 역을 구하러 뉴욕 브로드웨이로 갈 채비를 하고 있었다.

어머니 메리는 유진을 낳을 때 모르핀을 잘못 맞아 그 후로 중독환자가 되었고, 모르핀이 떨어지자 견딜 수 없어 잠옷 바람으로 강가에 투신하려는 소동을 벌였다. 형인 제이미는 연극배우로의 성공이 좌절되자 알콜 중독자가 돼 버렸고 유진 자신도 폐병에 걸려 요양소로 갈 준비를 하고 있던 그런 시기였다. 이 어렵던 고뇌의 젊은 시절을 작가로 성공한 후에 용감하게 고백한 것이 바로 〈밤으로의 긴 여로〉이다. 양친과 형의 이름은 본명대로 썼고 유진 자신만 그가 태어나기 전 죽은 다른 형의 이름을 따서 에드먼드로 나온다.

오닐은 〈밤으로의 긴 여로〉 책 맨 앞장에 부인, 칼로타에게 이 극의 원고를 바친다고 하면서 이 작품을 눈물과 피로 쓴 것이라고 술회했다. 그는 이 〈밤으로의 긴 여로〉를 출판사와 그의 사후 25년 뒤에 출판하는 조건으로 계약했다. 그만큼 남에게 알리고 싶지 않은 자신의 가슴 찢기도록 아픈 가족사의 고백이었던 것이다. 그의 부인 칼로타는 뒷날 회상하기를 '작품을 쓰기 시작하자 매일 큰 고통을 당하는 사람 같았다. 그는 저녁때만 되면 울어서 눈이 빨개진 채 서재에서 나왔다.' 라고 했다

유진 오닐은 뉴런던을 문화적으로는 너무 시골이라고 불평을 했지만 그의 소년시절을 키운 이 항구를 잊지 못했다. 여름방학 때면 기숙사에서 나와 가족과 함께 지낼 수 있는 곳이었기에 더욱 그랬다. 그의 희곡 가운데 뉴런던을 부분적으로나마 무대로 설정한 것은 6편이나 된다. 오닐 집안의 별장 몬테크리스토 커티지는 유진 오닐의 유일한 희극인 〈아! 황야!〉의 무대가 되기도 한다.

코네티컷 주 워터퍼드, 유진 오닐 연극센터

이곳 몬테크리스토 커티지를 관리하고 있는 곳은 유진 오닐 연극센터이다. 이 연극센터는 뉴런던에서 동쪽으로 약 3마일 떨어진 워터퍼드에 있다. 워터퍼드 시내에서 벗어난 바닷가의 넓은 초원 가운데이다. 도로변 입구에 유진 오닐 연극센터 안내 표지판이 서있다. 이 바닷가 공원에 오닐은 젊은 시절, 여자친구를 데리고 놀러와 시를 읽어준 적이 있다.

유진 오닐 연극센터 안내판: 내일의 오닐을 양성하고 있다.

그런 연고인지는 몰라도 1963년 예일대 연극학교에서 여기에 유진 오닐 연극센터를 개설하였다. 예일대학과 오닐과의 인연은 오닐이 죽고 3년 후 그의 3번째 부인, 칼로타는 〈밤으로의 긴 여로〉 출판 수입의 전액을 오닐의 이름으로 기부한데서 시작된다.

오닐은 〈밤으로의 긴 여로〉를 자신의 사후 25년 동안 출판하지 않는다는 조건으로 출판계약을 맺었다. 하지만 그의 부인은 3년 만에 출판수익금을 예일대에 기증한다는 조건으로 출판을 허락하였다. 사후 25년이 지나야 세상에 나오게 되어있는 〈밤으로의 긴 여로〉가 그렇게 해서 세상에 빨리 나오게 되었고, 그 기금으로 오늘도 후진 양성을 할 수 있는 기반이 생겼던 것이다.

만약 오닐의 뜻대로 25년이 지난 후 공개되었다면 어떻게 되었을까? 아마 작품은 오늘날의 평가처럼 대성공이었을 것 같다. 그런데 오닐에게 돌아갈 수익금은 그의 후손들이 나누어 가지고 흔적도 없이 사라졌을 것이다. 예일대에 기부함으로써 후진양성과 연극 중흥을 위한 기금을 만들 수 있었고, 그의 뜻을 기리며 유진 오닐이란 이름을 후대에 남길

워터퍼드의 바닷가: 청소년 시절 오닐이 수영하려 다니던 워터퍼드의 바닷가. 지금은 공원이 되었고 이곳에 유진오닐 극장이 서있다.

유진 오닐 기념극장: 워터퍼드의 해변에 세워져 있다.

수 있었다고 본다. 그의 부인 칼로타가 현명한 판단으로 일을 처리했다고 생각된다.

세계 초연은 미국에서가 아니다. 미국 국민보다 더 유진 오닐을 좋아했던 스웨덴의 스톡홀름에서 성사되었다. 오닐의 작품들은 전 세계에서 세익스피어 작품 다음으로 많이 번역되고 공연되고 있다.

유진 오닐 연극센터에는 로즈 반, 다이나 등의 3개의 기념극장과 회원전용 카페, 불루 젠스 클럽과 그리고 숙박시설인 게스트 하우스와 기숙사가 있다. 작가양성을 위한 극작가회의, 배우양성을 위한 연극 연구소, 그리고 극평론가 양성을 위한 극평론 연구소 등이 있다. 극장 밖 여기저기에서 젊은 학생들이 나와 대본을 들고 대사를 외우는 장면들이 눈에 띄었다.

연극전문가들이 이런 시골에 모여 새로운 연극운동의 불을 지피는 것이 이 연극센터의 존립 이유라고 한다.

오닐의 출생지, 브로드웨이

뉴욕 브로드웨이는 연극 뮤지컬의 본고장이다. 브로드웨이 중에서도 타임스퀘어와 43번가에는 극장들이 집결되어 있다. 아버지가 유명한 연극배우였던 오닐은 아버지 때문에 이곳에서 태어났다. 브로드웨이와 43번가가 만나는 곳이 바로 타임스퀘어인데 이 타임스퀘어 오른편 북단 코너가 오닐이 태어난 곳이다. NYPD 즉, 뉴욕경찰 타임스퀘어 파출소와는 대각선 위치이다 지구상에서 여기보다 더 휘황찬란하고 번잡한 곳

유진 오닐의 출생지: 이곳에 있었던 호텔에서 오닐이 태어났다. 지금은 스타벅스 커피숍이 들어선 1500번지는 고층 빌딩으로 변했다.

이 또 있을까!

이 자리에 있었던 호텔에서 태어났다. 호텔은 없어지고 지금은 1층에는 스타벅스 커피숍이 들어선 고층 빌딩으로 바뀌어있다. 유진 오닐의 탄생지를 나타내는 둥그런 기념판이 붙어 있다.

오닐은 연극의 본고장 한복판에서 태어나 평생 연극을 만드는 인생을 살다가 갔다. 태생적으로 연극과는 끊을 수 없는 운명적 인연이다. 사후에도 연극지망생들을 키우는 연극센터를 남겨 그는 영원불멸이 되었다.

작가에 대하여

미국 최고의 극작가 유진 오닐은 미국 연극의 발흥을 주도한 사람이다. 〈몬테크리스토 백작〉으로 유명해진 연극배우, 제임스 오닐의 아들로 뉴욕 브로드웨이의 한 호텔에서 태어났다. 프린스턴 대에 입학하나 일 년 후 중퇴하고 선원으로 세계를 떠돌다 신문기자가 된다. 1912년 폐병으로 새너토리엄에서 요양 중 제이 스트린드베리의 작품을 읽고 근대극의 본질을 이해하게 되어 극작가를 지망하게 된다. 1914년 하버드 대학교의 베이커 교수의 지도로 연극을 연구한 후 1916년 〈카디프를 향하여 동쪽으로〉를 발표한다.

1920년 그의 출세작 〈지평선 너머〉가 브로드웨이에서 공연되었고 이 작품으로 그 해에 퓰리처상을 받았다. 1921년 〈애너 크리스티〉, 1928년 〈기묘한 막간극〉, 그리고 1956년 〈밤으로의 긴 여로〉로 각각 퓰리처상을 받음으로써 모두 4회에 걸친 퓰리처상을 받았다. 그리고 1936년에는 노벨문학상을 수상함으로써 미국문학을 세계적 수준으로 끌어올리는 데 크게 공헌하였다.

1956년에 발표된 〈밤으로의 긴 여로〉는 그의 작품 가운데 가장 훌륭한 희곡으로서 가장 많이 재공연 되는 작품이다. 오닐 자신의 비극적 가족사가 작품의 배경이 되는데 그는 슬프고도 고통스러운 가족사를 간직한 인물이다.

〈밤으로의 긴 여로〉에서 묘사된 것처럼 부모와 형이 불행했고 오닐의 딸, 우사 오닐은 아버지의 강한 반대에도 불구하고 중년의 3번 이혼경력을 가진 찰리 채플린과 결혼을 강행하여 아버지와 의절했다. 아들도 알코올 중독으로 시달리다 결국 자살한다. 오닐 자신도 알코올 중독과 우울증으로 시달리며 불행한 삶을 살았다.

하지만 그의 3번째 부인 칼로타를 만나 행복하게 말년을 보낸 것 같다. 〈밤으로의 긴 여로〉의 맨 앞장에 쓴 오닐의 글을 소개한다.

칼로타에게, 우리의 열두 번째 결혼기념일에

사랑하는 당신, 내 묵은 슬픔을 눈물로 피로 쓴 이 극의 원고를 당신에게 바치오. 내게 사랑에 대한 신념을 주어 마침내 죽은 가족들을 마주하고 이 극을 쓸 수 있도록 해준, 고뇌에 시달리는 티론 가족 네 사람 모두에 대한 깊은 연민과 이해와 용서로 이 글을 쓰게 해준, 당신의 사랑과 다정함에 감사하는 뜻으로 이 글을 바치오.

소중한 내 사랑 당신과의 12년은 빛으로의 사랑으로의 여로였소. 내 감사의 마음을 당신은 알 것이오. 내 사랑도!

오닐은 연극을 하라고 태어난 사람 같다. 아버지가 유명 연극배우였고, 태어난 곳이 연극의 중심인 브로드웨이이고, 어릴 때에는 아버지를 따라 유랑극단을 전전했다. 그 후 평생 연극을 가까이 했다. 그리고 죽어서는 유진 오닐 연극센터를 남겨 연극 부흥의 길을 열어주었다. 그는 유랑인의 팔자이다. 호텔에서 태어나서 보스턴의 호텔에서 객사했다.

작품 줄거리

〈밤으로의 긴 여로〉

1912년 8월 어느 날, 오전 8시 30분부터 밤 자정 무렵까지 일어난 일이다.

극의 구성 - 1막: 오전 8시 30분, 2막: 12시 45분, 3막: 오후 6시 30분, 4막:자정 무렵

아버지, 제임스 티론(65세), 어머니, 메리 티론(54세), 큰아들 제임스 티론 2세(33세), 그리고 막내아들 에드먼드 티론(23세)으로 이루어진 한 가족의 갈등과 화해라는 이야기를 '밤' 이라는 하룻밤의 긴 상황 속에서 펼쳐내는 작품이다.

모르핀 중독치료를 받고 최근에 퇴원한 어머니 메리는 좋았던 옛날을 몽상하며 현재에 대하여 푸념을 늘어놓는다. 메리의 횡설수설은 아직도 그녀가 치료되지 않았음을 보여준다.

아버지와 아들들은 괴로운 가정 사정을 피하기 위해 술을 마신다. 아내는 자신이 이런 환자가 된 것이 돌팔이 의사 때문이며 돈 아끼려고 그에게 자기를 보낸 남편을 원망한다. 남편 제임스는 지난 시절 가난에 대해 몸부림치며 노후를 걱정하여 돈을 모으기 위해 인색한 짠돌이가 되어있다.

폐병 환자인 에드먼드는 자기가 결국 폐병으로 죽을지도 모르는데 싼 요양원에 보내려고 한다며 아버지를 원망한다. 방탕한 아들 제이미는 동생 에드먼드에게 너 때문에 엄마가 저런 꼴이 되었다며 동생을 원망한다. 에드먼드의 예술적 기질을 질투하며 미워한다. 아버지 제임스는 식구들이 서로 헐뜯는 이런 슬픈 광경을 저주한다.

오래전 아이들이 어릴 때 큰아들 제이미가 둘째 유진의 방에 들어가 홍역을 옮기고 유진은 죽었다. 그 일로 메리는 줄곧 제이미를 미워했다. 수녀가 되기를 희망할 정도의 건실한 가톨릭 신자인 메리는 유진의 죽음이 그녀의 원죄 때문이라고 생각하여 괴로워했다. 메리는 유진의 죽음인 그 원죄에서 벗어나고자 에드먼드를 낳는다. 하지만 에드먼드가 폐병을 앓자 다시 그녀의 원죄가 상기되면서 고통을 받게 된다.

드디어 메리는 자신의 원죄에 대하여 잘못 이해하고 있음을 깨우치고 잘못을 회개한다. 메리는 자신의 죄책감에서 자유로워지고 마침내 평안을 얻는다. 나머지 가족들은 메리의 마약중독으로 인해 일어났던 자신들의 과거에 대한 솔직한 얘기를 하면서 참회(고해성사)하게 된다.

고단했던 티론 가족의 여정이 마침내 막을 내린다.

- 태어난 집: 1500번지, 브로드웨이, 뉴욕, 뉴욕 주
- 기념관: 325번지, 피커드 애브뉴, 뉴런던, 코네티컷
- 유진 오닐 센터: 305번지, 그레이트 넥 로드, 워터퍼드, 코네티컷

8
마거릿 미첼
Margaret Munnerlyn Mitchell, 1900~1949

— 『바람과 함께 사라지다』

Margaret Munnerlyn Mitchell

애틀랜타는 소설 『바람과 함께 사라지다』의 배경이 된 고장이고, 작가인 마거릿 미첼이 태어나고 평생을 살았던 곳이다. 국내 신문에 난 어느 여행사 미국여행 광고에 『바람과 함께 사라지다』의 고장 애틀랜타에 간다는 광고문을 보고는 아직도 우리에게는 『바람과 함께 사라지다』가 마음속에 남아있구나 하고 생각했었다.

조지아 주 하면 드넓은 들판에 땅콩 밭으로 유명하고, 카터 전 대통령이 이곳 출신으로 그 역시 땅콩 밭주인이었다. 이렇듯 농사짓는 분위기의 조지아 주인데 그 주도인 애틀랜타는 사뭇 다르다. 『바람과 함께 사라지다』의 주인공 스칼렛 오하라는 '애틀랜타는 추진력 강한 사람들로 가득 차 있다' 고 말한다. 그녀의 말대로 조지아 주의 주도인 애틀랜타는 활기에 차 있다.

미국 최대 항공사인 델타의 본거지여서 미국에서 첫째, 둘째를 다투는 공항에다 세계에서 제일 높다는 호텔(70층), 미국의 케이블 방송 시대를 주도한 CNN방송의 본사, 그리고 코카콜라의 본사가 있는 미국 남부의 상업 중심 도시이다. 오일 달러가 쏟아져 들어와 지금도 한창 여기저기에서 새 건물들이 올라가고 있다. 그래서인지 최근 10여 년 사이에 한국 교민들이 많이 이주해와 10만 명이 넘는 커다란 교민사회를 이루고 살고 있다. 조지아 주에는 한국의 기아 자동차 공장도 있다.

미국 남북전쟁이 막바지에 접어드는 1864년 당시 애틀랜타 전투로 알려진 격전에서 이 도시는 완전히 파괴되었다. 폐허에서 일어서는 애틀랜타 시의 상징으로 스칼렛의 괄괄한 불굴의 성격이 딱 맞아 떨어졌다. 그러한 애틀랜타가 지금도 스칼렛의 후손답게 눈부신 급성장으로 발전함은 스칼렛의 기상을 보는 것 같다. 1996년에 올림픽도 개최했다. 지금은 미국 내 5대 도시로 성장했다.

마거릿 미첼은 애틀랜타에서 『바람과 함께 사라지다』 속의 시대보다 45년 뒤에 태어나 여기서 일생을 보냈다. 그래서 미첼은 남북전쟁에 관한 이야기를 들으며 자랐다. 어른이 되어 일요신문인 〈애틀랜타 저널〉의 기자가 되고나서는 남북전쟁에 관한 이야기들을 동네 어르신들과의 인터뷰를 하면서 취재했다. 이러한 것들이 후에 『바람과 함께 사라지다』를 쓸 때에는 커다란 도움을 주었던 것이다.

마거릿 미첼이 『바람과 함께 사라지다』라는 소설을 쓰게 된 계기가 있다. 그녀는 도시전역을 종횡무진하며 취재하고 수많은 사람들을 인터뷰하던 일요신문의 기자였다. 그런데 다리를 다쳤던 것이 완쾌되지 못하고 다친 부위가 관절염으로 번져서 결국 기자 일을 그만둘 수밖에 없었다.

어쩔 수 없이 시작한 칩거생활은 자그마치 3년이나 이어졌다. 그동안 독서로 소일하던 것에 지친 그녀에게 책을 써보라는 남편 존 마쉬의 권유로 소설을 쓰게 되었는데 재미를 붙여 평소 알고 있던 남북전쟁 이야기를 소설로 옮겼다.

애틀랜타에서 태어난 미첼은 옛 남부에 관한 이야기를 어릴 적부터 밥 먹듯 들으며 자랐다. 어른들에게서 전해들은 이야기들이 소설을 쓰는 데 탄탄한 기반이 되어 주었다. 시대배경도 남북전쟁 전후로 1860년에서 1873년까지로 미첼이 소설을 쓰던 당시 보다 60여 년 전 이야기들이다.

미첼이 남긴 유일한 소설 『바람과 함께 사라지다』는 10년에 가까운 집필기간을 거쳤다. 분량도 1,037페이지나 된다. 이토록 오래 걸린 이유는 작가의 사교성이 워낙 좋아 집필에 몰두할 수 없었고, 출판을 심각하게 고려해보지 않았기 때문이다.

1935년 뉴욕 맥밀란 출판사의 편집인 해럴드 래섬이 신인 작가를 발굴하기 위해 애틀랜타로 왔다. 래섬은 지역 언론계의 유명인사인 미첼에게 재능있는 작가들을 소개해달라고 부탁했다가 그녀가 쓴 원고가 있다는 사실을 알게 되었고 관심을 보였다. 미첼은 원고를 래섬에게 건넸고 원고를 읽은 그는 뉴욕에 도착하자마자 미첼에게 출간계약을 맺자고 연락했다.

1936년 6월에 출간된 『바람과 함께 사라지다』는 6개월 만에 100만 부

미첼 하우스 겸 박물관: 1925년부터 1932년까지 7년 간 살면서 『바람과 함께 사라지다』의 대부분을 썼다.

이상이 팔려나가며 돌풍을 일으켰다. 그 당시 100만 부는 지금의 1,000만 부 이상의 가치가 있다. 하루아침에 일약 유명작가가 되었다. 1937년에는 영화로 제작하게 되자 미첼은 영화 시나리오로 개작한 극작가 겸 시나리오 작가인 시드니 하워드에게 즐거운 비명으로 '평온했던 내 삶은 어디로 간 걸까요?' 라고 괜한 투정을 부렸다. 결국 영화 〈바람과 함께 사라지다〉가 소설보다 더 유명해져 우리들 가슴속에 남아있다.

박물관에 걸려 있는 미첼 여사의 초상화.

애틀랜타를 방문하는 사람들은 누구나 미첼 여사부터 찾는다. 애틀랜타 번화가 거리의 'i 정보센터' 의 간판에도 미첼의 사진이 붙어 있다. 그래서 달려가는 곳이 미첼 하우스 겸 박물관이다. 피치트리 스트리트 990번지에 있는 이 집은 1925년 그녀가 결혼 후 남편 존 마쉬와 함께 이 아파트로 이사하여 1925년부터 1932년까지 7년간 살면서 『바람과 함께 사라지다』의 대부분을 썼다.(1926년에서 1929년 사이 3년 동안에 대부분을 썼고, 그 후 6년여는 거의 손대지 않은 채 내버려두다시피 했다.)

이 집은 두 번의 불이 났었다. 1994년에 방화범이 불을 질러 전소되었다가 벤츠자동차회사에서 기부금을 내어 1996년 애틀랜타 올림픽을 목표로 재건하던 중 개회식 40일 앞두고 다시 화재 발생하여 1997년에 복구가 되었다.

박물관에 들어가면 먼저 보이는 것이 마거릿 미첼의 초상화이다. 그녀가 사망한 후 그려진 것인데 파란색의 귀고리는 미첼이 사고를 당했을 때 하고 있던 것이라고 한다. 미첼은 스칼렛의 역할을 한 비비안 리만큼은 아니지만 상당한 미인이다.

박물관으로 쓰고 있는 이 집은 이곳에서는 아파트라고 불리지만 우리네의 다세대 주택과 같다. 한 건물에 여러 가구가 주거하는 양식인데 미첼은 1층에 살았는다. 거실 하나에 부엌과 침실을 겸한 조금 비좁고 초라한 집이다. 미첼 부부가 '쓰레기장'이라는 자조 섞인 별명으로 부른 비좁은 아파트 안에는 미첼이 혼자서 작업에 몰두할 수 있는 공간이 없었다고 한다.

박물관에는 여사가 『바람과 함께 사라지다』를 타이핑한 타자기와 원고 몇 장, 그리고 여러 나라에서 출판된 소설책들을 전시하고 있다. 한국어로 번역된 책은 없다. 여러 전시물 가운데 단연 압권인 것이 영화 포스터였다. 각국에서 상영된 영화의 포스터를 전시해 놓았는데 그중 대한극장에서 상영된 영화 포스터가 제일 좋아보였고 위치도 제일 가운데 진열해 세워 놓았다. 중국 간판에서는 영화제목이 〈난세가인(亂世佳人)〉으로 되어있다. 완전 의역이다. 그러고 보니 난세를 헤쳐 나가는 미인 스칼렛의 영화라는 것이 맞는 것 같다.

◀ 박물관에 전시된 각국의 영화 포스터: 중국의 영화 제목은 '바람과 함께 사라지다'가 아닌 '난세가인'이다.
▶ 한국 영화 포스터: 대한극장에 걸렸던 것으로 제일 크고 멋있다. 중앙에 놓여 있다.

어느 박물관에나 다 있는 선물가게도 이곳에도 있어 사진 포스트 카드 컵, 접시 손수건 등을 팔고 있다. 멋있어 보여서 비비안 리와 클라크 케이블이 키스하는 장면의 사진과 마거릿 미첼 여사의 사진 등 엽서 몇 장을 사보았다.

별반 둘러 볼만한 것도 없어 약간 실망할 수도 있겠으나 그래도 영화 〈바람과 함께 사라지다〉의 감동을 생각하는 사람이라면 한번쯤 들러서 그 감동을 되새김 해보는 기회를 가져볼만하다. 한국인이 많이 오는 모양이다. 한국어로 된 안내서가 있다.

1839년에 지어진 미첼 여사가 태어난 생가는 케인 스트리트 296번지에 있었는데 허물어져서 없고 마지막 살던 피드먼트 스트리트 1268번지의 아파트 건물에는 아무런 표지도 없다. 여사가 3세 때부터 11세 때까지의 소녀시절에 살던 잭슨 스트리트 179번지의 집은 린네르 회사의 창고가 되었다.

그러나 여사가 결혼할 때까지 처녀시절을 보낸 집 자리인 피치트리 스트리트 1401번지에는 동판이 하나 서서 마거릿 미첼을 기념하며, 여사가 이 동판 가까이에 있는 13번가와 피치트리 스트리트 교차점의 길을 건너다 교통사고로 죽었다는 것을 알려준다. 미첼 여사는 남편과 함께 길을 건너다가 음주운전을 한 택시에 받혀서 1949년 8월 11일, 49세의 나이로 사망하였다.

미첼 여사의 묘지를 안 둘러보면 아쉽다. 오클랜드 애브뉴 248번지에 있는 오클랜드 공동묘지에 가면 남편, 양친과 함께 누워 있는 여사의 하연 대리석 묘석을 볼 수가 있다. 묘비명은 간단하고 평범하다. '1900년 11월 8일 조지아 주 애틀랜타에서 태어나 1949년 8월 16일 조지아 주 애틀랜타에서 죽었다' 라고만 쓰여 있다. 묘비 한쪽 면에는 친정 양친의 이

▲◀ 처녀시절을 보낸 피치트리 스트리트의 집 자리: 기념판에는 근처 건널목에서 교통사고를 당했다는 글이 적혀 있다.
▲▶ 교통사고 건널목: 남편 마쉬와 함께 길을 건너다 택시에 치여 사망한다. 피치트리 가와 13번 가의 교차점 건널목이다.
▼오클랜드 공동묘지에 있는 마가렛 미첼의 묘: 남편과 함께 묻혔다. 반대 면이 친정 부모 미첼의 묘비이다.

름이, 그리고 반대편 면에 마거릿 미첼 마쉬와 그녀의 남편 존 로버트 마쉬의 이름이 새겨져 있다. 마거릿 미첼의 성은 미첼이 아니고 마쉬인데 많은 한국인들이 친정부모인 미첼 부부의 묘를 마거릿의 묘로 혼동하는 것 같다. 미첼이라 쓰인 묘비의 사진 그러니까 친정 부모님의 사진을 마거릿의 묘비사진이라고 내보이는 것을 보았다.

『바람과 함께 사라지다』는 소설로 기록적인 판매부수(3천만 부 이상)로도 유명하지만 클라크 케이블과 비비안 리가 주연한 영화로 더욱 널리 알려진 작품이다. 장장 3시간 40분짜리의 이 대작은 1989년에 전 세계에서 12억 명 이상이 관람한 것으로 집계되고 있다.

1939년 제작 당시 4,400명의 제작인원을 동원하고 400만 달러를 들여서 1억 달러 이상의 수익을 올리고 작품, 감독, 각본, 여우주연, 미술, 촬영 등 10개 부문의 아카데미상을 수상함으로써 영화사에서 신기록을 세워 영화사에 한 획을 그었다.

필자는 애틀랜타로 가기 전에 흘러간 명화만 상영하는 극장을 찾아 『바람과 함께 사라지다』를 보았다. 상영시간이 길어서인지 전후반 나누어 중간 10여 분 쉬는 시간도 있어 화장실을 다녀와서 보았다. 명화의 감동을 다시 간직한 채 애틀랜타로 향했다.

스칼렛 오하라 역의 눈부시게 아름다운 비비안 리가 단연 돋보인다. 강인하고 아름다운 스칼렛의 역할은 비비안 리가 제격이다 다른 배우는 못해냈을 것 같다. 물론 레트 버틀러 역의 클라크 케이블의 좀 느끼하면서도 남성적 야성미의 연기도 대단했지만 아무튼 두 사람의 멋진 조화가 이 영화를 불후의 명작으로 만들어 놓았다.

우리의 일상에서 전혀 겪지 못했던 미국남부의 럭셔리하고 드라마틱한 생활상, 화려한 의상과 흥겨운 파티, 그리고 어리어리한 남부의 저택에 대한 동경은 젊은 시절이나 40년이 지난 지금이나 변함없이 머릿속에 그대로 남아있다.

작품의 배경인 미국 남북전쟁은 1861년에서 1865년까지의 북부와 남부가 미합중국의 미래와 패권을 놓고 싸운 내전이다. 옛 전통과 관습에 묻혀 살아가는 미국 남부의 땅, 탐욕스러운 남부 농장주로부터 흑인 노예를 해방하려고 노예제도를 폐지할 것을 북부가 남부에 강요하자 남북전쟁이 시작되었다는 것은 하나의 표면적인 원인이 되겠지만 진정한 원인은 정치적이고 경제적이었다. 도시적이고 상공업적인 북부와 전원적이고 농경적인 남부의 갈등과 충돌이 결국 전쟁으로 폭발했던 것이다.

모든 전쟁은 수많은 사상자가 나오고 영웅담도 남는다. 남북전쟁에서 60만 명의 사상자가 나오고 에이브러햄 링컨 대통령의 그 유명한 게티즈버그 연설이 탄생한다. 1863년 7월 1일에서 3일까지 게티즈버그에서 격렬한 선투가 있은 지 4개월 뒤인 1863년 11월 19일에 펜실베이니아주 게티즈버그에서 거행된 숨진 병사들을 위한 국립묘지 봉헌식에서 행한 링컨의 연설은 바로 그 유명한 '국민의, 국민에 의한, 국민을 위한 정부가 사라지지 않도록 싸우는 사람들을 위해 바친다.' 라는 명문장이 되어 후세에 남는다.

『바람과 함께 사라지다』가 없었다면 우리 한국인들에게는 남북전쟁은 그저 추상적인 역사의 연대기이거나 에피소드에 지나지 않았을 것이다. 전쟁에 패한 남부의 참상과 남부사람들이 고난의 격동기를 살아가는 실상을 알 수가 없었을 것이다.

스칼렛 오하라는 부유한 농장주의 장녀로 어리광을 부리는 철부지 숙녀였다. 그런 스칼렛이 전쟁의 아픔을 딛고 일어서면서 자립적이고 강인한 철의 여인으로 성숙한다. 스칼렛은 남부의 긍지와 명예를 잃지 않으면서 현실의 도전에도 불굴의 의지로 응전하는 새로운 여인상을 보여준다. 전쟁이 철부지였던 여자를 강인한 생명력의 여주인공으로 만들어버린 것이다.

"내일은 내일의 태양이 뜨게 될 거야!"라고 외치며 폐허가 된 농장에서 배고픔을 달래기 위해 나무뿌리를 캐다가 하늘을 향해 "하늘에 맹세코 다시는 배고프지 않을 테야!"라고 외치는 장면들은 우리 마음속에 영

▲ 타라 박물관: 소설 속 타라 농장이 있던 존스보로에 영화 〈바람과 함께 사라지다〉 관련 전시를 하고 있다.

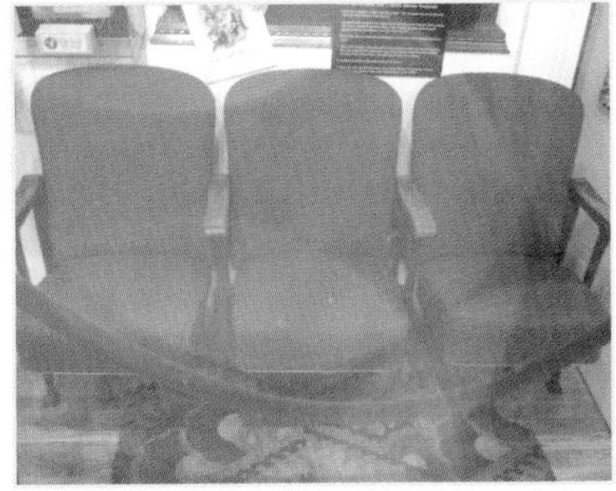

▶ 로즈극장의 의자: 마가렛 미첼과 클라크 케이블이 앉았던 의자가 타라 박물관에 전시되어 있다.

원히 남아있을 것이다.

영화 속의 명대사로 흔히들 비비안 리의 '내일은 내일의 태양이 뜨게 될 거야!(After all, tomorrow is another day)'를 꼽는다. 이 명대사에다 하나 더 추천하고 싶은 대사가 있다. 레트 버틀러역의 클라크 케이블이 영화 마지막 부분에 스칼렛 오하라가 '이제 나는 어떻게 하라고요. 어디로 가라고요.' 하며 애원하자 차갑게 던진 말 '그대여, 미안하지만 내 솔직히 말하지. 이제 당신이 어떻게 되든 내 알 바 아니오.(Frankly my dear, I don' t give a damn)' 를 남기고 스칼렛을 영영 떠나간다. 이 대사가 남자답게 들렸다.

1939년 12월 15일, 이 영화가 최초로 개봉된 극장은 애틀랜타에 있는 로즈 극장이었는데, 개봉 당시 클라크 케이블과 마거릿 미첼 여사가 나란히 앉았던 빨간 의자가 아직도 타라 박물관에 보관되어 있다. 타라 박물관은 남북전쟁 당시 격전지였고 마거릿 미첼여사의 원래 고향이자 증조부의 저택이 있는 존스보로에 있다. 최초 상영관인 로즈극장은 1978년에 불타버려 없어졌다.

『바람과 함께 사라지다』에 나오는 인물들은 모두 가공의 인물들이다. 그러나 역사와 지명은 애틀랜타 주변의 사실과 환경을 그대로 베꼈다.

타라 농장의 모델: 존스보로에 있는 1830년대에 지은 스테이틀리 오크스가 타라 농장의 모델이었다고 주민들은 주장한다.

그래서 이 소설의 주 무대가 되는 타라 농장의 모델이 된 곳을 찾을 수밖에 없다. 애틀랜타 남쪽에 있는 러브조이 마을에 있는 탤매지 농장을 모델로 삼았다는 설과 러브조이 인근 마을인 존스보로에 있는 1830년대의 스테이틀리 오크스라는 집이 타라 농장의 모델이었다는 두 가지의 주장이 있다.

탤매지 농장은 전 상원의원이었던 허먼 탤매지 의원의 집이다 지금은 그의 후손들이 관리하고 있는 듯, 탤매지 농장에서 나온 햄 제품의 브랜드로 탤매지를 광고 하고 있다. 1,200에이커나 되는 넓은 농장에 있는 1836년에 지었다는 목조의 농장건물은 옛날 남부의 저택의 모습을 엿볼 수 있게 해준다.

그런데 이 농장은 한때 미첼 여사의 증조부인 필립 핏제럴드의 소유여서 핏제럴드 농장이라 불렸다. 미첼 여사는 어릴 때 조부모가 살던 이 농장에 자주 왔고 그 인상이 타라 농장으로 형상화된 것으로 보인다. 하지만 소설 속 타라 농장 주택의 묘사는 스테이틀리 오크스와 훨씬 가까워 타라 농장의 모델은 결국 두 곳을 결합하여 탤매지의 농장 분위기에다 집은 스테이틀리 오크스의 집을 모델로 삼았던 것 같다.

소설에서는 타라 농장이 애틀랜타에서 불과 5마일인데 실제로 탤매지 농장이 있는 러브조이나 스테이틀리 오크스가 있는 존스보로는 애틀랜타에서 20마일의 거리이다. 애틀랜타에서 남쪽으로 타라 불바드를 따라 내려오다가 타라 로드로 접어든다. 이 길 이름들은 타라 농장에서 딴 것이다. 이 일대에는 타라 자동차 판매점, 타라 가구상 등 타라라는 이름이 붙은 상가가 사방에 즐비하다.

오래전 아치 게리라는 전 조지아 주의원이 관광객들이 소설속의 타라 농장이 없는 것을 알고 너무 실망해 하자 타라 농장을 하나 짓겠다고 추진한 적이 있다. 그러나 미첼 여사의 유족들이 상업화 되는 것을 원하지 않아 농장 건축을 포기하였다. 영화 속의 타라 농장 건물은 할리우드에서 세트 촬영한 것이다. 그래서 농장 건물이라기보다는 호화저택 같았다고 미첼 여사가 불만을 드러냈었다고 한다. 비록 타라 농장은 없지만 상관없다. 온 세계 수천만 독자들의 마음속에 있으면 그것으로 족하지 않을까!

북군 사령관, 윌리엄 셔먼 장군: 셔먼이 애틀랜타를 함락시켰다. 전쟁 후 육군 총사령관이 되었다.

타라 농장의 배경이 되있던 애틀랜타 남쪽, 존스보로와 러브조이가 속해있는 클레이턴 카운티는 실제로 남북전쟁의 격전지였다. 북부군 사령관 윌리엄 셔먼장군은 애틀랜타를 함락시켰고 시가는 완전히 불탔다. 남부인들은 셔먼이 온다고 외치며 무서워 도망가기에 바빴다. 이 애틀랜타 전투에서 승리한 후 여세를 몰아 사우스 캐롤라이나에서 남부군 총사령관인 리 장군을 항복시킴으로써 남북전쟁을 승리로 이끌었다. 남부사람들에게는 악명이 높은 셔먼 장군은 전쟁 후 육군 총사령관이 되었다.

북한에서 외교문제를 전담하고 있는 강석주가 〈바람과 함께 사라지다〉를 보고 뉴욕의 북한 유엔대표부에게 이 영화 비디오를 많이 사서 보내라고 했다고 한다. 그 이유는 남북전쟁에서 북군이 남군을 이기는 영화여서 그랬단다.

〈바람과 함께 사라지다〉는 역사상 전무후무한 대히트로 인기가 최고였음에도 퓰리처상은 1937년에 받았지만 노벨상은 받지를 못했다. 사고를 요하는 부분이 없고 철학적인 함축성도 없는 대중소설이라고 평론가들은 혹평을 했다. 너무 통속적이지만 않다면 소설은 우선 재미가 있어야 하는데 인기가 대중적으로 있다고 높은 평가를 못 받는 것은 아무래도 아닌 것 같다. 아쉽다.

1936년은 미국이 대공황을 맞아 극심한 경기 침체로 모두가 고생하던 시기이다. 강인한 스칼렛이 나타나 '힘을 내라. 누구나 해낼 수 있다.' 는 메시지를 국민들에게 던져주어 절망에 가라앉은 분위기를 북돋아주었던 작품이었는데 안타깝다.

애틀랜타 산책

애틀랜타는 식민지 시대에도 남동부의 최대도시였다. 애팔라치아 산맥으로 둘러 처져있고 채터후치 강 연안을 따라 배의 운항이 가능하여 운송이 발달하였고, 급류의 수력을 이용하여 경공업이 발달하였다. 목화밭으로 인한 면 공업, 섬유제품, 화학, 식료품, 자동차, 항공기 산업이 발달한 도시이다.

1996년에는 제26회 올림픽이 열렸다. 조지아 공대, 에모리 대학교가 유명하고 코카콜라와 CNN방송의 본사가 있다. 그리고 흑인이 많아 인구 40%가 흑인이다.

애틀랜타에는 3개의 아이콘이 있다. CNN과 코카콜라, 그리고 마거릿 미첼이다. 미첼과 연관된 장소들을 보았으니 이제 CNN 과 코카콜라를 둘러보기로 한다.

CNN 센터

CNN은 미국 3대 지상파 방송인 ABC, CBS, NBC 다음으로 꼽는 즉 4대 방송이다. 뉴스 전문 케이블방송으로, 세계방송시장을 장악하고 있다. 이 CNN방송의 본사가 마리에타 스트리트 190번지에 있다. 본사에만 약 4,000명의 직원이 일하며 뉴스의 40% 정도가 여기에서 제작된다.

방문객들을 위해 스튜디오 투어가 매 30분마다 있다. 소요시간은 약 45분 정도 걸린다. 투어는 에스컬레이터로 올라가서 6층에서 시작하여 아래층으로 내려오는 코스이다.

먼저 CNN 네트워크 작동과 기술적인 면을 브리핑 해준다. 헤드라인 뉴스 하는 곳과 CNN 국제방송, 건강 관련 방송, 그리고 날씨 방송 등을 견학한다. 관람객들은 위쪽에 있는 유리로 된 전망대에서 분주하게 뉴스를 준비하는 관계자들을 볼 수가 있다.

센터 안에 옴니 호텔과 레스토랑 그리고 꽤 넓은 공간을 할애한 쇼핑몰이 있다. CNN로고를 붙인 각종 물품에 아이디어 상품들을 팔고 있다.

CNN 방송국.

사진사가 뉴스데스크 세트에 앉아 있는 관람객들을 찍어서 즉석에서 사진을 프레임에 넣어 인기리에 판매하고 있다. 뉴스방송의 제작에 대한 이해를 높여주어 한번은 둘러볼 만하다.

월드 오브 코카콜라

코카콜라 본사가 마틴 루터 킹 주니어 드라이브 55번지에 있다. CNN 센터에서도 가까운 거리이다. 세계인 누구나 즐겨 마시는 음료수이지만 처음에는 구강세정 및 양치제로서 일종의 약으로 개발하려고 시도하였는데 실패하여 단순한 음료수로 1886년부터 판매하기 시작하였다.

애틀랜타의 약제사인 존 펨버턴 박사가 프리스틀리의 탄산수를 변형시킨 것을 만들어 '코카콜라' 라는 이름을 붙였다. 맨 처음 톡 쏘는 탄산수를 고안해낸 사람은 영국인 화학자 조셉 프리스틀리로, 1770년대의 일이다.

코카콜라의 브랜드 가치는 어느 제품보다 높다. 그도 그럴 것이 아프리카 빈민국의 거리에서 신발도 없이 웃옷을 입지 않은 벌거숭이도 돈

코카콜라 회사 본사 입구와 코카콜라 발명가 펨버턴 박사 동상

이 생기면 우선적으로 사는 제품이 신발, 의류가 아닌 코카콜라라고 하니 사업성이야 최고이다.

본사 내에 있는 전시장으로 들어가면 커다란 코카콜라 병이 여러 디자인과 색깔로 만들어져 전시되어 있다. 생산과정에서 자동 컨베이어로 병이 움직이며 콜라가 채워지는 과정을 볼 수 있다. 제일 인기 있는 것이 35가지의 음료를 무료로 마실 수가 있다. 그런데 대개 3가지만 마셔도 배가 불러 더 못 마시게 된다.

센테니얼 올림픽공원

CNN 바로 인접한 지역에 위치해 있다. 그러니까 이 올림픽공원 주위로 CNN과 코카콜라가 위치해 있는 것이다. 이 공원은 1996년 애틀랜타에서 열렸던 올림픽 게임을 기념하기 위하여 지은 공원이다. 서울의 잠실에 있는 올림픽공원과 같은 성격이다. 약 21에이커의 넓이에 전 세계 5대륙에서 운반해온 80만 개의 블록이 사용되었다고 한다. 바닥에 만들어진 오륜기 모양의 분수대에서 뿜어대는 분수가 인상적이다. 각종 축제, 음악회 등이 열려 시민들의 휴식처로 각광을 받는다. 매년 300만 명이 이 공원을 찾는다고 한다.

마틴 루터 킹 목사 역사지구

오번 애브뉴 450번지에 있다. 킹 목사가 이곳 애틀랜타에서 태어나 12살 때까지 살았던 생가와 그의 묘지, 그리고 그가 설교하던 침례교회와 기념관이 함께 있다.

마틴 루터 킹

마틴 루터 킹 목사는 대대로 목사인

마틴 루터 킹 목사 유적지.

킹 목사의 생가.

킹 목사의 묘소.

집안에서 1929년 1월 15일 태어나 그 자신도 목사가 되었다. 비교적 유복한 가정이어서 보스턴으로 가서 공부를 계속했고 보스턴 대학에서 철학박사 학위를 받았다. 그는 간디의 평화주의에 공감하여 비폭력 불복종 운동을 주도한 인물이다.

이러한 운동이 일어나게 한 사건이 있다. 1955년 킹 목사가 목회 활동을 하고 있던 앨라배마 주 몽고메리 시에서 일어난 사건으로, 로자 파크스라는 한 흑인여인이 퇴근길에 백인전용좌석이 아닌 뒷좌석에 앉았는데 백인승객이 많아지자 일어날 것을 강요받는다.

일을 마치고 귀가길이라 몹시 피곤하였던 이 흑인은 백인전용좌석이 아닌데 일어나라고 강요하는 백인의 요구를 거절한다. 이에 이 여인이 체포되는 사건이 발생한 것이다. 그 당시 앨라배마 법에 의하면 흑인은 앞문에서 돈을 내고 내려서, 뒤로 가서 다시 탑승을 해야 한다. 앞좌석이 비어 있어도 앉을 수가 없고, 뒷좌석의 경우 짐이 많은 흑인 노인에게 짐 없는 백인청년은 자리를 양보할 것을 요구할 수 있었다.

이 흑인여인의 체포에 항의하여 버스타기거부운동이 일어나는데 382일 동안 지속된 이 운동에서 비폭력 저항운동과 조직화의 주도역할을 이 지역, 몽고메리의 교회 목사인 킹 목사가 한다. 이 기간에 5만 명이 운동에 참가하였다.

드디어 1956년 12월 21일 연방법원에서 시내버스의 흑백 분리는 헌법에 위배된다는 판결을 받아 흑인들도 원하는 자리에 앉을 수가 있게 된다. 이 판결은 흑인인권운동의 커다란 획을 긋는 것이었다. 이 운동의 중심에 킹 목사가 있었고 그는 일약 흑인인권운동 지도자의 위치에 오르게 된다.

1963년 8월에 인종차별반대운동을 위한 워싱턴으로의 대행진을 주도한 킹 목사는 워싱턴 행사에서 불후의 명연설인 '나에게는 꿈이 있어요'로 많은 사람들에게 감동을 준다. 일약 세계적인 인물로 부상하게 된다. 연이어 1964년에 노벨평화상을 수상한다. 1968년 4월4일 테네시 주의 멤피스의 모텔에서 저격당하여 암살당한다. 그의 죽음을 기리기 위하여 그의 생일인 1월 15일이 연방공휴일이 된다.

하지만 킹 목사에게도 성추문과 불륜의 교제를 한 약점이 있었다. 재클린 케네디 여사와의 악연으로 재클린 여사가 킹 목사가 여러 여자들과의 문란한 성생활을 한 것들을 폭로하였다. 심지어 '나에게는 꿈이 있어요' 라는 명연설을 한 그날 전날 밤에도 호텔에서 여자들과 섹스파티를 한 것이 FBI의 도청에 잡히고 말았다. 재클린 여사가 고 케네디 대통령 장례식 때 시신을 모신 관의 중앙 부분에다 키스하자 킹 목사가 그 위치를 꼬집어 재클린이 아쉬워 할 부분이라고 섹스와 관련된 말을 한 것이 재클린의 귀에 들어가게 된 것이다.

아무튼 애틀랜타가 낳은 걸출한 인물 가운데 한 사람임에는 틀림없다. 그의 묘지는 아주 소박하다 꽃다발이 아직도 계속 이어지고 있다.

급성장한 한인 타운

진취적인 기질이 한인과 맞아서인지 최근 10여 년 사이 부쩍 많은 한인들이 애틀랜타로 이주해와 한인 방송국도 생길 정도로 급성장했다. 먼저와 정착한 한인들이 전에 살던 도시의 이웃 한인들을 불러들여 함께 공동 커뮤니티를 형성한 것 같다. 미국 동부 뉴욕과 뉴저지에서 많이들 애틀랜타로 내려갔다.

고속도로 I-85를 타고 북쪽으로 가다 104번 출구에서 나가면 둘루스시이다. 플레젠트 로드 일대가 한인 타운이다.

작가에 대하여

마거릿 머너린 미첼은 조지아 주 애틀랜타에서 아버지가 변호사인 집안에서 태어났다. 어린 시절부터 남부의 역사와 남북전쟁의 일화를 들으며 성장하였다.

애틀랜타에 있는 워싱턴 신학교를 졸업한 후 명문여자대학인 매사추세츠 주의 스미스 컬리지(바바라 부시[부시 전 대통령 부인]가 졸업한 학교)에 들어가 의학을 공부한다. 그곳에서 '헨리' 라는 육군 장교와 연애를 하기도 하지만 헨리는 제 1차 세계대전에 참전했다 사망한다.

스페인 독감으로 어머니가 돌아가시자 학교를 중퇴하고 고향 애틀랜타로 돌아왔다. 알콜 중독자였던 레드 업쇼와의 첫 결혼이 오래가지 못하고 이혼 후 1925년에 존 마쉬와 재혼하였다. 이 부부는 슬하에 자녀를 두지 않았다.

애틀랜타 지방 신문사인 애틀랜타 저널에서 일하던 중 발목을 다친 것이 악화되어 신문사를 그만두고, 집에서 남북전쟁을 바탕으로 한 소설 『바람과 함께 사라지다』를 쓰기 시작했다. 어릴 때부터 듣던 전쟁의 일화와 수집한 자료를 바탕으로 10년간 집필하여 1936년 출판된 1,037페이지에 달하는 장편소설은 폭발적인 인기를 얻었다.

1937년 퓰리처상을 받았고, 1939년에 비비안 리 주연의 영화로 출시되면서 더욱 유명해졌다. 영화사에서 미첼에게 저작권료로 5만 달러를 지불했다. 당시로는 가장 높은 가격이었다.

하지만 1949년 8월 16일에 피치트리 스트리트를 남편, 존 마쉬와 함께 건너다 만취한 운전자가 몰던 택시에 받혀 49세의 나이로 세상을 떴다.

그녀는 일생에 단 한 번의 출간으로 유명해진 작가다. 신문, 잡지사 그리고 출판사 등으로부터 새 작품을 발표해 줄 것을 강력히 요구받았으나 그녀는 끝내 절필하고 말았다. 첫 출판 후 13년이 지나도록 새로운 글을 쓰지 않았다. 사고로 죽지 않았더라도 『바람과 함께 사라지다』에 그녀의 모든 역량을 소진해 버렸기에 절필했을 것 같다.

작품 줄거리

『바람과 함께 사라지다』

미국 애틀랜타 남부 타라 농장의 스칼렛 오하라는 많은 남자들의 구애를 받지만 그녀의 마음은 오직 애슐리만을 향한다. 그러나 애슐리는 멜라니와 결혼한다. 스칼렛은 홧김에 애슐리와 멜라니에게 복수하기위해 멜라니의 오빠인 찰스 해밀턴과 결혼해버린다.

남북전쟁이 터진다. 참전한 찰스가 전사하고 애슐리도 종군하자 스칼렛은 임신한 멜라니와 함께 애틀랜타 시내로 거처를 옮겨 군인병원에서 봉사를 한다. 모처럼 열린 파티장에서 스칼렛은 결혼 전 잠깐 스쳤던 레트 버틀러와 재회하게 된다. 레트는 북군의 물자를 빼돌려 남군에 팔아 돈을 버는 장사꾼으로 집요하게 스칼렛에게 추파를 던진다. 스칼렛은 거만한 그를 싫어하지만 한편으로 자신도 모르게 그에게 이끌린다.

북군이 애틀랜타까지 들어오고 스칼렛은 갓 아이를 낳은 멜라니를 데리고 레트의 도움으로 고향인 타라 농장으로 돌아온다. 그러나 농장은 폐허가 되고 어머니는 돌아가시고 아버지마저 실성하고 만다.

전쟁은 남군의 패배로 끝난다. 스칼렛은 지독한 가난에서 벗어나기 위해 타라에서 억척스럽게 살아가지만 희망이 안 보인다. 레트가 큰돈을 벌었다는 소문을 들은 스칼렛은 자존심을 버리고 찾아가지만 핀잔만 듣고 돌아온다. 하는 수 없이 주위의 따가운 시선에 아랑곳 하지 않고 스칼렛은 동생의 약혼자인 프랭크 케네디와 결혼해 장사를 하여 생활고에서 벗어나고 주위의 시선과 상관없이 오로지 돈 버는 일에 몰두한다.

두 번째 남편마저 살해당하자 그녀에게 레트가 청혼한다. 레트와 결혼하여 풍족한 생활을 누리고 딸도 낳는다 하지만 스칼렛은 여전히 애슐리를 사랑한다. 레트는 스칼렛이 계속 애슐리를 사랑하고 있음에 마음이 멀어져가고 딸 포니마저 낙마사고로 잃게 되자 스칼렛을 떠나간다.

멜라니가 숨을 거두고 아내의 죽음 앞에서 슬퍼하는 애슐리를 보고 스칼렛은 자기의 애슐리에 대한 마음은 사랑이 아니라 환상임을 깨닫는다. 자신이 진정 사랑하는 사람은 레트 버틀러임을 깨닫고 레트에게 달려가 진심을 말하려 하지만 레트는 냉정하게 떠나버린다.

결국은 스칼렛은 그녀의 영원한 고향인 타라로 돌아가서 레트가 돌아오게 할 방법을 찾아보기로 한다. '내일은 내일의 태양이 떠오를 테니까.'

- 태어난 집: 애틀랜타 케인 스트리트 296번지(철거됨)
- 마지막 집: 애틀랜타 피드먼트 애브뉴 1268번지
- 미첼 하우스: 애틀랜타 피치트리 스트리트 990번지
- 처녀시절 집: 애틀랜타 피치트리 스트리트 1401번지
- 사고 당한 장소: 애틀랜타 피치트리 스트리트와 13번가가 교차하는 코너
- 스테이틀리 오크스 하우스: 타라농장 모델, 조지아 주, 존스보로, 캐리지 레인 100번지
- 타라 뮤지엄: 조지아 주, 존스보로, 북 메인 스트리트 104번지
- 묘지: 애틀랜타 오클랜드 공동묘지, 오클랜드 애브뉴 248번지

9

존 스타인벡

John Steinbeck, 1902~1968

— 『분노의 포도』

John Steinbeck

살리나스

존 스타인벡은 캘리포니아 주의 살리나스에서 태어났다. 살리나스는 골프휴양지로 유명한 페블비치에서 동쪽 내륙 쪽으로 101도로변에서 가까운 조그만 도시이다. 샌프란시스코에서 남쪽으로 100마일, 로스앤젤레스에서 북쪽으로 360마일 정도 떨어진 거리이다.

인근 몬테레이 반도는 특히 경치가 좋아 세계 각지에서 많은 관광객들로 붐빈다. 배우 클린트 이스트우드가 한때 시장이었던 카멜 시티와 7마일 드라이브 코스로 유명한 페블 비치, 그리고 수족관으로 유명한 캐너리 등이 있다.

필자가 문학기행을 하기로 마음먹은 것이 2012년 9월, 로스앤젤레스행 비행기 안에서였다. 로스앤젤레스에서 틈을 내어 맨 먼저 달려온 곳이 살리나스이다. 이후 영국여행을 가게 되고 영국편 기행문이 2014년에 책으로 먼저 나왔다.

스타인벡의 생가. 고등학교를 졸업할 때까지 이 집에서 살았다.

미국 캘리포니아 주의 태평양 해안을 따라 나 있는 101도로는 미국 서부남단 샌디아고에서 캐나다 밴쿠버까지 연결되어 그 풍광이 아름답기로 유명하다. 태평양 바다를 끼고 꼬불꼬불 돌아가는 도로가 절경이다. 이 길은 2010년에 친구 4명이 미국횡단을 할 때 가던 그 길이다. 그때는 로스앤젤레스에서 출발하여 샌프란시스코를 거쳐 시애틀, 그리고 캐나다 밴쿠버까지 가는 여정이었다. 그래서 그때를 생각하며 곧장 뻗어 있는 5번 고속도로를 가지 않고 시간이 걸리더라도 101도로로 갔다.

살리나스에 들어서니 온통 존 스타인벡 일색이다. 스타인벡 도서관, 스타인벡 센터 등……. 살리나스의 센트럴 애브뉴 132번지에 있는 존 스타인벡의 생가는 15개의 방이 있는 회색 빅토리아 조 건물로 1897년 지은 집을 1900년에 스타인벡의 아버지가 사서 이사를 온 집이다. 스타인벡이 태어난 방은 아래층 입구의 왼쪽 첫 방이다. 이 방은 그의 또 하나의 히트 작품인 『에덴의 동쪽』에서 사진과 화장수병과 솔과 빗 그리고 도자기들로 가득 찬 침실이라고 그려져 있다. 2층의 레드 룸에서는 그의 초기 작품인 『빨간 망아지』를 쓴 곳이다.

생가 거실에 차려진 식당

이 집은 현재 '밸리 길드' 라는 300명의 회원을 가진 자선단체가 1973년에 사들여 관리하면서 목, 금, 토요일, 3일만 점심을 파는 식당으로 문을 열어 그 수익으로 집을 유지하고 있다. 2층의 거실과 옆방을 오픈하여 만든 식당이 그런대로 괜찮았고 음식도 먹을만했다. 단체가 왔는지 20여 좌석이 만원이다. 방문객들은 대부분 은퇴한 노부부들이다. 아래층 지하에서는 스타인벡의 소설책과 각종 기념품을 팔고 있다.

살리나스 시립 도서관은 1969년에 스타인벡 도서관으로 이름을 바꾸고 3만 점의 스타인벡 관련 자료를 모았으며 스타인벡 코너를 별도로 만들어 사진과 편지 등을 전시하고 있다. 건물 밖에는 실물크기의 스타인

1 살리나스에 있는 스타인벡 도서관: 시립 도서관이다. 2 도서관 내에 마련된 스타인벡 전시코너. 3 도서관 앞에 세워져 있는 스타인벡 동상. 4 국립 스타인벡 센터: 스타인벡의 작품과 그의 일생을 소개하는 영상 비디오, 책자 등이 있다.

벡의 동상이 서 있다.

국립 스타인벡 센터에는 스타인벡의 작품과 스타인벡의 일생을 소개하는 전시 홀이 있다. 그와 관련된 소장품은 물론 편지, 신문, 잡지에 실린 그의 작품에 대한 논평이 전시되고 있다. 그가 오클라호마에서 캘리포니아로 이주해온 이주민들의 이주 캠프의 견본도 볼 수 있다. 이 센터는 스타인벡 홀 이외에 지역 문화와 농업 발전의 역사 등을 전시하는 문화 홀, 그리고 농업 홀이 있다.

살리나스 강을 따라 85마일에 걸쳐 길게 뻗어있는 살리나스 골짜기는 미국인들의 샐러드 접시라고 불릴 만큼 신선한 야채의 생산지로 유명하여 캘리포니아 농업의 중심지이다.

스타인벡 집안이 처음 이곳에 자리 잡은 것은 그의 외조부가 킹 시티 남쪽에 있는 1,700에이커의 목장에 정착하면서 부터이다. 스타인벡은 고등학교와 대학시절 여름방학이 되면 이곳의 농장을 찾아다니며 일을 했다. 명문 스탠포드 대학에 들어갔어도 도서관에 앉아 있는 것 보다 땀 흘리는 농장일이 더 좋았다 그는 어느 날 갑자기 스탠포드 대학을 때려치우고 이곳 스프레클스의 농장에 일자리를 얻는다.

그러던 어느 날 스타인벡과 같은 농장에서 일하던 일꾼 한 명이 쇠고랑으로 주인을 찔러 죽인 사건이 발생했는데, 스타인이 그 살해현장을 목격한다. 이 살해 장면은 스타인의 머릿속에 깊이 새겨졌다. 스타인벡은 농장 일을 하며 경험한 것들을 마음속에 간직하였다가 훗날 그의 작품 속에 고스란히 되살려 놓는다. 후에 이 일꾼 살인자가 『생쥐와 인간』 속 '레니' 의 모델이 된다.

몇 달 뒤 다시 스탠포드 대학 영문학과로 되돌아가지만 학업을 계속하지 못하고 1924년에 스탠포드를 떠난다. 1928년부터 본격적인 글을 쓰기 시작했다.

살리나스를 중심으로 한 살리나스 골짜기와 서쪽의 몬테레이 반도 일대는 스타인벡의 작품 대부분의 배경무대여서 이 지역을 스타인벡 컨트리라 부른다.

『에덴의 동쪽』을 비롯해서 『즐거운 목요일』, 『캐너리 로』, 『생쥐와 인간』, 『긴 골짜기』 등과 『분노의 포도』의 일부도 이 고장의 산물이다. 『에덴의 동쪽』은 원래 예정했던 제목이 『살리나스의 골짜기』였다. 그래서 1952년에 나온 제임스 딘 주연의 〈에덴의 동쪽〉은 대부분 이 살리나스 골짜기에서 촬영된 것이다.

오랜 세월이 흘렀어도 아직도 '빨간 망아지'는 '긴 골짜기' 사이를 헤매고 다닌다.

스타인벡의 작품 『캐너리 로』에 나오는 몬테레이의 식료품 가게는 아직 그대로여서 방문객들로 붐비고 매년 스타인벡 기일인 12월 20일이 되면 가게 문을 닫고 크리스마스 장식 불을 끈 뒤 창 앞에 4개의 촛불을 밝힌다.

살리나스 북쪽, 샌터크루즈 산 속에 위치한 로스 가토스에 1938년, 스타인벡은 새로 집을 짓기 시작했고 집을 짓는 동안 인근에 농가를 빌어 거기서 『분노의 포도』를 집필했다. 작품이 끝맺어질 무렵, 집도 완성되었다 협곡과 가까운 곳에 위치한 8,000제곱미터의 땅이 스타인벡 부부의 집이었다.

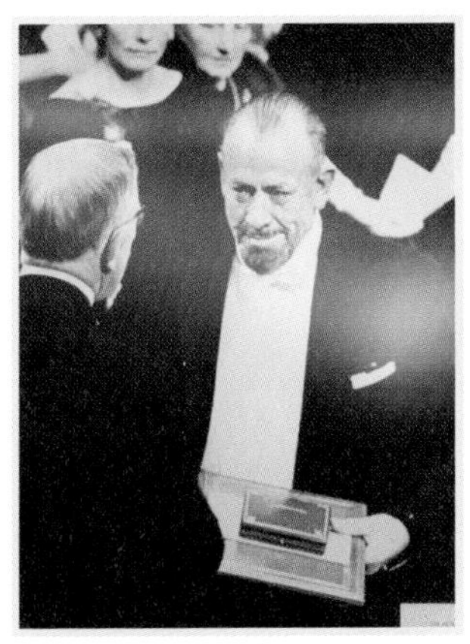
노벨문학상 수상 장면: 스타인벡은 1962년에 노벨상을 받았다.

1939년에 책이 출판되자 새 집으로 축하 전보와 편지 그리고 전화가 빗발쳤다. 1940년 퓰리처상을 이 집에 있을 때 받았고 1941년까지 이 집에서 살았다.

존 스타인벡의 소설 『분노의 포도』는 오클라호마에서 조드 가족이 66번국도를 따라 길을 떠나는 데서 시작된다.

오키들(오클라호마에서 온 노동자들을 비하하여 붙인 별명)이 오클라호마를 떠나 캘리포니아의 살리나스 계곡에 정착하여 노동착취에 시달리는 고달픈 삶을 다룬 작품이다.

실제로 1933년 미국 중앙에 위치한 오클라호마에 거대한 모래폭풍이 텍사스로부터 불어와 날은 가물고 몇 년 동안 땅이 황폐되어 농지가 사막이 되자 오클라호마 농민들은 모래 먼지로 뒤덮인 땅을 버리고 꿈의 땅 캘리포니아를 찾아 포장마차를 몰고 서부로 향했다. 또 그 당시가 미국의 경제대공황으로 농지를 담보로 대출받은 돈으로 주식을 샀던 농민들은 주식증권이 휴지조각이 되고 대출금을 갚을 길 없어 농지를 은행에 뺏길 수밖에 없었다.

존 스타인벡이 1937년에 이 이주 노동자의 행렬을 따라 오클라호마를 떠나 서쪽으로 향했고 그들의 생활상을 관찰하고 기록 하였다. 1938년 『분노의 포도』를 쓰기 시작하면서 그의 이주 농민들의 캠프 탐사는 계속되었다.

66번국도

30만의 오키들이 굶주리며 캘리포니아를 향해 66번국도를 따라 이동해 갔다. 착한 농민들에게 깊은 애정을 가진 스타인벡에게는 이 66번국도는 분노의 길이었다.

66번국도는 스타인벡의 소설 『분노의 포도』에서 뿐만 아니라 냣 킹 콜의 히트곡인 〈Get Your Kicks on Route 66〉로 만들어져 불리고 TV쇼의 제목이 되기도 하여 미국에서 가장 널리 알려진 국도이다.

66번국도: 오클라호마 시티를 빠져 나오면서 I-40 고속도로로 합쳐진다.

오클라호마 시티를 빠져나가는 66번국도: 『분노의 포도』에서 이주농민들은 오클라호마에서 출발한다.

66번국도

1926년 11월에 미국 국도법이 생기면서 66번국도가 생겨난 이래 1950년대와 1960년대까지 번창하며 미국의 동서를 연결하는 대동맥이 되어 왔다. 동쪽으로 시카고의 미시간 애브뉴와 아담스 스트리트가 교차하는 지점(미시간 호반에 닿아 시카고 최 동쪽임)에서 시작하여 서쪽으로 로스앤젤레스의 태평양 연안인 산타 모니카 해변에 있는 올림픽 블루버드와 링컨 블루버드 교차점까지 장장 2,400마일을 뻗으며 미국 땅을 횡단한다.

66번국도는 미국의 척추로 일컬어져서 스타인벡도 '길의 어머니'라 불렀고 가뭄과 모래먼지로 쓸모없는 땅을 버리고 서부의 캘리포니아로 떠나는 '이주자들의 길'이었으며 2차 대전 중 불어나는 유통물량을 철도로만으로 감당 못한 것을 트럭이 일익을 맡아 실어 날라 '길의 왕'이 되기도 하였다.

이 66번국도는 시카고에서 시작하여 I(주와 주 사이를 잇는 고속도로,

Inter State의 첫 글자 I임)-55번으로 세인트루이스를 지나면서 I-44번으로 바뀌어 미시시피 강을 건너고, 오클라호마시티까지 와서 I-40번이 되어 오클라호마 대평원을 지나고, 텍사스와 뉴멕시코를 거쳐 I-15번이 되어서는 애리조나의 가파른 산악을 넘으면 다시 I-10번이 되어 캘리포니아를 달리다 보면 로스앤젤레스 바닷가에 이르는데 그동안 8개의 주를 통과하며 시간대가 1시간씩 늦어지며 3번 바뀐다. 일리노이, 미주리, 캔자스, 오클라호마, 텍사스, 뉴멕시코, 애리조나, 캘리포니아 8개주이다. 2,400마일의 거리이다.

실제로 오늘날에는 66번국도가 거의 남아있지 않고 대부분 고속도로에 편입되어 버렸다.

시카고에서 미주리 주의 조플린까지 600마일의 길에는 I-55의 표시뿐 '66' 은 없다. 다행이 오클라호마 시 근처에는 국도 66번이 많이 남아있어 66번국도를 밟으며 교외로 나가본다. 다운타운의 39번 스트리트가 66번의 시작점이어서 그곳에서 서쪽으로 향했는데 시를 벗어나서는 40번도로로 바뀌더니 곧장 I-40번 고속도로 연결되어 버렸다.

그중에도 오클라호마 시의 북동부에 위치한 외곽도시 에드먼드와 아카디아 시에는 도로명이 66번인 국도가 아직 존재하고 있다. 대개는 다른 이름의 현재 도로 명에 '역사적 66번국도' 라는 표지판을 이중으로 세워 놓고 있다 예전에는 이 도로가 66번국도였다는 것이다. 그래도 이러한 도로라도 있어 지난날의 번영을 곱씹어 볼 수 있어 좋다. 이 길을 따라 포장마차에 병약한 부모님과 어린 자식들을 싣고 서부로 향했을 농민들을 회상해 본다.

66번국도 도로변에 있는 주유소: 큰 콜라병 모형이 특이하다. 주유소 내부에는 각양각색의 콜라를 진열해놓고 판매한다.

『분노의 포도』에서 농민들은 이곳 오클라호마에서 출발한다. 이곳 에드먼드 시의 66번국도 도로변에는 옛날에 번창했던 주유소를 재현해 놓았다. 특이한 것이 콜라와 사이다를 각종 다른 모양의 병에 담아 진열해 놓고 팔고 있고 주유소 내에 근사한 식당도 있다. 도로변에 커다랗게 콜라 병으로 된 선전탑을 세워 놓은 것이 특이하고 전성시대의 주유소를 보는 것 같다.

66번국도가 번창했던 1930년대에는 자동차의 주유탱크가 작아 기껏해야 70마일 정도밖에 가지를 못했다. 자주 주유를 해야 했다. 그래서 도로변에 주유소가 곳곳에 있어야 했다. 그리고 장거리 주행이 어려워 주유소 주변에서 먹고 자고 쉬어 가야했다. 모텔, 식료품 가게, 그리고 카지노까지도 번창하였다.

1930년대의 66번국도 주유소: 자동차 석유탱크가 작아 한 번 주유에 70km 간다.

오클라호마 시에서 서쪽으로 한 시간 반 정도 거리인 클린턴 시에 66

번국도 박물관이 있다. 박물관에는 1930년대에 달리던 자동차들이 진열되어 있고 그 당시 주유소를 재현해 놓았으며 주유소 내에 있던 식당 사진들과 식당 여종업원들이 유니폼을 입고 일렬로 서서 손님을 환영하는 모습, 시대별로 기록 사진들 등이 진열되어 있었다.

기념품가게에서 옷에 부착하는 'Historic ROUTE 66'과 'I traveled Route 66' 패치를 사와서 내 옷 왼쪽 어깨소매에 붙여서 입고 다닌다.

66번도로가 쇠락의 길을 걷기 시작한데는 아이젠하워 대통령의 고속도로 건설계획이 본격화 되면서이다. 아이젠하워 대통령이 세계 2차 대전 당시 연합군 사령관으로서 독일의 고속도로인 아우토반을 경험했던 그로서는 미국도 독일 같은 고속도로 건설이 절대적으로 필요하다는 확신을 가지고 있었기에 고속도로 건설을 밀어 붙였다. 이래서 66번도로는 고속도로에 흡수되거나 사라져 버렸고 일부만 고속도로와 겹치지 않는 지역에서 그대로 남아 유산으로 보존되며 여행객들을 유인하고 있다.

캘리포니아로 향하던 농민들이 타고간 자동차들.

산타모니카 해변의 66번국도 종점 표시판.

150여 년 전에는 서부영화에 나오는 포니 익스프레스(속달 우편마차)가 달리던 길, 80여 년 전에는 농민들의 행렬이 지나가던 길, 그 뒤를 따라 스타인벡이 차를 몰고 쫓아가던 길이 지금은 한가한 채 자동차들의 왕래가 뜸하다. 가난한 농민들이 대출금을 갚지 못해 은행에게 빼앗긴 땅에, 그리고 가뭄과 모래폭풍으로 황폐된 땅에는 더 이상 못살아서 버리고 떠난 땅에 석유가 나서 유정들의 석유 채취 펌프가 메뚜기 모양을 하고는 일렬로 줄을 서있다. 농민들이 땅 소유자였다면 석유부자가 되었을 터인데…….

66번국도는 로스앤젤레스의 산타모니카 해변에서 끝난다. 산타모니카 블루버드를 따라 서쪽으로 가다보면 유명한 부자동네 비벌리 힐스를 지나게 되고 미국 땅 서쪽 끝인 태평양해안에 닿는다. 더 이상 갈 수도 없다. 산타모니카 블루버드와 오션 애브뉴가 교차하는 지점의 산타모니카 방문자 센터 바로 옆이 66번국도의 종점이다. 거기에 종점이라고 써놓은 동판이 붙어 있다.

그런데 2009년에 국도66번연맹에 의해 산타모니카 부두가 66번국도의 종점이라고 지정을 해버렸다. 그리고 기념표시판을 세웠다. 66번국도의 종점이라 써놓은 표시판 앞에서 사진 한 장 찍고 가라는 안내엽서가 눈에 들어온다. 많은 방문객들이 기념사진 찍기에 바쁘다.

그러니까 종점이 두 군데가 되어 버렸다. 필자의 생각으로는 산타모니카 부두는 종점이 아닌 것 같다. 모르긴 해도 아마 사업적인 이해관계가 있어 보인다. 산타모니카 블루버드 보다 많은 방문객들을 수용할 수 있는 넓은 주차공간이 있어 많은 방문객들을 유치하여 이 지역 경제를 활성화 해 보겠다는 이해관계 때문에 국도66번연맹은 산타모니카 부두를 종점으로 그것도 개통된 지 80년이 지나서 늦게야 2009년에 지정을 한 것으로 사료된다.

언젠가 필자도 이 66번국도를 시카고에서부터 로스앤젤레스까지 종

◀ 산타모니카 부두의 66번국도의 종점 표시판: 유명인기 관광지인 부두에 종점표시판을 최근 새로 세웠다.
▶ 66번국도의 시발점: 시카고 미시간 호반가의 애담스 스트리트와 미시간 애브뉴 교차하는 곳이다.

주해 보고 싶다. 출발점인 시카고는 큰애, 딸이 살고 있는 곳이라 이래 재래 들락거리는 곳이고, 종점인 로스앤젤레스의 산타모니카 해변은 필자가 5년여 로스앤젤레스에 거주한 적이 있어 낯익은 곳이다.

그리고 중간 지점인 세인트루이스는 큰아이가 의과대학을 다닌 곳이어서 자주 여행을 했던 곳이다. 그래서 더욱 66번국도를 옛 정취와 노스탤지어를 느끼면서 완주해 보고 싶다. 2,400마일의 거리이니까 일주일 정도면 될 것 같다.

대부분의 66번국도가 사라져 버렸지만 다행히 66번국도 지도에는 현재의 고속도로와 겹치는 지역이 나타나 있어 도움이 될 것 같고, 아직도 여러 곳이 옛날 66번도로의 명물들 즉, 주유소, 식당, 식품점 등이 현존하고 있다고 하니 옛 시절의 정취를 찾으러 한번 달려 가보고 싶다. 그렇게 어려운 코스는 아닐 것 같다.

스타인벡은 뉴욕에서 1968년 12월 20일에 심장병으로 세상을 등진다. 유골은 그의 고향 샐리너스 공동묘지에 묻혔다. 그는 오랫동안 미국

스타인벡 묘소: 살리나스 공동묘지에 있는 외가, 해밀턴 가 묘지에 묻혔다.

의 동부에서 지내고 세상을 돌아다녔지만 뿌리는 항상 그가 태어나서 자란 샐리너스에 있었고 결국은 죽어 돌아왔다.

그의 무덤은 외가 숙부인 해밀턴 가족 묘역에 부모와 누이동생과 함께 있다. 그의 외가 해밀턴 가는 『에덴의 동쪽』에도 나오는데 소설 속의 이야기는 실화이다.

오클라호마

오클라호마 주의 주도이름도 오클라호마이다. 그리고 주의 땅 모양이 손가락으로 권총 모양을 한 것과 유사하여 흥미롭다.

오클라호마 주는 40번째로 미연방의 일원이 된 주이고, 넓이는 181,200㎢(미국에서 20번째 크기)인데 비해 인구는 390만 정도이다. 주도인 오클라호마 시는 인구가 53만 명 정도이다. 시가지를 벗어나면 끝없

오클라호마 주 모형: 주먹 쥔 채 검지만 뻗은 모양.

이 뻗은 들판에 메뚜기 모양의 석유 채취 펌프와 목축지가 많이 눈에 띈다. 석유가 난다. 부럽다.

오클라호마 주의 특징으로 첫째, 소를 방목하여 카우보이들이 소떼를 몰고 가는 카우보이 소몰이의 고장이라는 것과 둘째, 서부개척시대에 동부 남쪽에서 서부로 향하여 출발한 개척민들의 종점이고 목적지였다는 것 그리고 셋째, 아메리카 인디언을 위한 정착촌이었다는 것 등이다.

오클라호마 시로 접근하던 비행기에서 내려다 본 광경은 얼마나 넓은 지평선인지 고도가 꽤 높았을 터인데도 지평선만 보였다. 지상에서도 자동차로 시속 110km 이상으로 한 시간 이상을 질주하였는데도 언덕이나 산은 보이지 않고 끝없는 지평선만 이어져 갔다. 이러한 드넓은 대평원에서 농사를 짓고 소를 키우는 곳이 바로 오클라호마이다.

스타인벡의 『분노의 포도』에서 농민들이 정든 땅을 버리고 캘리포니아로 떠날 수밖에 없었던 것이 모래바람으로 땅이 황폐되었기 때문이다. 1930년대에 텍사스에서 모래바람이 불어와 풀이 다 죽어갔다. 더 이상 소를 키울 수 없게 되자 오크라호마 카우보이들은 소떼를 몰고 인근 캔자스 주 혹은 미주리 주로 이동하였다. 빠른 이동이 아니면 소떼가 죽는 상황에서 카우보이들의 소몰이 기량이 절대적으로 필

1935년에 불어온 모래폭풍: 모래바람으로 황폐된 땅을 버리고 캘리포니아로 떠났다.

요하였다. 그래서 오늘날에는 가끔 영화나 TV에서 나오는 소를 다루는 기량을 경쟁하는 '로데오 대회'가 오클라호마의 유명한 문화적 행사가 되었다.

미국의 각 주는 각자 별명을 가지고 있다. 그리고 그 별명에 대해 매우 자랑스러워한다. 그래서 자동차 번호판이나 홍보 선전물에다 그 별명을 적는다. 예를 들면 캘리포니아는 골든 스테이트, 뉴저지 주는 가든 스테이트, 뉴욕 주는 엠파이어, 미주리 주는 쇼우 미 즉, 못 믿어 주, 일리노이 주는 링컨 주 등.

1930년대 농민들의 가난에 찌든 모습.

오클라호마 주의 별명은 두 가지이다. 네이티브 아메리칸 스테이트 즉, 미국 원주민의 주 그리고 수너 스테이트이다. 즉 부지런한 사람들의 주이다. 수너라는 뜻이 '더 빨리' 인데, 서부개척시대에 오클라호마는 빨리 가서 내 땅 차지하면 자기 땅이 되는 곳이어서 많은 개척민이 앞 다투어 이주해와 정착하였다.

그리고 아메리칸 인디언 가운데 가장 강하여 끝까지 그 존재감을 드러냈던 치로키 족들의 본고장이 바로 오클라호마 주여서 미국정부는 그들에게 정착촌과 각종 혜택을 제공하여 치로키 족을 포용하였다. 실제로 오클라호마에는 많은 치로키 인들이 백인과 화해하고 융화되어 잘 살고 있다. 그래서 주 별명이 네이티브 아메리칸의 주이다. 그만큼 치로키들(순수 혈통 외에도 혼열이 많음)이 많이 거주하고 있다.

미국의 '어머니의 길'로도 불리는 66번국도이 통과하는 오클라호마 시는 예전부터 각지에서 가축을 비롯한 농산물 등이 집결하는 곳이다. 목축업의 본고장답게 그 중에서도 '스톡야드 시티'에 있는 가축시장은 세계 최대일 만큼 규모가 크다. 주소가 사우스 애그뉴 애브뉴 1305번지이다. 스톡야드는 소를 도축하는 데가 아니고 소를 사고파는 경매시장인데 넓은 운동장 형태의 소 보관소에다 소를 두고 매매한다.

이 스톡야드 입구에 있는 '캐틀멘스 스테이크 하우스'라는 식당이 유명하다. 원래는 소를 몰고 온 목동들이 소를 우리에 넣어 놓고 아니면 소를 인수하여 몰고 가려고 온 목동들이 먹던 스테이크 하우스인데 지금은 소의 이동은 자동차로 하여 목동들이 아닌 트럭운전자들이 들린다. 많은 관광객들로 만원이어서 30여 분 이상 기다려야 될 만큼 인기가 있다 정말 맛있는 정통 미국식 스테이크(샐러드와 감자, 간단한 탄산음료 포함)가 20달러이다.

캐틀멘스 스테이크 하우스: 옛날에는 소몰이꾼들을 위한 식당이었다.

브릭타운: 벽돌 건물들로 이룬 식당가. 조그만 운하가 운치 있다.

시간을 내어 '카우보이와 서부유산 박물관'을 방문하였다. 다운타운 북동쪽에 위치한 곳인데 1860년대의 마을을 재현해놓고 의류와 일상용품 등을 전시해 놓았다. 오클라호마에서 가장 유명한 카우보이인 윌 로저스와 기타 다른 카우보이에 관한 것들을 전시해 놓았다. 오클라호마 공항 이름이 윌 로저스 공항이다.

특히 눈길이 가는 곳이 인디언에 관한 전시이다. 주의 별명처럼 인디언 주답게 인디언에 관한 문물을 전시해 놓았는데 우리의 머릿속에는 미국서부영화에서 보았던 것처럼 인디언 하면 야만인으로만 각인 되어 있다.

만약 영국인들이 미국에 정착했던 1500년대에 한국에 왔다고 가정해 보자. 흙으로 빚은 토담의 초가에, 짚신맨발에, 머리는 장발을 상투로 틀어 올리고, 옷은 무명 헝겊으로 해 입고, 화장실은 구더기 나오는 웅덩이에다 볼일을 보는 우리의 조상들을 보고는 야만인이라고 생각하지 않았을까 싶다. 이 치로키 인디언들의 전통 문화도 상당한 수준이었음을, 발견하고는 평소 인디언들은 형편없는 야만인으로만 여겨왔던 편견을 가졌음을 부끄럽게 느꼈다.

이곳 오클라호마 주민들은 떳떳하게 오클라호마 주는 인디언의 주이다 하고 살아가고 있다.

시내 다운타운 동쪽에 벽돌 촌 즉, 브릭타운이라는 빨간 벽돌건물들이 모여 있는 지역이 있다 중심부에 있는 좁은 운하에는 관광용 보트가 다닌다. 말이 운하이지 폭이 좁아 10m도 안되어 개울 수준이다. 그런대로 운치는 있다 이 지역은 술집과 식당가가 모여 있는 곳이다. 리노 애브뉴와 메인 스트리트가 만나는 지역이다.

작가에 대하여

존 스타인벡은 군청 출납 관리인인 독일계 아버지 존 스타인벡 3세와 초등학교 교사인 어머니 올리브 해밀턴 사이에서 1902년 2월 27일, 캘리포니아 주 샐리너스에서 태어났다. 당시 교사였던 어머니가 폭넓게 독서하는 습관을 길러주었다. 그의 고향인 샐리너스는 농업지역이었기 때문에 스타인벡은 농민들의 삶을 이해하면서 자랄 수 있었다. 1920년에 명문 스탠포드 대학교 생물학과에 입학하였으나 넉넉하지 못한 가정형편으로 목장, 도로 공사장, 목화밭, 제당공장 등에 일했다. 이때의 노동경험은 훗날 스타인벡이 작가가 되었을 때 밑바닥 인생들의 삶을 이해할 수 있게 하였다.

1925년, 대학을 중퇴하고 문필생활에 투신하기로 결심하고 뉴욕으로 간다. 뉴욕에서 뉴욕 헤럴드의 신문기자가 되었으나 주관적인 견해에 쏠린 기사들을 썼다고 하여 해고당하고 여러 가지 막노동으로 생계를 이어갔다. 고향, 캘리포니아로 돌아와 별장지기로 일하면서 1929년에 처녀작 『황금의 잔』을 발표하였으나 별 반응을 얻지 못했다. 타호 호수에서 일할 때 만난 캐롤 헤닝과 1930년에 결혼하였다.

1937년에 발표한 『생쥐와 인간』으로 명성을 얻기 시작한다. 여행을 좋아했던 스타인벡은 오클라호마의 이주 노동자들과 함께 캘리포니아로 향하는 여행을 했는데 이 여행경험을 토대로 가장 잘 알려진 『분노의 포도』를 집필하였다.

1939년에 『분노의 포도』를 발표하여 1940년에 퓰리처상을 수상한다.

스타인벡은 토지소유주와 은행경찰의 농민노동자 탄압을 고발하는 작품을 써서 오클라호마 등 여러 주에서 금서로 책이 불태워지기도 하였다. 심지어 FBI에서 공산주의자로 의심하여 『분노의 포도』가 반미전선에 이용될 것을 우려하여 FBI의 에드거 후버국장이 그를 감시하자 '에드거의 부하들이 내 뒤를 밟지 않게 해 줄 수 있겠소? 짜증이 납니다.' 라는 편지를 당시 법무장관에게 보내기도 했다.

할리우드에 머무를 때 만난 그윈돌린 콩거라는 가수와 사랑에 빠지고 캐롤과 이혼한다. 1942년 그윈돌린과 결혼하여 토마스와 존 두 아들을 낳지만 성격차이로 1948년 이혼한다.

1950년에 세 번째 부인인 일레인 스콧과 결혼하는 하는데 이 세 번째 결혼이 가장 성공적인 것으로 알려졌다.

1944년 『통조림 골목』과 1952년 『에덴의 동쪽』, 그리고 1961년에 『불만의 겨울』을 발표하여 크게 성공하였다.

1962년에 노벨문학상을 받은 후 뉴욕에서 심장병으로 1968년에 사망하였고 켈리포니아의 샐리너스에 안장되었다.

미국 경제구조의 모순으로 고통 받는 노동자들의 가난한 삶을 묘사하는 작품 활동을 하여 사회주의 리얼리즘을 대표하는 작가로 인정받았다. 하지만 평론가들로부터는 그의 작품배경이 그의 고향인 샐리너스에 한정되어 있다는 한계와 깊은 사고를 필요로 하지 않는 단순한 작품들이다 라는 평을 받았다.

그러나 독자들로부터의 큰 반응을 받았고 그의 작품은 따뜻한 인간미가 넘치는 문체로 명성을 얻어 윌리엄 포크너와 어니스트 헤밍웨이의 뒤를 잇는 미국의 대표작가로 손꼽힌다.

작품 줄거리

『분노의 포도』

톰 조드는 우발적인 살인으로 4년간 옥살이를 한 뒤, 가석방으로 풀려나 가족이 있는 오클라호마로 향한다. 집으로 오던 중 우연히 어린 시절부터 알던 목사, 짐 케이시를 만난다.

집에 도착해보니 가족들은 없고 가뭄과 모레바람으로 황폐된 빈 농장을 본다. 톰의 가족들은 대출금을 못 갚아 은행에게 농장을 빼앗겨서 일자리를 찾아 캘리포니아로 떠난 뒤였다. 뒤쫓아간 톰은 가족들을 만나 함께 캘리포니아로 간다. 중고트럭을 타고 서부로 이동하는 고된 여정 속에서 톰의 할아버지와 할머니는 이동 중 돌아가시고, 톰의 형은 말없이 가족을 떠났으며, 임신한 여동생 로저샨의 남편은 달아난다.

우여곡절 끝에 도착한 캘리포니아는 꿈의 땅과는 거리가 멀다. 대지주들은 땅을 독식하고 이주농민들을 '오키'라 비하하며 저임금으로 마음껏 부려먹는 상황이다. 높은 임금을 준다는 구인 광고 전단지에 속아 서부로 몰려든 30만 명의 실직자들은 노동자 수에 비해 일자리가 부족한 현실에서 저임금으로 착취당할 수밖에 없다. 하루살이 노동자가 넘쳐나면서 빈곤과 전염병 등의 절망에 직면한다.

톰 조드 가족과 케이시는 후버빌이라는 이주민 정착촌 캠프에 짐을 푼다. 그곳에서 노동자를 모집하러온 악덕업자와 그곳의 노동자인 플레이드와의 싸움에 톰이 말려드는데 톰이 가석방 상태임을 고려하여 케이시가 대신 잡혀간다.

톰 조드 가족은 일거리를 찾아 후퍼 농장으로 갔는데 거기서 시위 노동자들의 지도자가 된 케이시를 만난다. 하지만 케이시는 곡갱이를 든 사람들의 습격을 받아 죽게 되고 톰은 케이시를 죽인 사람을 몽둥이로 쳐서 죽인다. 쫓기는 신세가 된 톰은 도망쳐 숨어 있다가 자기도 케이시의 뒤를 이어 노동자들을 위한 투쟁을 하기로 결심하고 가족 곁을 떠난다.

홍수가 져서 조드 가족은 일거리도 떨어지고 곤경에 처한다. 여동생 로저샨은 뱃속의 아이를 사산하게 되고 비를 피해 언덕 위 헛간으로 이동하다가 그곳에서 굶주려 죽게 된 한 남자를 만난다. 옆에는 아이가 울고 있다. 톰의 어머니와 여동생 로저샨은 서로 눈빛을 교환하고 로저샨은 굶주린 남자에게 젖을 물린다.

- 태어난 집: 캘리포니아 주 샐리너스 센트럴 애브뉴 132번지
- 마지막 집: 뉴욕 동 72번 가 206번지
- 기념관: 태어난 집 과 샐리너스 시립 도서관(스타인벡 도서관)
- 묘소: 샐리너스 기념공동 묘지

10
어니스트 헤밍웨이
Ernest Hemingway, 1899~1961

—『노인과 바다』

Ernest Hemingway

2012년 9월에 필자는 LA행 대한항공 기내에서 제공하는 HBO TV 드라마, 클라이브 오언과 니콜 키드먼이 주연한 〈헤밍웨이와 겔혼〉을 보면서 문학기행을 하기로 마음을 굳혔다. 인천공항에서 문학기행을 해볼까 하는 생각으로 비행기에 올랐는데 헤밍웨이 영화를 볼 기회를 뜻하지 않게 가지게 되자 문학기행을 하라는 신의 섭리인가 싶어 영국과 미국의 문학기행을 감행하게 되었다. 그 결과로 2014년 3월에 『영국문학의 고향을 순례하다』라는 책을 출판하였다. 이처럼 필자의 문학여행의 단초를 제공한 작가가 헤밍웨이이다.

헤밍웨이의 인생도 작품 못지않게 잘 알려져 있다. 일리노이 주, 시카고 근교인 오크파크에서 1899년에 태어나 1961년 아이다호 주의 케첨이라는 도시에서 61세의 나이로 세상을 떠났다. 그 61년간의 생애동안 그는 한마디로 인생을 가득 채우며 살았다. 아프리카에서 큰짐승들 사냥도 해봤고, 멕시코 만에서 낚시를 즐겼으며 알프스에서 스키를 타기도

하고, 전쟁터에선 종군기자로 활약했다. 소설분야에선 퓰리처상을 수상했고, 문학부문에서 노벨상을 타기도 했다. 그는 죽기 전까지 유명인으로 살았고, 그의 개인사는 관심의 대상이 되어 대중매체를 통해 널리 퍼져나갔다.

하지만 필자가 이번 여행을 하기 전에는 헤밍웨이가 아이다 주의 케첨에서 정신병원에 갔었던 것과 자살한 사실, 그리고 그의 아버지도 권총 자살한 것 등은 모르고 있었다.

그의 친구였던 『위대한 게츠비』의 저자, 스콧 피츠제랄드의 말을 인용하면 헤밍웨이는 새로운 작품을 내놓을 때마다 새로운 부인을 필요로 했다. 파리 부인으로 알려진 그의 첫째 아내 해들리 리처드슨과 살 때는 『해는 또다시 떠오른다』(1926),

넷째 부인 메리 웰시와 헤밍웨이.

두 번째 아내 폴린 파이퍼와의 결혼생활 중에 『무기여 잘 있거라』(1929)를 내놨고, 세 번째 아내 마사 겔혼과 살면서 『누구를 위하여 종은 울리나』(1940)를 출간했으며, 네 번째 아내 메리 웰시와 결혼 한 뒤 『노인과 바다』(1951)를 썼다.

헤밍웨이의 여성편력은 정식 부인만 네 명이지만 그 외에도 염문을 뿌린 여성들도 많다. 필자가 아는 것만도 우선 1차 세계대전 중 이탈리아 전선에서 적십자 요원으로 앰뷸런스 운전사로 참전할 때 사귀었던 연인 에그니스 폰 크러스키(그녀는 헤밍웨이의 청혼을 거절했다), 그리고 쿠바에서 사귄 친구의 부인 제인 메이슨 등이다. 제인 메이슨은 헤밍웨이에게 졸라대어 헤밍웨이가 아끼던 낚시 배, 필라 호의 초대 선장, 카를로스 구티에레스를 그녀의 배 선장으로 데려갔던 여인이다. 그래서 필라호 2대 선장으로 그레고리오 푸엔테스를 새로 채용하였던 것이다. 그 후 그레고리는 20년을 헤밍웨이와 함께한다.

헤밍웨이가 여러 여인들과 사랑을 해왔지만 그가 잊지 못하는 것은 조강지처인 첫 번째 아내 해들리였다. 그녀는 헤밍웨이보다 무려 8살이나 연상이었고 파리에 함께 동행 하여 체류했지만, 화려한 파리에서 그녀의 파리생활은 소박하여 가정부인으로의 소임을 다했다는 것이다. 헤밍웨이가 말년에 쓴 회고록『해마다 날자가 바뀌는 축제』에서 '내가 그녀(해들리) 말고 다른 여인들을 사랑하기 전에 죽었으면 좋았을 것을' 하고 고백한다. 이 회고록은 그가 자살한 후 그의 마지막 부인인 메리 웰시가 유고집 회고록을 출판해 세상에 내놓았다. 질투심에 책을 내지 않을 수도 있었으련만 그를 용서하고 포용했던 것 같다.

플로리다 주 최남단 섬, 키웨스트

1927년 헤밍웨이는 해들리와 이혼하고 폴린과 결혼하여 새로운 보금자리를 1931년에 미국 플로리다 최남단의 섬 키웨스트에 마련한다. 대문호 헤밍웨이가 여기서 10년을 살았다면 무언가 그 이유가 있지 않았을까 하는 생각이다. 헤밍웨이는 여기 키웨스트에서『누구를 위하여 종을 울리나』와『킬리만자로의 눈』을 썼다.

키웨스트는 마이아미에서 180마일 거리로, 렌트한 차의 내비게이션을 키웨스트로 입력하니 소요시간 4시간 30분이 걸린다고 나온다. 실제로는 5시간 정도 소요되었다.

플로리다 반도 끝에서 키웨스트까지 난 도로가 '오버시스 하이웨이'이다. 이름대로 바다 건너가는 자동차전용도로임을 실감나게 하는 것이 한바다 가운데로 꽁치 주둥이처럼 길게 길이 난 데다 높이도 낮아 수면 바로 위여서 바닷물 위로 차가 달린다. 길이가 126마일(약 200km)로 섬과 섬을 연결하는 도로답게 다리만 42개이다. 그것도 그럴 것이 지도상으로 보면 플로리다 반도에서 남서쪽을 향해 하늘색 도화지 위에 흰색 가루를 뿌린 것처럼 작은 섬들이 계속해서 이어져 있다.

오버시스 하이웨이: 플로리다 남단에서 키웨스트까지 200km의 자동차전용도로. 다리만 42개이다.

에메랄드 빛 바다 사이로 난 길을 2시간 넘게 달리다보니 이래서 키웨스트로 가는구나 하는 감탄이 저절로 나온다. 중간의 섬들에도 마을이 있어 호텔과 식당들이 쉬어 가라고 유혹하고 있다.

키웨스트는 분명 섬이다. 하지만 자동차길이 나있어 섬이 아니다. 여기서 쿠바까지가 90마일이니 키웨스트는 마이애미보다 쿠바가 더 가깝다. 미국과 국교단절로 쿠바로 가고 싶어도 가지 못하는 미국인들에게는 여기가 대리만족을 줄 수 있는 곳이리라.

키웨스트로 들어서니 길이 바둑판처럼 잘 정돈되어 있고 고층 집들은 없이 나지막한 집들만 남국 야자수 그늘에 둘러싸여 있어 이국적 풍경에 한가로운 여유가 느껴진다.

인구 5만 명의 휴양 항구도시인 이곳은 헤밍웨이 외에도 테네시 윌리엄스와 로버트 프로스트 등 미국의 문인들이 머물던 휴양지이다. 요즘은 많은 은퇴자들이 이곳에 와 정착한다고 한다.

'헤밍웨이 하우스'는 남국의 이국적인 풍경의 나무들로 가려 바깥에서는 건물 전체가 잘 보이지 않는다. 그는 이 집에서 32살 때인 1931년

키웨스트 헤밍웨이 하우스.

부터 1939년까지 살면서 왕성한 창작활동을 했다. 1940년에 발표한 『누구를 위하여 종을 울리나』를 여기서 주로 썼고 『킬리만자로의 눈』, 『아프리카의 푸른 언덕』, 『오후의 죽음』 등을 썼다.

2월 중순의 한 겨울인데도 30도를 오르내리며 덥다. 집 정문 앞에는 많은 방문객이 줄을 서서 붐빈다. 전문 가이드들이 4~5명 있는데 가이드 한 명이 20여 명씩 데리고 집 안으로 들어가면 다음 차례 기다려야 한다.

키웨스트 헤밍웨이 하우스 입구.

우리 가이드는 나를 보더니 한국말로 인사를 걸어왔다 50대 후반으로 보이는 미 8군으로 평택에서 근무했다는 '조' 라는 이 가이드는 간단한 대화가 통했다. 반가웠다. 한국어로 된 여행안내책자를 준다. 아주 자세한 내용이다.(마이애미에 있는 한인 여행사에서 제작)

부인인 폴린의 스페인 취미는 유별나서 거실에 있는 가구들은 파리에 있었을 때 모아온 것들로, 많은 것들이 스페인 양식의 가구이다. 헤밍웨이의 수집품으로 화가 유진 오토의 작품, 세인트 폴 성당 풍경도 보이고 커다란 석판화에는 헤밍웨이의 낚시 배 필라 호의 선장 그레고리오 푸엔테스가 서 있다. 그는 쿠바에서 20년 이상을 헤밍웨이와 함께 요리사 겸 친구로서 지냈던 사람이다.

그리고 쿠바에서 낚시를 하는 장면의 사진에서 헤밍웨이가 케네디 대통령의 아버지, 조지프 케네디와 함께 서 있는 게 보인다. 밀주금지 시대에 저 양반이 왜 저기에 가 있었을까? 혹 단속기간 피해 잠시 가 있었나? 하는 생각이 들었다.

식당에 있는 희한하게 생긴 철제품이 술병을 보관하는 금고라는데 그 술병금고 위로 헤밍웨이의 개인사가 엿보이는 사진들이 모여 있다. 그 중 눈에 띄는 것이 헤밍웨이의 여인들이란 제목으로 흑백사진이다. 해들리, 폴린, 마사, 그리고 메리, 이 4명의 부인들이 왼쪽에서 오른쪽으로 연대순으로 배치되어 있다. 여복도 많다. 가이드에게 또 하나의 연인, 에그니스의 사진은 어디에 있는가 하고 물으니 옆방 아들 방에 있다고 그 방에 데려다 준다.

헤밍웨이가 1차 세계대전에서 적십자요원으로 이탈리아 전선에 참전했던 시절, 그가 다리부상으로 간호사인 에그니스 폰 크러스키를 만나 사랑에 빠졌다. 그녀는 헤밍웨이의 구혼을 거절했다. 그 후 10년 뒤에 그때의 경험을 살려 그는 『무기여 잘 있거라』를 썼다. 그녀의 사진은 옆방 아들, 패트릭과 그레고리의 방에 걸려있는 헤밍웨이의 참전 종군 사진들에 오려 붙여져 있다. 젊은 시절의 헤밍웨이는 꽃미남이다. 잘 생겼다.

에그니스 폰 그러스키: 1차 대전 이탈리아 전선에서 만난 간호사 연인이다. 『무기여 잘 있거라』의 스토리가 된다.

집 뒤쪽에 따로 붙은 건물 즉, 캐리지 하우스라고 불리는 물품저장용 건물 이층이 서재다.

지금은 계단을 이용하여 올라가지만 헤밍웨이가 살았을 당시에는 베란다 난간을 본채와 연결해놓았다고 한다. 책장과 소파, 그리고 방 가운데의 원탁 테이블 위에 타이프라이터가 놓였다. 헤밍웨이는 아침에 일어나 정오까지 집필을 하고는 하오에는 낚시질을 나갔다.

앞마당에 수영장이 있다. 1937년에 키웨스트에서 처음으로 개인주택 안에 지어진 수영장인데 길이가 약 20m로 지금도 키웨스트에서 제일 큰 개인 수영장이다. 헤밍웨이가 스페인 내전 종군기자로 나가 있다가 돌아와서, 수영장 건축비로 2만 달러 들었다는 소리를 부인 폴린으로 부터 듣고 놀라, 주머니 속의 동전까지 다 내어 줘야겠다고 하며 1센트 동전을 수영장 옆 기둥바닥에 던져 버렸다. 그 동전이 아직도 기둥 앞 유리 밑에 박혀 있다.

◀ 키웨스트 헤밍웨이 하우스, 헤밍웨이의 집필실.
▶ 헤밍웨이 하우스의 수영장: 아직도 키웨스트에서는 제일 큰 개인 수영장, 건축비로 당시 2만 달러가 들었다.

▲ 가이드를 따라온 침대 위의 고양이.
▶ 고양이 묘비: 헤밍웨이가 길렀던 고양이의 후손들이다. 족보가 있다.
▼ 고양이 분수대: 소변기를 개조한 분수대. 고양이가 흐르는 물만 마신단다.

집 둘레로는 고양이들이 서성댄다. 침실 침대 위에 앉은 고양이를 가이드가 안아준다.

헤밍웨이는 고양이를 너무 사랑했다. 그가 기르던 고양이의 후손들이다. 특이한 것이 고양이의 발가락이 6개이다. 헤밍웨이는 이 6개의 발가락을 가진 고양이를 매사추세츠에서 온 난파 구조선 선장 출신인 스탠리 덱스터에게서 선물로 받아서 키웠다. 50마리 전후로 산아제한을 하고 있는데, 지금은 45마리라고 한다. 본 건물 뒤로 고양이 묘지가 있다. 이름이 적힌 묘비도 있다. 그래서 족보도 있다니 놀랄 일이다.

또 헤밍웨이가 생전에 고양이들을 위해 특별히 제작토록 한 고양이를 위한 분수대가 있다. 이 분수대는 헤밍웨이의 단골 술집 '슬로피 조'의 화장실에 있던 소변기를 가져다 장식용 타일을 붙여 예쁘게 치장해 설치한 것이다. 그런데 재미있는 것이 고양이들도 이것이 소변기였다는 것을 아는지 받아놓은 물은 안마시고 흘러내리는 물만 마신단다.

헤밍웨이는 쿠바로 이주해 간 이후에도 이곳을 종종 방문하곤 했다.

그가 죽을 때까지 팔지 않았다. 그만큼 애착이 갔던 집이다. 그가 마사 겔혼과 결혼해서 쿠바에 머무르자 이혼 당한 폴린이 이 집을 관리해오다 1951년 그녀가 사망한 후 이 집은 세를 놓았고 1961년 헤밍웨이 사망 이후 그 해에 키웨스트 지역의 사업녀, 버니스 딕슨 여사에게로 팔렸다.

1964년부터 기념관으로 되었고 1968년에 국가 유적으로 채택 되었으나 오늘날까지 딕슨 가족의 재산으로 남아있다. 그래서 이 집은 개인이 운영하는 회사가 관리하고 있다. 다른 유적지들은 대개 유지보수비가 많이 들어 공공기관에 기증해 공공기관이 운영하게 하는데 이 집은 많은 방문객 덕분에 운영이 되는 모양이다. 입장료 13달러를 받고 있다.

선물가게에는 웬만한 다른 선물가게에 있는 물건들이 다 있다. 눈에 띄는 것이 헤밍웨이 손녀이자 배우인 메리얼 헤밍웨이의 사인이 들어간 입체 사진첩인데 115달러이다. 고양이집답게 고양이가 앉아있는 그림을 프린트한 티셔츠가 여러 종류 보인다. 그중 하나를 샀다.

이곳에는 해리 트루먼 대통령이 머물던 작은 백악관이 있다. 키웨스트를 찾는 이유는 대개 헤밍웨이 때문이다. 그래서 자칫 지나치기 쉬운 곳이지만 꼭 방문할만한 곳이다.

이 건물은 8,700m^2 규모의 2층집으로, 하얀색으로 백악관을 상징한다. 1890년에 미국 해군이 지은 것으로 트루먼 대통령은 이 집을 좋아해 1946년에서부터 1952년까지 6년 동안 175일간 머물렀다.

키웨스트의 작은 백악관. 트루먼 대통령이 즐겨 머물렀고 클린턴 대통령도 다녀갔다.

트루먼 대통령은 바로 우리와는 6·25전쟁으로 얽혀있다. 6·25전쟁 당시 미국 대통령이었다. 인천상륙작전의 성공으로 우리를 6·25전쟁의 위기에서 구해준 맥아더 원수가 중공군의 대공세를 격퇴하기 위해서 원자탄 사용을 강력 권하자, 트루먼 대통령은 맥아더를 허위보고와 항명, 그리고 대통령 고유권한인 외교에 대한 월권행위 등으로 해임하여 전역시킨다.

그래서 개인적으로는 그를 좋아하지 않았다. 그저 무능한 대통령으로만 생각했었다. 그런데 여기 와 보니 최근 미국 여론 조사에서 미국 역대 대통령 가운데 링컨 대통령을 포함하여 가장 존경받는 10명의 대통령에 들어간다고 한다.

10대 인기 미국 대통령. 트루먼이 포함된다.

공식적 사용으로는 케네디 대통령이 쿠바에 피그만 공격을 감행하기 바로 전에 1961년 이곳에서 영국 수상과 정상회담을 했고 1996년에는 카터 전 대통령이 가족과 함께 들렀으며 클린턴 대통령 부부는 2005년에 휴양 차 주말을 보냈다. 이곳은 아직도 고위직들의 여름 별장으로 사용하고 있다.

한쪽 공간을 방문객들을 위해 공개하고 있는데 트루먼 대통령의 연대기를 다룬 비디오를 상영해주고 그와 연관된 기록물들을 전시하고 있다. 조그만 선물가게도 있어 트루먼 대통령 로고와 사진엽서 티셔츠 등 을 팔고 있다.

키웨스트를 찾는 모든 사람들이 꼭 들러봐야 될 성지 같은 곳이 또 있다. 헤밍웨이의 단골술집 '슬로피 조' 이다. 가까이 다가가면서 왁자지껄 떠드는 소리에 잔잔하게 흐르는 기타소리가 들려온다. 오래된 벽돌 건물에는 젊은 시절의 헤밍웨이가 슬로피 조 주인과 바다낚시를 즐기는 그림이 걸려있어 그의 흔적을 남기고 있다. 치즈버거와 함께 헤밍웨이가 즐겼던 모히토 칵테일이 인기다. 헤밍웨이의 흔적을 찾아 세계 각국에서 온 방문객들을 반기듯 만국기가 걸려있다.

키웨스트는 헤밍웨이를 내세워 관광객을 유치하는 휴양관광지이다. 대개 은퇴한 노년의 부부들이 단체로 몰려온다. 따뜻한 아열대성 기후로 겨울이 한창 붐비는 시즌이다. 가이드 달린 관광버스가 시내곳곳을 순회하며 돌고 있다.

왜 이들은 이곳을 방문하려고 했을까 하는 생각에 헤밍웨이 하우스 가이드인 그렉에게 물어보았다. "헤밍웨이가 걷던 곳, 마시던 곳, 앉아서 생활 하던 곳들을 자기들도 그대로 해보고 싶으니까 오겠죠."라는 대답이다. 여기 오려고 평생을 기다렸던 사람들도 많은데 이곳은 이 사람들한테는 여기가 성지나 마찬가지라는 것이다. 중고등학교에서 문학을 가르치는 선생들이 와서, 20달러 줄 테니 서재에 놓인 헤밍웨이가 쓰던 타자기 좀 쳐보자고 하는 경우가 종종 있단다.

시카고 교외 출생지, 오크파크

헤밍웨이는 시카고 시내에서 10여 마일 떨어진 오크파크에서 태어나 청소년시절을 보냈다.

헤밍웨이 생가: 시카고 근교 오크파크에 있다.

오크파크 동네는 그 탄생배경이 다음과 같다. 1871년에 시카고에서 대화재가 발생하여 대부분 전소해버렸다. 그 후 화재예방을 위해 나무집을 못 짓게 하자 서쪽으로 10여 마일 떨어진 오크파크에다 집을 짓기 시작하였다. 시카고는 진흙땅인데 비해 오크파크는 약간 지대가 높고 진흙이 없어 땅이 건조하였으며 참나무(Oak Tree)가 많아 집을 짓기에는 알맞은 지역이었다. 그래서 이름도 오크파크(참나무 공원)라 불렀던 것이다.

'루프' 로 불리는 시내에서 서쪽으로 가는 그린 라인 전철을 타고 오크파크 역에서 내리면 바로 오크파크이다. 필자는 시카고에 큰딸이 살고 있어 여러 차례 이곳을 방문하였다.

헤밍웨이가 태어난 생가는 1890년에 외할아버지가 지은 집인데, 그는 5살 때 이 집에서 외할아버지의 임종을 지켜보았고, 6살 때 2블록 떨어진 좀 더 넓은 집으로 부모와 함께 이사했다. 아버지, 클레렌스는 동네

헤밍웨이의 어린 시절 낚시터에서 어머니와 함께: 성인이 되어 낚시광이 된다.

의사였으며 어머니, 그레이스는 뉴욕 메트로폴리탄 오페라 가수 출신이다. 그의 어머니는 오페라 공연 시 조명 받으면 눈에 이상이 생기고 머리가 아파 오페라 가수를 중단하고 돌아와 그녀의 어머니를 치료해주던 의사와 결혼하였다.

의사인 아버지는 사냥과 낚시를 좋아해 어린 헤밍웨이를 데리고 마을 앞 '데스 플레인스' 강으로 함께 낚시를 하러 다녔다 헤밍웨이가 성인이 되어 낚시광이 되고 밀렵 사냥을 즐기게 된 것이 아버지로부터 물려받은 것이다. 성격과 취미가 아버지를 완전히 닮아 그는 아버지를 좋아했고 따랐다. 아버지와 어머니가 싸울 때마다 아버지 편을 들었고 어머니는 좋아하지 않았다. 그래서일까, 아버지가 돌아가셨을 때는 곧바로 달려갔지만, 어머니가 돌아가시자 『노인과 바다』를 쓸 무렵인데 글을 써야한다면서 돈만 부치고 가지 않았다. 가족들이 잘 처리해줄 거라면서.

오크파크 시의 오크파크 애브뉴는 이 시가 개발될 당시(1880~90년대)에 형성된 거리여서 오래된 건물들이 많아 역사적 지역이다. 이러한 오크파크 애브뉴 선상에 헤밍웨이 뮤지엄과 생가가 불과 두 블록 거리(도보로 5분)로 길 건너편에 있다. 헤밍웨이 뮤지엄은 헤밍웨이에 관한 컬렉션을 전시하고 있다. 그 컬렉션들은 헤밍웨이와 연관된 각종 사진과 각 작품들의 원고들, 편지, 영화 포스터들이다. 사진들 가운데 눈길을 끄는 것이 마지막 부인 메리 웰쉬, 1차 세계대전 중 만난 연인 간호사 아그네

오크파크 헤밍웨이 박물관: 작품집들과 일생에 관한 비디오와 자료들이 전시되어 있다.

스, 어머니 그레이스, 그리고 파리 시절 만난 유명 출판인 실비아 비치 여사(제임스 조이스의 『율리시즈』를 출판) 등의 사진이다.

길 건너 북쪽으로 2블록 더 가면 헤밍웨이 생가이다. 자원봉사자들이 가이드를 해주고 있다.(입장료 8달러) 그런데 장장 30분 이상을 그리 넓지도 않은 집안 구석구석을 소개하는 통에 지루함을 느꼈다. 이 생가는 1890년에 외할아버지가 지은 집으로, 전형적인 영국 빅토리아 왕조 풍

생가 거실.

청소년 시절의 집: 고등학교 졸업 때까지 살던 집.

의 장식으로 아담한 분위기를 풍겼고. 그의 외가가 유복한 가정을 이루었음을 느꼈다.

이 생가에서 서북방향으로 2블록 떨어진, 600번지, 케닐워스 애브뉴에 그가 6살 때부터 21살 때까지 그의 청소년 시절을 살았던 집이 있다. 녹지로 둘러싸여 있어 커다란 저택 같다. 아버지가 의사로서 이 지방의 유지였던 것 같다. 이 집에서 그는 고등학교까지 다녔다. 그가 받은 정규교육은 여기서 다닌 학교가 전부이다.

아이다호 주 마지막 집과 묘소, 케첨

헤밍웨이는 자신을 보려고 기웃대는 사람들이 많아지고 일상이 무료해지기 시작하자 키웨스트를 떠났다. 키웨스트에서는 삶이 너무 무르고 아무 일도 일어나지 않아 나가야겠다는 생각을 한 것이다. 키웨스트에 대한 열광이 시들고 나서 아이다호 주와 쿠바 양쪽에 새집을 마련한다.

처음에 헤밍웨이가 아이다호 주의 케첨으로 간 것은 새로 건설된 선밸리 리조트의 홍보를 돕기 위해서였다. 아이다호 주 오지의 작은 마을이 어떻게 대문호 헤밍웨이의 심금을 울렸는지 궁금했는데 알고 보니 개발업자의 유혹에 끌려 간 것이다.

그런데 세월이 흘러 선밸리 리조트는 지금은 콜로라도의 아스펜과 같이 미국의 대표적 겨울 휴양지가 되어있다. 최근에는 미국판 스위스의 다보스 포럼으로 평가받는 앨런 앤 컴퍼니 컨퍼런스가 매년 7월에 개최되어 여름에도 붐비는 휴양지로 자리 잡았다.

앨런 앤 컴퍼니가 주최하는 이 컨퍼런스는 부자들의 모임으로 유명하다 이 모임에 초청받는 자체가 영광이다. 2014년 7월 10일 삼성의 이재용 부회장이 참가했는데 그때 그는 59달러짜리 '언더아머' 회사 티셔츠를 입고 애플의 쿡 회장을 만났다. 이것이 매스컴에 부각되었다. 왜 이 부회장이 삼성그룹, 제일모직의 '빈폴' 셔츠를 안 입고 그렇다고 고급 티셔츠도 입지도 않고 하필 저가의 대중 브랜드 언더아머의 셔츠를 입었을까? 이유가 있다. 미래시장은 웨어러블IT(옷에다 IT를 장치해 결합한 것)가 차지할 것이라는 예측 하에 삼성전자가 의류회사로 언더아머를 선택했다는 의사표시를 만천하에 공개하는 계산된 행동이었다.

그만큼 이 부회장의 일거수일투족이 모두 의미가 있다고 보고 매스컴에서 다루고 있다.

케첨의 선밸리 리조트는 유니언 퍼시픽 철도 회장이자 전 뉴욕 주지사였던 에버릴 해리먼이 철도 승객들을 위해, 1930년대 후반부터 선밸리를 겨울철 스키휴양지로 만들고자 개발하였다. 선밸리에다 리조트 '선밸리 산장'을 짓고 영화배우들에게 돈을 주며, 와서 머물게 했다. 게리쿠퍼, 클라크 게이블 등이 눈이 오는 계절이면 자주 드나들었다. 그런데 여름에는 사람들이 오지 않았다. 이에 해리먼 회장이 헤밍웨이를 포함하여 유명인들을 초청하기 시작했다.

헤밍웨이가 묵었던 선밸리 산장. 여기서 『누구를 위하여 종을 울리나』의 일부를 썼다.

헤밍웨이가 처음 케첨을 방문한 때가 1939년 9월 19일이다. 사냥을 즐기러 왔었다. 그때는 예고도 없이 와서 선밸리 산장이 비수기로 문을 닫은 시기였다. 팻 로저스 지배인은 기지를 발휘하여 직원들을 불러 문을 열게 하고 산장 206호에 머물게 했다. 그때 헤밍웨이는 둘째 부인 폴린 파이퍼와 동행했었는데 3개월 머물다 갔다. 해리먼 회장은 다시 1940년 여름, 헤밍웨이를 초대했다. 이때는 헤밍웨이는 부인, 그리고 세 아들과 함께였고, 선밸리 산장 206호에서 『누구를 위하여 종을 울리나』의 일부를 썼다. 이렇듯 처음에는 선밸리 리조트의 홍보를 위해 케첨을 방문하였다.

지금은 산장 206호는 다시 리모델링을 해서 '헤밍웨이 특실' 이 되어 헤밍웨이 지지자들에게 보여주고 있다. 영화배우, 게리 쿠퍼와 웃으며 찍은 사진이 걸려있다.

필자가 케첨을 방문한 것이 11월 중순이다. 그런데 아직 겨울 시즌이 시작되기 전인데도 최저 영하 8도, 최고영하 1도의 추운 날씨이다. 케첨행 비행기편이 하루에 1편인데 그것도 유타 주의 솔트레이크 시티에서 출발한다. 케첨에서 12마일 떨어진 헤일리에 공항이 있다. 그래서 헤일리 공항이었는데 요즘은 선밸리 공항으로 불린다. 선밸리 리조트와 선밸리 컨퍼런스를 홍보하기위해 공항 이름을 바꾼 것 같다. 헤일리 아니 선밸리 공항은 아이다호 주의 주도인 보이시 다음으로 비행기 이착륙이 많다는데 대부분 자가용 비행기들이고 일반 여객기는 하루에 한 편밖에 없다. 50~60명 승객이 탈 수 있는 소형 제트 비행기가 다닌다.

케첨에 와서 자주 듣게 되는 말은 '오기 힘들었죠?' 이다. 대개 비행기 대신 자동차로 타 주에서 4~5시간씩 걸려 온단다. 7월에 열리는 부자모임인, 앨런 컨퍼런스 때는 비행장이 자가용 비행기로 가득 찬다고 한다.

선밸리 계곡과 인접한 이곳에는 조그만 도시, 3개가 경계를 이루고 있다. 헤일리, 케첨 그리고 선밸리이다. 말이 시(시티)이지 마을 수준이다. 헤일리 인구가 8,000명, 케첨이 2,700명, 그리고 선밸리 인구가 1,200여 명 수준이다. 선밸리는 원래 케첨 시에 속했는데 알코올 판매에 대한 이견으로 분리되었다. 선밸리는 리조트뿐 상가라고는 거의 없다. 헤일리는 인구는 많지만 시골 마을이 넓게 퍼져있다. 세 도시 중 상가쇼핑몰 등이 제일 번화해서 생활의 중심이 되는 곳은 케첨이다. 산골 동네답게 주차문제가 없을 정도로 조용하고 한가하다.

케첨의 '방문객 센터'는 스타벅스 커피숍의 한쪽 코너에 있다. 아침 9시가 조금 지났는데 꽤 넓은 커피숍에 거의 빈자리가 없을 정도로 많은 손님들이 아침을 먹으며 담소를 즐기고 있다. 대부분 60대 이상으로 보

케첨 시내의 서점. 헤밍웨이를 내세워 광고한다.

이는데 아직 스키 시즌이 아니어서 이 사람들이 스키를 타러 오지는 않았을 테고 초겨울에 단체로 이 산골로 여행을 오지도 않았을 터인데 약간 당황했었다. 안내소의 직원, 제리는 이 사람들이 이곳 주민들이라고 일러준다. 아침을 여기서 이웃 친구들과 즐기는 모습이었다. 이들은 케첨의 집은 두 번째 집이고, 본집은 주 수입원이 있는 다른 주에 있다는 것이다. 여유 있는 사람들이다. 여기서는 느린 인생 즉, 조용하고 안락한 생활을 즐긴다. 1940년대에 성업을 했다는 작은 카지노도 있다.

인구 3,000명도 안 되는 이 작은 마을에 유독 은행들이 많다. 왜냐고 물었더니 타지에서 송금되어오는 '돈'을 여기 은행에서 관리해주고 돈의 여유가 있어 은행이 필요하다는 것이다. 과장해서 말해서 한 집 걸러 하나씩 은행이 있다. 300m 반경 안에 웰스파고 은행, 아이다호 은행, 웨스트 밸리 은행 등 10여 개의 은행이 있다.

마지막 집, 헤밍웨이 하우스

아이다호 주 케첨의 마지막 집. 이 집에서 엽총으로 자살을 했다.

1940년에 쿠바로 이주하여 지내던 중 1950년대 후반이 되자 쿠바에서 계속 살기가 어려워졌다. 쿠바의 바티스타 정권과 카스트로 혁명군이 전투를 벌이고 있었고 카스트로 편을 들어 쿠바에 산다고 미국으로 부터 맹비난을 듣고 있었다. 헤밍웨이의 정신건강이 곤두박질치기 시작했고 망상증(세금, FBI 미행 등)이 심해졌다.

1957년 가을, 잠시 쿠바를 떠나 케첨에 가 있기로 했다. 케첨에서는 사냥과 낚시친구들과 어울리면서 조용히 지냈다.

케첨에 이주를 와서 아예 눌러앉아 살 욕심에 케첨의 빅우드 강 위에 요새 같은 분위기의 회색 콘크리트 저택을 5만 달러에 구입했다. 이듬해 1958년 봄에 다시 쿠바로 돌아갔지만 1958년 가을에는 아예 케첨의 새 집으로 완전히 이사했다. 그때 GM자동차 회사에서 플로리다의 키웨스트에서 케첨까지 오는데 신형차 로드마스터 컨버터블을 제공해 광고로 활용했다. 그 후 헤밍웨이는 뉴욕, 유럽, 쿠바로 여행을 돌아다니다가 다시 케첨으로 왔지만 그의 정신상태가 점점 나빠졌고 병원 신세를 져야만 했다.

1959년 카스트로 정부가 들어서고 미국인 재산을 모두 압수하겠다고 하자 헤밍웨이는 다시는 쿠바로 돌아가지 못한다는 생각에 제정신이 아니었다. 그러다가 1961년 케네디 대통령의 쿠바의 피그스 만 침공할 무렵에는 자살을 시도하기도 했다. 결국 같은 해 쿠바 미사일 사건(소련이 쿠바에 미사일 기지를 건설하려 하자 쿠바를 무력으로 봉쇄한 사건)이 터지자 다시는 쿠바로 돌아가지 못하는 것이 확실하다고 믿었다.

노벨상을 쿠바와 쿠바인에게 바쳤을 정도로 헤밍웨이는 정신적으로는 쿠바인으로 살아왔고 쿠바를 너무너무 사랑했다. 쿠바는 사실상 그의 정신적 조국이었다. 쿠바로 돌아갈 수 없다는 사실이 그에게는 큰 충격이었던 것이다. 이에 너무 낙심하여 케첨의 자택에서 7월 2일, 엽총을 입에 물고 스스로 목숨을 끊었다. 그의 아버지도 권총자살을 했다. 그리고 배우였던 손녀 마고도 자살을 했다.

헤밍웨이가 1959년과 1961년 사이에 그의 부인 메리와 함께 살았던 이 집은 1938년에 밥 토핑이라는 부자가 지었다. 이 집을 지은 동기가 재미있다. 너무 호화파티를 해서 말썽이 생겨 선밸리 산장 출입이 제한당하자 자택에서 파티를 열 생각으로 파티용으로 지었다는 것이다. 그래서 그는 선밸리 산장을 본 따 선밸리 산장 건설에 사용했던 자재를 그대로 사용하여 호화로운 저택을 지었다. 이 집을 헤밍웨이가 보고는 현금 5만 달러를 주고 구입했다.

케첨 시가지를 북쪽으로 2~3마일 벗어나서 왐 스프링 로드를 가다 오른편의 '이스트 캐년 런' 이란 골목길 막다른 끝자락에 있다. 앞으로 빅우드 강이 흐르고 있고 수풀에 싸인 헤밍웨이 집은 잘 보이지 않아 요새 같다.

아쉬운 것은 헤밍웨이의 집과 좁은 도로를 공유하는 세 명의 인근 주택 소유주들이 입구의 통행을 막고 있다는 것이다. 자신들의 수백만 달러짜리 저택을 어중이떠중이들이 기웃거릴 게 뻔했기 때문이다. 부자인 이들은 조용하게 지내고 싶어 헤밍웨이 숭배객들이 몰려오는 것이 두려워 사생활 보호를 위해 통행을 막고 있다. 필자가 아무도 지키는 것 같지 않아서 무작정 입구 쪽으로 걸어들어 갔는데 개가 사납게 짖으며 다가와 포기하고 말았다.

문학과 역사의 가치를 지키려는 대의가 사유재산권 행사 앞에 비참하게 무릎을 꿇었다는 것이 아쉽다.

1986년에 부인 메리 웰쉬가 죽으며 이 집을 자연보호단체에게 넘겨주면서 일반에게 공개하지 말라는 점을 분명히 했다. 그 이유는 키웨스트 집과 쿠바의 집이 박물관이 되어 관광객들로 붐비고 이를 이용하여 돈벌이하는 것을 싫어했기 때문에 이 집이 기념관이 되는 것을 원치 않았다. 그래서 지금은 빈 집으로 관리인이 종종 드나든다는데 케첨 여행자 안내소에서도 자세히는 모른다는 이야기이다. 헤밍웨이 집이 공개돼서 관광업이 활성화되기를 바라는 케첨 상공회의소에서 관광객 유치를 위해 이 집을 박물관으로 만들 프로젝트를 추진하고 있다고 한다.

집 안에는 들어가 보지 못했지만 쿠바의 집, 핑카 비히아에서 실어온 물건들이 많이 전시되어있다고 한다. 1950년대 쿠바산 코카콜라 아이스박스, 책상, 핑카 비히아의 표시가 찍힌 여행가방, 장화 몇 켤레, 그리고 헤밍웨이와 친구들 사진들이다.

헤밍웨이 묘소, 케첨 공동묘지

헤밍웨이는 그의 네 번째이자 마지막 부인인 메리와 나란히 케첨 공동묘지에 쓸쓸히 묻혀있다. 메리는 헤밍웨이보다 9살 연하이지만 무려 25년을 더 살다가 헤밍웨이 옆에 그의 자식들과 함께 묻혔다.

케첨 시내를 관통하는 75번 고속도로 북쪽으로 시내를 벗어나면 바로 오른편에 케첨 마을공동묘지가 있다 인구가 작은 마을이어서인지 조그

헤밍웨이 묘소: 케첨 공동묘지에 부인 메리 웰시와 나란히 누워 있다.

만 묘지공원이다. 아무런 표시도 장식도 없이 묘지석판만 깔려있다. 대문호의 묘지로는 너무 초라하다. 묘비석이라도 세웠더라면 좋았을 텐데 하는 아쉬움이 남는다. 눈이 많이 내리는 고장인데 눈이라도 오면 눈에 파묻혀 묘판은 보이지 않을게다. 다행히 세 그루의 키 큰 상록수가 둘러서 있어 위치는 찾을 수 있을 것 같다.

아들 그레고리와 잭, 그리고 잭의 부인, 바이라가 함께 있다. 특히 눈에 띄는 것이 할아버지, 헤밍웨이처럼 대를 이어 자살한 배우였던 손녀 마고도 들어와 있다. 그래도 가족들이 모여 있어 외로워 보이지는 않았다.

헤밍웨이 초등학교

부인 메리 여사가 헤밍웨이 사후에 그를 기리기 위하여 이 초등학교의 체육관을 지어주었다. 그래서 학교 이름도 헤밍웨이 초등학교로 되었다. 학교 입구 실내 로비 벽에는 헤밍웨이를 기리기 위하여 그의 사진들과 임팔라보호운동 동판을 같이 전시하고 있다 로비에서 뛰노는 어린 학생들이 그가 누구인지, 이 벽에 붙은 전시물의 내용이 무엇인지 알고나 있나 싶다. 케첨 시내에 있는 서쪽 8번가에 위치해 있다.

헤밍웨이 초등학교: 케첨 시에서 학교 이름을 헤밍웨이로 하였다.

헤밍웨이 메모리얼

케첨에서 출발, 선밸리 산장을 지나 선밸리 로드 길로 약 1.6마일 가다

보면 나무로 된 표시판 '헤밍웨이 메모리얼'이 보인다. 길에서 조금 벗어나 얕은 계곡을 내려다 볼 수 있는 곳에 돌을 쌓아 만든 석탑 위에 동으로 된 흉상이 올려져 있다. 계곡 아래 흐르는 강가에서 주은 돌로 석탑을 만들었고 조각가 로버트 벅이 동으로 된 흉상을 만들어 선밸리 산장 회사에서 1966년 7월 22일에 그의 5주기를 맞이하여 세웠다. 그 흉상은 평소 헤밍웨이가 사랑했던 계곡 아래 풍경을 바라보고 있다. 계곡 아래 녹지가 마치 조그만 골프코스처럼 보일 정도로 단정하고 예쁘게 펼쳐져 있는데다 실개천이 흐르고 있어 경치가 좋다.

석탑 아래 벽면에 새겨진 글이 눈에 들어온다. 1939년에 헤밍웨이가 친구이자 홍보 전문가 진 반 길더를 추모하여 쓴 추도사이다. 그런데 그 추도사 내용이 바로 헤밍웨이 자신을 두고 한 글과 같다는 생각이 든다. 그래서 이 글을 친구의 추모비가 아닌 여기에다 새겨놓은 것이리라.

헤밍웨이 메모리얼: 선밸리 산장 가까이 있는 돌탑 위에 올려놓은 동판 흉상.

Best of all he loved the fall

무엇보다 그는 가을을 사랑했다

Leaves yellow on cottonwoods

노랗게 물든 미루나무 단풍잎

Leaves floating on trout streams

송어가 뛰노는 시냇물 위로 떠가는 단풍잎

And above the hills

저 언덕 너머로

The high blue windless skies

바람 한 점 없이 드높은 푸른 창공

Now he will be a part of them forever

이제 그는 자연의 한 부분이 되어 영원하리

번역을 해놓고 보니 좀 어색하다만 어쩌랴, 실력이 이런 것을.

미쉘 크리스티 식당

정통 프랑스 식당인데 헤밍웨이가 자주 들렀고 식당 내 서남 방향의 코너에 있는 작은 테이블이 그의 단골 지정석이다. 그가 죽기 바로 이틀 전 1961년 6월 30일에도 부인 메리와 함께 저녁식사를 즐겼던 곳이다. 아직도 헤밍웨이가 즐기던 그 분위기가 그대로 유지되고 있어

미쉘 크리스티 식당: 헤밍웨이 단골식당 죽기 전 이틀 전에도 부인과 식사했다.

헤밍웨이 열렬 팬들은 이 식당을 찾아 그의 흔적을 느끼려고 한다. 위치는 선밸리 로드와 월넛 애브뉴가 교차하는 곳이다. 부자들이 많이 사는 이 마을에는 좋은 식당들이 눈에 많이 들어온다.

헤밍웨이와 쿠바

헤밍웨이는 키웨스트 생활에서 활력을 잃고 무력함을 느끼자 쿠바로 간다. 초기에는 하바나의 암보스 문도스 호텔 511호에 머물면서 지냈다. 거기서 『누구를 하여 종을 울리나』를 집필하였다. 그때가 1940년경이다. 그 후로 20여 년을 쿠바에서 살면서 『노인과 바다』를 집필하여 노벨상을 타낸다. 그 노벨상을 쿠바에 바친다고 할 정도로 쿠바에 흠뻑 빠져 지냈다.

무엇이 그토록 헤밍웨이로 하여금 쿠바를 사랑하게 했을까? 그 쿠바를 몸소 체험해보고 싶어 쿠바 행 비행기에 올랐다. 쿠바와 미국은 국교가 단절되어 있어서 캐나다나 멕시코를 경유해서 가야 한다. 지금은 미국과 쿠바 정상들이 국교정상화에 합의해 가까운 시일 내에 정상화가 되겠지만 실제로 자유 왕래하기까지는 시일이 소요될 것 같다. 미국을 뒤따라 한국과도 국교가 정상화 될 것이다.

캐나다의 토론토를 경유해서 가기로 했다. 쿠바에서는 관광객들을 유치하기위해 비자를 항공사에 일임했고, 아바나 공항에서 입국 시 비자를 내주었다. 젊은 한국인들이 쿠바의 매력에 빠져 벌써 연간 5,000명 정도가 다녀간단다. 벌써 한인 여행사가 쿠바에 있다.

10월 중순, 밤 9시에 쿠바의 수도 아바나에 도착했다. 예상했던 대로 초라한 시골 공항이다. 공항에서 시내 호텔까지 가는 길이 암흑이다. 택시 안에서 약간 긴장이 되었다. 시내 번화가로 들어와서야 가로등이 보인다. 내일 낮 풍경이 어떨까 하는 호기심이 가득해졌다.

헤밍웨이의 쿠바 집, 핑카 라 비히아

아바나 시내에서 동남방향으로 15km 떨어져 있어 택시로 약 20분 정도 거리인 아바나 외곽 '산프란시스코 드 폴라' 라는 마을에 헤밍웨이의 집 '핑카 비히아' 가 있다. 헤밍웨이가 1939년에 세를 얻어 이사했다가 일 년 후인 1940년에 구입한 집이다. 그 후로 1960년 쿠바를 떠날 때까지 20여 년을 살았다.

핑카 비히아, 헤밍웨이 집: 1940년에서 1960년까지 20년을 이 집에서 살았다.

핑카 비히아는 조망하는 농원이란 뜻이다. 언덕 위 넓은 대지에 자리잡고 있어서 아래를 조망하는 풍경이 근사하다. 그래서 핑카 비히아란 이름을 붙인 것 같다. 지금은 '무세오 헤밍웨이' 즉, '헤밍웨이 박물관'이라 부른다. 비가 오는 날에는 문을 닫는다.

플로리다, 키웨스트의 헤밍웨이 하우스보다 집의 크기는 작다. 다만 언덕 위 넓은 대지에 잘 가꾸어 놓은 화단과 수목들이 보기가 좋다. 열대나무인 반얀트리 수십 개의 줄기와 뿌리가 서로 얽히고설킨 채 무성하게 자라 정문 입구에서 바라보면 집 건물이 가려진다.

주차장에는 버스가 몇 대 서 있다. 많은 방문객들로 붐빌 것 같았는데 키웨스트처럼 붐비지는 않았다. 키웨스트에서는 가이드 6명이 교대로 20여 명씩 무리를 만들어 이 방 저 방 안내하느라 바쁘게 돌아갔는데 여기는 설명하는 가이드가 없다.

핑카 비히아의 작품 집필실.

헤밍웨이가 글을 쓸려고 만들어 놓은 망루의 집필실 문 앞에 여자 문지기가 있으나 설명을 해주지 않는다. 본채와 아치형 통로로 연결되어 있는 이 망루는 지면이 낮아 마치 원두막 과수원의 망루 모양이다. 높은 언덕 위에 있어 저 멀리 아바나시를 아래로 내려다보는 전망이 시원하게 트여 있다. 높은 데서 내려다보며 글쓰기를 즐겼는지 키웨스트의 집필실이나 이곳 집필실이 모두 높은 데 마련되어 있다.

웃통을 벗어 던진 채 글을 쓰고 있는 그가 있을 것 같아 들어가 보려는데 그만 집필실 안으로 출입을 통제한다. 안에는 책상과 망원경, 그리고 각종 사진들 기타 관련 물품들이 옛 모습대로 진열되어 있다. 그런데 집필실 안에 있는 안내인이 방문객의 카메라를 건네받아서 대신 사진을 찍어주는 친절을 베풀다가 카메라를 돌려주며 노골적으로 팁을 요구하여 당황스러웠다. 미국과 쿠바의 관리운영 제도의 차이가 그대로 나타난다. '보려면 네가 알아서 보라' 는 식이다.

눈길을 끄는 노벨문학상 상장은 복사본인데도 원본처럼 보이려고 꾸며놓았다. 안내인은 진품이라고 거짓말을 한다. 노벨상 부상으로 받은 금메달은 쿠바 제2의 도시, 산티아고에 있는 코브레 성당의 성모상 아래에 금메달을 갖다 놓았다. 헤밍웨이가 노벨상은 쿠바와 쿠바국민에게 바친다고 하면서 쿠바의 수호성인인 '비르헨 델 코브레' 에게 바쳐 코브레 성당에 갖다 둔 것이다.

노벨문학상 상장과 타이프라이터.

핑카비히아 내부 거실.

본 건물은 2층이 아닌 단층이다. 거실과 응접실 등 헤밍웨이 시절 그대로 재현해 놓았다. 헤밍웨이는 이삿짐을 가지고 미국으로 가져가지 않았다. 곧 돌아올 것이라고 여겨 그대로 둔 채 갔다. 그의 사후에 메리가 중요한 것 몇 점 가지고 나갔지만 대부분 두고 갔다. 그래서 헤밍웨이가 잠깐 외출한 듯한 집안 모습의 연출이 가능한 것 같다. 순간, 머리빗 하나가 눈에 띈다. 생전에 쓰던 빗 하나까지 쿠바를 위해 볼거리가 되어 있다.

안타깝게도 안으로 들어갈 수가 없다. 보존위기를 맞은 데 대한 조치이다. 유리창 안으로 밖에서만 물끄러미 바라만 보다 돌아섰다.

열대지방 특유의 무기력과 뒤떨어진 보존기술, 그리고 재정난의 수난을 겪으면서 2002년 미국의 내셔널트러스트로부터 핑카 비히아 즉, 무세오 헤밍웨이는 '보존위기 장소' 로 지정되었다. 이에 카스트로는 이곳,

무세오 헤밍웨이를 방문하여 '이 장소를 보존하지 않는 것은 야만인이나 다름없다' 고 연설했다. 하지만 여태껏 이 집에는 아무런 조치가 취해지지 않았다.

돈을 벌기위해 핑카 비히아를 황폐화하도록 허락한 장본인이 카스트로이다. 보존을 제대로 못해놓고도 역설적으로 핑카 비히아는 '헤밍웨이의 유일한 있는 그대로의 집이며, 작가가 살던 때의 내용물이나 배치가 달라지지 않았다' 라고 내세운다.

하기야 1950년대의 옛 모습 그대로를 보여주기 위해 밖의 거리에는 1950년대의 미국 뷰익차가 굴러다니게 하고, 또한 흑백 사진 속의 1950년대 풍의 패션을 걸친 아낙네들이 도로를 활보하도록 하고 있다면, 그래서 1950년대를 진공상태로 박제하여 놓은 쿠바를, 아바나를 50년이 지나 오늘날의 우리들에게 관광용으로 내어 놓았으니, 우리는 고맙다고 해야 되는가? 사람들을 타임머신에 태워 1950년대로 보내주니 고맙다고 해야 되지 않겠는가!

쿠바는 '보존위기 장소' 로 지정되자 미국에 손을 벌렸다. 유화 제스처로 미국이 핑카 비히아 창고에 보관되고 있는 자료들을 디지털화 하는 것을 허락한 것이다. 그래서 2006년에 11,000건의 자료들을 미국 보스턴에 있는 케네디 대통령 도서관에 보내어 전부 디지털화 하여 보관토록 했다. 이 과정에서 『누구를 위하여 종을 울리나』의 에필로그를 발견하는 성과를 얻는다.

하지만 부시 대통령은 핑카 비히아를 보존하는데 미국 돈이 들어가서는 안 된다고 반대했다. 이제 미국과의 국교가 정상으로 되면 핑카 비히아의 유지보수를 위한 미국의 보존자금이 쿠바로 들어올까?

낚시배 필라 호. 바다 아닌 땅 위에서 사진모델이 된 신세다.

헤밍웨이가 너무나 아꼈던 낚싯배, 필라는 정원 옆 풀밭 위에다 올려 놓았다. 그 앞을 지나는 통로를 만들어 구경하도록 해놓았다. 바다 위 물 위에 있어야 할 배가 어쩌다 풀밭에 누워 사진 찍히는 모델이 되어 몸을 팔고 있다. 헤밍웨이가 이 모습을 결코 원하지는 않았을 것이다. 이러한 광경을 예상을 해서인지 헤밍웨이의 부인, 메리는 1962년 헤밍웨이 사후에 여기를 다시 방문했을 때, 20년지기 선장, 그레고리오에게 이 필라 호를 바다 가운데 몰고 나가 가라앉히라고 당부했다. 하지만 그레고리는 그렇게 하지 않았다.

청새치, 헤밍웨이와 필라 호 선장 그레고리.

카스트로는 핑카 비히아를 압수하여 오늘날 '무세오 헤밍웨이(헤밍웨이 박물관)'를 만들었다.

1962년 헤밍웨이가 사망한 후 그의 부인, 메리는 쿠바로 집과 재산정리를 위해 돌아간다. 은행에 보관했던 귀중품들은 이미 압수당했고 집에 있던 그림 몇 점도 없어진 상태였다. 메리는 가능한 모든 애장품들을 미국으로 가져가야 하겠다고 생각하여 꾀를 낸다. 낡은 잡지와 신문들을 모아 수레 가득 끌어내어 불에 태웠다. 그것을 몰랐던 뉴욕 타임스에서는 헤밍웨이의 문학적 유산을 태웠다고 비난하였다. 그것으로 쿠바정부를 속이고 몰래 20kg 달하는 헤밍웨이의 원고와 귀중품들을 밀반출하려 했다.

그러나 미술품들은 어려웠다. 그래서 카스트로를 핑카 비히아로 저녁식사에 초대한다. 집을 둘러본 카스트로는 감격해하며 메리를 쿠바에 계속 머무르라고 권한다. 그는 결국 그림의 반출을 허락하였고 언제든 돌아와 쓸 수 있게 손님용 별채는 그대로 놔두겠다고 약속했다.

마지막으로 쿠바를 떠나기 전 메리는 헤밍웨이의 항해 동반자였던 필라호 선장, 그레고리오에게 쿠바정부가 뺏기 전에 낚싯대, 릴, 밧줄 등 낚시도구들은 가지라고 하고 그 대신 낚싯배 필라호는 바다로 나가 가라앉히라고 했다.

메리는 핑카 비히아가 박물관이 되기를 원하지 않았고, 정부 재산이 되는 것도 바라지 않았다. 강제로 빼앗긴 것이다. 이제 핑카 비히아는 무세오 헤밍웨이가 되어 쿠바 최대 관광지 가운데 하나가 되었다. 헤밍웨이가 쿠바의 명물 시가, 여송연과 함께 사람들을 끌어드리고 있는 것이다.

『노인과 바다』의 배경마을, 어촌 코히마르

아바나에서 동쪽으로 10km 거리로 택시로 약 20여 분 소요되는 한적한 어촌 마을이다. 헤밍웨이가 『노인과 바다』를 썼던 핑카 비히아에서 약 15km 정도 떨어져 있다. 낚싯배 필라호를 여기에다 정박해놓고 낚시를 즐겼다. 그래서 자연스레 이 어촌이 『노인과 바다』의 배경이 된 것이다.

이 어촌은 17세기에 생겨났으며 1762년에 영국군대가 상륙하여 이곳을 아바나공격을 위한 전진기지로 삼았던 곳이다. 특히 이곳은 미국, 플로리다와의 직선거리가 가까워 쿠바인들이 미국으로 밀입국 시도를 많이 하는 곳이기도 하다. 지난 1994년 미국이 쿠바인들에게 미국에 오면 정착촌을 제공해주고 비자도 내준다는 정책을 발표하자 많은 쿠바인들이 조각배, 심지어 타이어와 스티로폼에 몸을 맡기고 플로리다를 향해 카리브해로 뛰어 들었다. 이때 쿠바정부는 이들을 제지하지 않았다. 가려면 가라는 식이었다. 오히려 혁명사상에 해롭다고 떠날 자는 떠나라고 했고, 그 결과 약 12만 명 정도가 떠났다. 이들 중에는 전과자 2,500명을 인간쓰레기 청소라는 명목으로 함께 보내버렸다.

어촌 코히마르 부두: 『노인과 바다』의 배경이 된 마을.

필자는 아바나 행 비행기 안에서 아이폰으로 영화 〈노인과 바다〉를 보며 이 코히마르 마을을 마음속으로 그려 보았다. 막상 와보니 한적한 마을이라 헤밍웨이의 숨결이 느껴진다.

이곳에서 필라 호를 타고 청새치(커다란 참치의 일종) 낚시를 즐기다가 영감을 얻어 『노인과 바다』를 쓰기 시작했다.

84일 동안 고기를 잡지 못하다 포기하지 않고 먼 바다로 나가 사흘 동안 사투를 벌여 거대한 청새치를 잡긴 했는데 살은 상어에 다 뜯기고 뼈만 남은 고기를 끌고 돌아온 노인의 이야기를 다룬 『노인과 바다』는, 도전정신과 불패정신을 잘 표현했다는 평판을 받았다.

소설 속의 마놀린 소년이 뛰어나올 것 같은 착각 속에 마놀린이 산티아고 할아버지께 맥주를 대접하던 카페 '라 테라자' 앞에 서 보았다. 착각도 잠시, 한 무리의 관광객들이 몰려온다. 그들보다 한발 먼저 급히 카페 안으로 들어서 보니 실망스러운 실내 분위기에 그만 돌아서고 싶어졌다. 너무 현대적인 인테리어에 깔끔한 식당 분위기이다. 아바나와

라 테라자 카페: 『노인과 바다』에서 소년 마놀린이 노인에게 맥주를 대접하던 카페이다.

헤밍웨이 단골좌석. 줄을 쳐 다른 사람은 앉지 못한다.

핑카 비히아가 헤밍웨이 시대인 1950년대에 멈추어 선 채로 있어 그 시절 분위기로 헤밍웨이와 공감대를 나눌 수가 있었기에 이곳도 그러리라 기대했는데 아니었다.

우루루 몰려온 관광객들(노부부들)은 헤밍웨이가 이곳에서 즐겼다는 칵테일 '모히토'를 한 잔씩 주문하여 마시며 기념사진 찍기에 바빴다. 헤밍웨이가 단골로 앉았던 코너의 테이블 주위로는 앉지 못하게 줄을 쳐놓았다. 탁자, 의자 모두 옆자리의 현대식 가구와 똑같은 최신식이다. 그 시절의 구식을 구해다 놓았으면 좋았을 텐데 아쉽다.

헤밍웨이가 앉았던 자리에서 바라본 창밖 바닷가는 그 당시나 지금이나 달라진 게 없어 보인다. 저 멀리 방파제 너머 바다가 경치가 아름답다.

코히마르는 헤밍웨이 시절부터 휴식을 즐기는 사람들이 모여 살았다고 하며 요즘은 화가, 작가 등 예술가들이 많이 산다고 한다. 그래서인지 두어 군데 그림과 공예품 등을 파는 가게가 있어 관광객들을 유혹하고 있다.

부두 선착장으로 와보니 옛 모습 그대로이다. 필라호만 여기에 가져다가 띄어 놓으면 우리에게 그림으로 사진으로 알려진 모습 그대로일 것 같다. 여기에다 필라호를 정박해 놓고 수시로 바다로 나가 청새치(커다란 참치의 일종) 낚시를 즐겼을 헤밍웨이를 그려 본다.

쿠바가 1959년 카스트로가 집권한 이후 공산주의 체제가 되어 미국과의 극한대립을 이룬다. 그 영향으로 쿠바는 경제적으로 1959년에서 정지된 상태이다. 그래서 도시건물이 도로가 주택이 그리고 농촌모습이 1960년에서 멈추어 섰다.

이러한 쿠바의 불행이 역으로 소설 『노인과 바다』의 배경 마을을 소설 속의 마을이 아니라 지금 현실 속의 마을과 같게 만들어 놓았다. 마치 현실 위에 약간의 문학적 상상력을 보태어 그의 동선을 따라 움직이다 보면 바로 공감대가 만들어진다. 그래서 헤밍웨이와 함께 할 수 있다.

쿠바 바깥에서는 『노인과 바다』가 하나의 소설이지만, 쿠바 안으로 들어와서는 소설이 아니라 현실이다. 지금 이 코히마르에서 일어날 수도 있는 일상이다. 산티아고 노인이 마놀린과 함께 걸어올 것만 같다.

소설 속이나 영화 속의 산티아고 노인이 살던 그 오두막집이라도 만들어 놓았다면 더욱 실감 났을 터인데 아쉽다. 쿠바는 아직 상술이 부족한 공산주의 국가인 게 틀림없다.

헤밍웨이 시절에는 잘 잡히던 청새치가 1970년대 이후 이곳 코히마르에서는 잡히지 않는다고 한다. 대규모 청새치 포획을 한 결과이다.

아바나, 헤밍웨이 투어 코스

돌아다니기 좋아하고 활동적인 헤밍웨이가 아바나 전역을 휩쓸고 다녔겠지만 유독 단골인 식당, 술집, 카페들이 있어서 이곳들을 보러 많은 인파가 몰려온다. 그 중 대표적인 몇 군데를 소개하고자 한다.

암보스 문도스 호텔

아바나에서 제일 붐비는 골목길, 오비스포 골목에 위치해 있다. 이 호텔은 1920년에 건축된 5층 건물인데 높은데서 내려다보며 글쓰기를 즐기는 헤밍웨이는 아바나 시내를 조망할 수 있는 5층 511호에 투숙하여 『누구를 위하여 종을 울리나』와 『만류 속의 사람들』 등을 썼다. 1932년부터 1939년 핑카 비히아를 장만할 때까지 쿠바에 올 때마다 여기 호텔에 투숙하여 지냈다. 프런트 앞 로비에서 피아노를 한 늙은 할아버지가 졸리듯 연주하고 있고, 엘리베이터 앞 로비의 한쪽에는 헤밍웨이 사진들을 도배하듯이 죽 걸어 놓았다. 사진 촬영하는 인파 속에서 순서 기다렸다가 찍어야 될 정도의 사람들이 모여든다.

엘리베이터를 타고 511호로 가면 헤밍웨이가 투숙하던 그 모습대로 전시해놓았다. 입장료가 2쿡(CUC-외국인 전용 화폐, 달러와 비슷한 환율)인데, 헤밍웨이가 지불했던 그 당시 하룻밤 숙박료였다고 한다.

높은 건물이 없는 아바나여서 옥상으로 오르면 아바나 시내를 사방으로 조망할 수 있다. 오래된 낡은 건물들의 연속, 반쯤 무너져 내린 건물들, 퇴색한 벽돌 건물들, 그리고 창밖으로 내걸린 빨래들 등 아바나의 속살을 한눈에 볼 수가 있다.

암보스 문도스 호텔: 쿠바에 집을 마련할 때까지 머물면서 소설을 썼다.

암보스 문도스 호텔 로비에 걸린 헤밍웨이 사진들.

엘 플로리디타 카페, 다이키리 칵테일

미국 국회의사당 흉내 내어 지은 '카피톨'과 센트럴 공원 아래쪽, 오비스포 골목이 시작되는 입구 한쪽에 있다. 미국 플로리다의 애칭 즉, 리틀 플로리다라는 뜻인 '플로리디타'를 상호로 한 이 카페는, 좌석이 40~50석은 되어 보이는데 오전 10시 30분인데도 빈자리가 없다. 이곳에 헤밍웨이가 올 때마다 고정으로 앉은 그의 지정석이 바로 카운터의 한쪽 끝인데, 그 자리에다 실제 크기로 헤밍웨이가 앉은 모습의 동상을 앉혀 놓았다. 그의 소설 『만류 속의 사람들』에서 주인공이 차 사고로 두 아들을 잃는데 이를 배경으로 소설에서 이 집을 소개하였다.

아침인데 벌써 흥겨운 4인조 밴드가 연주를 해대고 있다. 손님들은 대개 외국인 관광객들이다. 그들은 헤밍웨이가 즐겨 마셨다는 다이키리 칵테일을 마시고 있다. 럼주를 칵테일한 술의 종류가 100여 개 정도라는데, 이 집의 인기 칵테일 다이키리는 럼에다 레몬주스, 앵두술, 그리고 설탕과 얼음가루를 뿌려 만든다고 한다. 바텐더 '콘스탄테 리발라이구아'가 만들어 이름을 산티아고 인근의 광산 이름에서 따와서 다이키리를 내놓았으나 헤밍웨이가 유명하게 만들었다.

다이키리와 연관된 또 하나의 뒷이야기는 이 다이키리가 케네디 대통령 가문의 전통적 애용음료였다는 것이다. 케네디 가문의 전통이 '케네디 가는 울지 않는다.'이다. 가족의 일원이 비명에 가도 울지 않고 슬픔을 속으로 달래는 그들이었다. 이 다이키리 칵테일을 마시며 감정을 다스리는 그들의 모습에서 냉정하고 냉혹한 면을 엿볼 수가 있었다.

술맛이 새콤달콤하여 마시기가 수월하다. 헤밍웨이는 주량이 보통 다이키리 15잔 정도라고 하니 상당한 주당이었던 것 같다. 한 잔에 6쿡이

암보스 문도스 호텔 옥상에서 바라본 아바나 시내.

엘 플로리디타 카페: 칵테일, 다이키리를 즐겨 마셨던 단골 카페.

헤밍웨이 좌상: 엘 플로리디타 카운터 인쪽 끝에 실물 크기로 동상을 앉혀 놓았다.

엘 플로리디타 카페 내부. 오전인데도 손님들로 붐볐다.

니 술값만 해도 합이 90쿡 정도 된다.

문득 1933년부터 1938년까지 5년 동안 사귀었던 헤밍웨이의 연인 제인 메이슨이 생각난다. 그녀는 헤밍웨이의 친구부인이었는데 헤밍웨이가 쿠바로 핑카 비히아를 사서 이사 오기 전까지 쿠바에 잠시 방문할 때마다 둘째부인 폴린 몰래 만나 사귄 여인이다. 헤밍웨이가 큰 청새치를 잡은 것을 축하하는 파티를 이곳 플로리디타에서 열었는데, 그녀는 남편 몰래 집에서 나오다 창문에서 떨어져 다치기도 했다는 글을 읽은 기억이 났다.

그런데 단지 헤밍웨이가 자주 드나들었다는 술집 겸 식당일뿐인데 왜 이렇게 인파를 이룰까? 그들은 헤밍웨이의 흔적을, 숨결을 느끼고 싶어서인가? 그렇다면 이런 분위기에서는 불가능하다. 너무 혼잡하고 시끄럽고 요란하다. 그저 분위기 띄우는 술집이다.

라 보데기타 카페

플라자 카시드럴(성당광장)이 있는 크리스토발 성당 옆 골목으로 조금 가면 있는 작은 카페이다. 헤밍웨이가 쿠바에 1940년부터 상주해서 살았는데 1942년에 개장한 곳이다 실내가 너무 좁아 밖에서 순서를 기다려야 한다. 이 좁은 공간에 4인조 밴드가 비좁게 서서 연주와 노래를 하고 있다. 벽면에 헤밍웨이를 비롯해 가수, 해리 벨라폰테와 냇 킹콜 등 각종 사진들을 걸어 놓았다. 그들이 자주 왔다는 것을 광고하고 싶어서

▲ 라 보데기타 카페. 이곳에서 헤밍웨이는 모히토 칵테일을 즐겼다.
◀ 라 보데기타 카페 내 헤밍웨이 서명사진.
▶ 라 보데기타 카페 밴드.

일 거다. 카스트로도 집권 초기에는 여길 왔었단다. 이 집은 헤밍웨이가 모히토라는 칵테일을 즐겼고, 이 집 모히토가 제일 좋다고 늘 칭찬을 했다. 모히토는 쿠바에서는 인기 있는 칵테일인데 럼주와 소다수, 레몬즙과 박하잎을 섞은 술이다.

아바나에 있는 모든 식당이나 카페에는 모두 연주밴드가 있다. 이 밴드들의 노래와 연주 실력은 대단해 일류급이다. 쿠바인들은 노래와 춤에 특별한 재능을 가지고 태어난 것 같다. 다들 노래실력이 좋고 흥겹다.

마리나 헤밍웨이

아바나 서쪽으로 해안길을 따라 약 30분 정도 택시를 타고 가면 '마리나 헤밍웨이' 란 커다란 간판이 서 있다. 1934년 헤밍웨이가 가장 큰 다랑어, 청새치를 낚아 '네오마린 데 헤밍웨이' 즉, '헤밍웨이의 청새치' 란 학명을 붙였다. 이를 기리기 위하여 매년 6월 초 헤밍웨이 국제낚시대회를 열어 추모하고 있다. 이곳은 청새치 박제품과 헤밍웨이 흉상을 전시하고 있다.

마리나 헤밍웨이: 매년 6월에 헤밍웨이 낚시대회가 열린다.

청새치(marlin) 하니까 생각나는 사람들이 있다. 우선 프로야구 마이아미 말린스 구단이다. 몇 해 전 최희섭 선수가 뛰던 구단이 바로 말린스이다. 그리고 말린스의 강속구 투수인 페르난데스, 그리고 LA다저스의 푸이그 선수가 쿠바 출신이다.

소설 『노인과 바다』의 뒷담화

헤밍웨이가 『노인과 바다』를 쓰게끔 영감을 준 숨은 뒷이야기를 소개하려 한다.

1952년 헤밍웨이는 그의 낚싯배를 타고 쿠바 해안을 지나고 있었다. 그때 산티아고 푸익과 그의 아들이 탄 삐걱거리는 조각배가 거대한 청새치(참치의 일종)와 사투를 벌이는 것을 목격한다.

헤밍웨이의 도움으로 푸익은 청새치를 배로 끌어올릴 수 있었다. 헤밍웨이가 탄 배로 겨우 올라온 노인은 녹초가 되어 헤밍웨이에게 물 한 잔만 달라고 청했고 헤밍웨이는 기꺼이 노인의 갈증에 물 대신 맥주로 준다. 두 남자는 낚시에 관한 이야기를 나누며 후에 자연스레 친구가 된다.

『노인과 바다』는 노인과 커다란 청새치가 벌이는 사투를 묘사한 소설이다. 헤밍웨이와 푸익의 아들이 없이 푸익 혼자였더라면 푸익이 겪은 이야기가 고스란히 『노인과 바다』에서 노인, 산티아고가 겪은 이야기가 된다.

1958년에 소설이 영화로 만들어졌는데 이때 푸익의 조각배를 쿠바에서 가져다 영화소품으로 사용되었다. 하지만 진작 헤밍웨이는 푸익은 '노인' 의 모델이 아니고 낚시를 함께 즐기는 사람일뿐이라고 일축했다.

소설이 발표된 후 '노인'의 실제 주인공이라고 자처하는 쿠바인들이 줄을 섰다. 그러나 대부분 가짜였다. 이들 중 실존인물일 거라고 가장 신뢰를 받은 이가 20년간 헤밍웨이와 함께 낚싯배, 필라호를 탄 그레고리오 푸엔테스였다. 그레고리오는 자기가 실제로 '노인'의 모델이라고 떠벌리고 다녔다. 그레고리오의 자랑질은 2002년 그가 104세의 나이로 세상을 마감할 때까지 이어졌다. 그가 죽기 3년 전 1999년 미국 CBS TV와의 인터뷰에서는 한 술 더 떠서 소설 제목 '노인과 바다'도 자기가 정해주었다고 했다. 그는 유명세로 평생 잘 먹고 잘 살았다.

그러나 그가 노인의 모델이라고 단정할 수가 없다. 헤밍웨이가 살아생전에 그가 모델이라고 인정한 적이 없었기 때문이다. 누가 노인의 모델이었는지를 수없이 질문을 받았음에도 아무런 언급이 없었다. 다만 푸익 노인은 모델이 아니라고만 했다. 그레고리오에 대해서는 노코멘트였다.

헤밍웨이 연구 전문가들은 오히려 그레고리오 전, 초대 필라호 선장이었던 카롤로스 구티에레스라는 사람이 '노인' 후보에 더 적격인 인물이라고 한다.

카롤로스는 새치 전문 항해사로 1933년 여름에 아바나 카사블랑카 선창에서 헤밍웨이가 낚시를 하는 것을 보고는 낚시에 대해 훈수하게 됨을 계기로 헤밍웨이에게 고용된다. 그 후 헤밍웨이에게 청새치 낚시법을 가르쳤다. 1933년에서 1938년까지 5년간 헤밍웨이와 함께 하다가 1938년 정부, 제인 메이슨이 헤밍웨이와 헤어지면서 그녀의 낚시 배에 태우겠다고 카롤로스를 달라고 하여 하는 수 없이 헤밍웨이와 헤어지게 된다. 카롤로스 후임으로 온 자가 그레고리오 후엔테스이다. 그레고리오는 이후 헤밍웨이가 쿠바를 떠날 때까지 필라호 선장으로 일했다.

1936년 미국잡지 《에스콰이어》와의 인터뷰에서 헤밍웨이는 '『노인과 바다』의 이야기를 카롤로스에게서 들었는데 실제 경험해보고 싶어서 카롤로스와 함께 바다로 나가 오랜 시간 조각배 하나로 버티면서 거기서 카롤로스가 하는 행동과 생각 전부를 지켜볼 생각이다. 좋은 작품소재가 될 것 같다.' 라고 말한 적이 있다. 이것으로 미루어 딱히 카롤로스가 '노인' 의 모델이었다고는 할 수는 없지만 작품에 일정부분 나이든 카롤로스의 노련미가 녹아 있다는 것은 확실하다.

과연 헤밍웨이는 실존인물로 누구를 마음에 두고 썼을까? 과연 실존인물이 있는 걸까? 헤밍웨이는 이미 이 세상 사람이 아니고 이제 이 의문은 영원한 수수께끼로 남을 수밖에 없다.

혹시 작가 자신이 '노인' 이었을 수도 있지 않을까? 헤밍웨이도 대단한 낚시광이었고 타고난 재능을 가졌다. 그는 2년 8개월밖에 안 된 어린 애일 때 아버지와 함께 낚시를 가서 일행 가운데에서 가장 큰 물고기를 낚아 올렸다고 그의 어머니가 사진첩을 증거로 자랑을 하지 않았던가!

헤밍웨이와 카스트로

1959년 정권을 잡은 카스트로는 헤밍웨이와의 교우가 없다가 헤밍웨이가 주최하는 낚시대회에서 서로 만난다. 원래 카스트로는 우승자에게 트로피를 수여하러 왔다가 직접 낚시대회에 참가한 그가 제일 큰 청새치를 잡아 올리는 바람에 그가 우승자가 된다. 하는 수 없이 헤밍웨이가 카스트로에게 우승 트로피를 시상하게 된다. 그때 찍힌 사진에서 두 유명한 수염쟁이들이 서로 마주보며 미소를 짓고 있다.

▲ 카스트로 1959년 헤밍웨이낚시대회에서 우승.

▶ 헤밍웨이와 카스트로: 쿠바에서 제일 유명한 사진. 두 턱수염의 대가가 마주보며 미소 짓고 있다.

카스트로는 그의 집무실에 그 사진을 걸어놓았다. 카스트로는 헤밍웨이의 팬이었다.

헤밍웨이 사망 후 1962년에 헤밍웨이 부인인 메리가 쿠바를 다시 방문하여 카스트로를 저녁 초대한다. 이때 카스트로는 메리에게 쿠바에서 살 것을 권한다. 언제든 돌아와도 좋다고 한다. 손님용 별채는 항상 비워 놓겠다고도 한다. 그러나 쿠바는 헤밍웨이의 집, 핑카 비히아를 국유화해서 무세오 헤밍웨이(헤밍웨이 박물관)로 만들어 버렸다.

2002년 다시 핑카 비히아를 방문한 카스트로는 『누구를 위하여 종은 울리나』는 그에게 개인적으로 중대한 영향을 미쳤다고 연설한다. 그가 바스티다 정권에 맞서 혁명전쟁을 할 때 『누구를 위하여 종은 울리나』에 나오는 '한 사람이라도 제대로만 싸운다면 잘 무장된 군대를 물리칠 수 있다' 는 구절이 자기를 일깨워 주어 용기와 힘을 얻었다고 하면서 『누구를 위하여 종은 울리나』를 잊을 수가 없었다고 말한다.

카스트로는 개인적으로는 헤밍웨이를 좋아했지만 그러나 쿠바에서 헤밍웨이의 책은 판매가 금지되어 있다. 쿠바 국민들에게 부적절한 내용을 담고 있기 때문이다.

쿠바는 국가경제를 관광수입으로 버티고 있다. 대부분의 관광객들은 헤밍웨이를 보러온다. 쿠바의 에메랄드 색 바다, 온화한 날씨, 길거리 어디에서나 즐길 수 있는 쿠바 음악과 살사 춤 등은 어디까지나 조연이다. 방문 주목적은 헤밍웨이이다. 물론 체 게바라의 흔적을 찾는 이들도 많지만 그래도 헤밍웨이가 일등공신이다. 그러나 그의 책을 못 읽게 한다. 무슨 조화인가!

헤밍웨이와 쿠바의 에필로그

쿠바는 헤밍웨이에게 잔잔한 바다가 허리케인으로 돌변하여 몰려오는 사나운 폭풍우, 그리고 아비규환의 전쟁터에서 터지는 절규를 조화시켜 우리들에게 생의 지침을 제시할 사고를 끄집어낼 수 있는 곳으로 찾아낸 장소였다. 그래서 그는 쿠바를 떠날 수가 없었다. 다시는 쿠바로 돌아갈 수 없다는 절망감에 그는 스스로 생을 마감하였던 것이다.

1961년 미국과 단교 이후 쿠바는, 아바나는 진공상태로 정지된 채 그대로이어서 헤밍웨이가 지금 부활해서 다시 여기를 온다 해도 하나도 낯설지가 않을 것이다. 거리의 풍경과 지나다니는 옛날식 고물 자동차, 그리고 거리의 건물들이 그가 걸어 다니던 그 당시 그대로의 모습이다. 도시 전체가 그대로 박제된 상태로 있으니까.

위대한 공산주의로 기적을 이루어 놓았다. 어떻게 도시를 아니, 나라 전체를 박제품으로 만들어 정지시킬 수가 있었을까?

▲ 허물어지는 낡은 건물. 시내 곳곳에서 보인다.
▼ 주택가 빨래 말리는 풍경. 예술 작품이다.

1950년대가 그대로 정지되어 있어서 헤밍웨이가 머물던 암보스 문도스 호텔이나 자주 드나들었던 플로리디타 카페는 건물 자체는 물론 실내의 소품들, 심지어 공기마저도 헤밍웨이가 숨 쉬던 그 공기요, 그가 드러누웠던 침대, 그리고 그가 앉았던 의자도 그대로임을 느끼게 해준다. 그래서 헤밍웨이는 쿠바에서, 사라져 간 과거의 전설이 아니라 현존하는 불멸의 작가이다.

타임머신을 타고 과거로 돌아간 듯한 쿠바의 모습, 바로 이것이 사람들이 쿠바를 사랑한 이유였다.

작가에 대하여

어네스트 헤밍웨이는 1899년 7월 21일에 시카고 교외 오크파크에서 아버지, 클레멘스 헤밍웨이와 어머니, 그레이스 헤밍웨이 사이에 6남매 중 둘째(아들로는 첫째)로 태어났다. 아버지는 의사로 낚시와 사냥 등 아웃도어 스포츠를 즐겼고 아들인 헤밍웨이에게 어릴 때부터 낚시를 가르쳤다. 어머니는 전직이 뉴욕 메트로폴리탄 오페라 가수였고, 헤밍웨이에게 오페라하우스에 데리고 다녔으며 교회 성가대에서 노래하게 했다. 그의 부모는 분명 그의 인생과 문학에 큰 영향을 주었다.

헤밍웨이의 학력은 고향에 있는 오크파크 리버 프레스트 고등학교 졸업이다. 그의 강한 개성이 나타난 것이 부유한 가정인데도 대학에 가지 않았다는 것이다. 고교시절에 그는 1차 세계대전이 발발하자 참전을 희망했으나 아버지의 반대로 좌절되었고, 졸업 후 1918년에 적십자요원으로 1차 세계대전 중인 이탈리아 전선에 앰뷸런스 운전병으로 지원하여 갔다. 후에 이 경험으로 그는 『무기여 잘 있거라』를 발표한다.

1921년 그의 나이 불과 22세에 캐나다 토론토지 특파원으로 파리로 그의 연상의 부인과 함께 간다. 파리에서 그의 문학 활동의 밑바탕이 될 친구들인, 거투르트 스타인, 에즈라 파운드, 제임스 조이스, 그리고 후에 미국 최고의 작가가 된 스콧 피츠제럴드 등을 만나 교분을 쌓는다. 당시의 이들은 1차 세계대전을 겪은 충격으로 자신들이 구세대에 버려진 잃어버린 세대라고 느끼면서 이전 구세대와 단절된 새로운 문학을 추구하였다. 그래서 이들은 '잃어버린 세대' 라고 불려졌다.

1926년(27세)에 1차 세계대전 이후 도덕성을 상실한 채 파리에서 향락적인 망명생활을 하는 풍속을 다룬 『해는 다시 떠오른다』를 발표하면서 일약 유명해지기 시작했고, 잃어버린 세대의 대표작가로 발돋움한다.

1928년에 미국 플로리다 주의 키웨스트로 이사한 후 1929년에 『무기여 잘 있거라』를 발표한데 이어 1940년에는 스페인 내란에 참전한 경험을 살려 『누구를 위하여 종은 울리나』를 발표한다. 1939년에 10년 살았던 키웨스트를 떠나 쿠바로 간다. 1940년에 아바나 교외에 핑카 비히아를 마련하였고 그 후 20년간 그곳에서 살게 된다.

1944년에 세 번째 부인 결혼과 함께 2차 대전, 노르망디 상륙작전을 취재하러 종군기자로 참가하였고 종전이 되자 귀국, 쿠바에서 1952년 『노인과 바다』를 발표하여 1953년에 퓰리처상을, 1954년에는 노벨상을 수상하게 된다. 1953년에 아프리카에서 사파리 사냥을 하러 자가용 경비행기를 타고 가다 추락하여 크게 다쳐서 그 후유증으로 노벨상 시상식에 가지를 못했다.

『노인과 바다』 이후 이렇다 할 작품발표를 못하자 우울증, 알코올 중독증에 시달리다 1959년에 미국 아이다호 주의 케첨으로 이사하여 그곳에서 머물렀다.

1959년에 쿠바에서는 카스트로가 집권하게 되고 미국과 국교 단절이 되자 쿠바로 돌아갈 수 없게 되어 괴로워한다. 게다가 가정문제와 지병인 우울증, 그리고 문학적 재능을 상실했다는 생각에 좌절한 나머지 그는 1961년 7월 2일 아이다호 주의 케첨의 자택에서 엽총으로 자살하여 생을 마감한다.

그의 문체의 특성은 잡다한 수식이 없는 간결함과 단순함이다. 신문기자 출신이어서 간결하고 정확한 문체에 익숙해진 데에다가 당시 유행하던 하드보일드 대중소설의 영향을 받은 것으로 보인다.

문장이 간결하고 평이한 단어를 사용하기 때문에 영어실력이 대단하지 않아도 쉽게 읽힌다.

그렇다고 작품 자체가 단순한 것이 아니다. 한 마디로 쉬운 단어로 어려운 글을 쓴다고나 할까. 포크너가 헤밍웨이의 글에서는 어려운 단어는 하나도 나오지 않는다고 폄하하자, 헤밍웨이는 어려운 단어를 써야만 감동이 나오는 것은 아니라고 반박하기도 했다.

'읽기 쉬운 글은 가장 쓰기 어렵다' 라는 『주홍글씨』의 작가, 너대니얼 호손의 말이 생각난다.

필자만 해도 대학생 때 영어공부 삼아 영어로 『노인과 바다』를 읽었을 때에 단순한 구도와 문장 때문에 술술 읽혀서 그의 소설을 약간 우습게 보기도 하였다. 그래서 노벨상 수상작품이란 것에 의아해했다. 최근에 다시 읽었을 때는 노인이 싸운 것이 상어가 아니라 세상의 부조리였고, 또한 자기 자신이었다는 것을 짐작하게 되었다. 한 인간의 삶의 목적과 이유를 성찰하게 만든다. 노벨상감이었다.

작품 줄거리

『노인과 바다』

멕시코의 만류에서 조그만 조각배 한 척에 의지해 고기를 잡는 노인, 산티아고는 84일째 고기 한 마리도 잡지 못하고 허탕을 쳤다. 40일째까지는 소년 마놀린과 함께 고기잡이를 했지만 그의 부모는 다른 배를 타게 해 그 후로는 산티아고 혼자 배를 탄다. 노인이 안쓰러운 소년은 매일 밤 노인의 낚시 도구 손질을 돕는다.

85일째 되던 날 일찍 바다로 나간다. 걸프만까지 먼 바다로 나간 노인은 마침내 커다란 청새치를 낚는다. 자기 조각배보다 더 큰 그 물고기가 어찌나 힘이 세던지 노인의 조각배를 끌고 다니지만, 사흘간 사투 끝에 청새치를 배 옆구리에 붙들어 매는 데 성공한다.

그러나 기쁨도 잠시, 청새치를 노리는 상어가 달려든다. 산티아고 노인은 작살로 상어를 죽여 버리지만 청새치의 피 냄새를 맡고 상어 떼들이 몰려든다. 노인은 칼과 작살로 상어 떼와 피 튀기는 싸움을 하면서 회항한다. 노인의 사투가 무색하게 항구에 돌아왔을 때는 결국 청새치는 앙상한 뼈만 남게 된다.

집에 돌아온 노인은 침대에서 기나긴 잠에 빠진다. 아침에 노인을 노심초사하며 기다렸던 마놀린 소년이 와서 노인을 위로한다. 소년이 지켜보는 가운데 다시 잠이 들었고 노인은 늘 꾸던 꿈, 아프리카 해변의 사자들의 꿈을 꾸며 잠을 계속 잔다.

- 태어난 집: 339 N. Oak Park Ave, Oak Park, 일리노이 주
- 소년시절 집: 600 Kenilworthy, Oak Park, 일리노이 주
- 기념관: 200 N. Oak Park Ave. Oak Park, 일리노이 주
- 키웨스트 집: 907 Whilehead Street, Key West, 플로리다 주
- 마지막 집: East Canyon Run, Ketchum, 아이다호 주
- 묘소: 케첨 공동묘지, 케첨, 아이다호 주

11

쿠바

— 가난이 행복한 나라

쿠바의 땅은 붉다

쿠바의 땅의 색깔은 붉은색이다. 혁명을 꿈꾸는 자, 체 게바라가 발을 디딘 곳이라 뜨거운 땅이 되어서인가. 붉은 공산혁명을 이루어서인가. 토지가 붉다. 토지가 붉어서 붉은 공산당이 집권했는가.

쿠바, 이름만 들어도 가슴이 설레던 그런 젊은 날의 시절이 필자에겐 있었다. 뜨거운 태양 아래 정열의 라틴 댄스와 황홀한 라틴 뮤직, 그리고 혁명과 낭만이 가득한 쿠바. 그런 쿠바에 가보고 싶었었다. 체제상으로만 머나먼 나라인줄 알았는데 실제로 여행루트도 캐나다를 거쳐 돌고 돌아가는 머나먼 길이었다.

헤밍웨이의 자취를 따라 쿠바로 간 필자는 또 다른 쿠바의 매력을 발견하게 된다. 매력이라 보다 어쩜 호기심이 발동했는지도 모르겠다. 가난에 찌들었는데도 표정은 밝다. 왜일까?

쿠바의 땅은 붉다. 토지가 붉어 공산혁명이 성공했나?

체 게바라 사진: 시내 음식점에 걸려 있는 포스터. 50년이 지나도 쿠바인들의 존경심은 그대로이다.

쿠바 하면 먼저 떠오르는 것이 턱수염의 피델 카스트로와 베레모를 쓴 강렬한 눈빛의 소유자 체 게바라이다. 공산화 혁명으로 모두가 잘 사는 이상적인 국가를 건설하겠다는 신념으로 이 두 사람은 손을 잡고 쿠바를 접수하여 통치하였다. 공산국가로서의 50년의 결과로 모두가 다 같이 가난한 삶을 살아가고 있다. 유럽, 미국의 젊은이들은 지금도 체 게바라의 얼굴이 그려진 티셔츠를 입고 다니며 자유와 혁명을 이야기하지만 정작 쿠바 현지인들은 자유는커녕 성냥 하나 살 수 있는 기회조차 누리지 못하고 있다. 그런데도 쿠바정부는 성공한 공산주의 국가라고 주장한다.

그런데 묘한 것이 국민들은 그런대로 행복해한다는 것이다. 어떻게 이런 것이 가능할까 했더니 그 해답은 바로 인간의 존엄성을 중시하여 국민의 평등을 추구하고 실천했다는 데에 있다. 쉽게 말해서 모두가 공평하게 다 같이 가난하니 빈부의 차가 없어 서로 불만이 덜하고 남이 잘되는 게 없으니 배 아픈 상대적 빈곤감이 없기 때문이다.

카스트로가 잘 한 것이 있다면 공평하게 평등한 대우를 국민에게 해주었다는 것이다. 흑인들이 당당하다. 조금도 인종차별로 주눅이 들어보이지 않는다. 거기에다 쿠바인들은 천성이 낙천적이다. 낙천적 성격도 행복감을 느끼게끔 하는 데 일조를 한 것이다.

1959년, 바티스타 독재정권을 부수고 혁명정부를 수립 후 가난한 자에게도 집을, 직장을 나누어 주었다. 부의 재분배가 이루어진 것이다. 의사 월급이나 노동자의 월급이 별반 다르지 않았다. 이에 국민의 지지는 대단하였다.

그러나 공산주의의 특성상 모두 가난해지는 길로 향하였고, 50년이 지나서는 모두가 가난한 고난의 삶을 살아가게 된 것이다.

그런데 쿠바정부는 경제적 가난은 미국이 쿠바를 봉쇄하여 어쩔 수 없이 피할 수가 없다고 핑계를 미국에다 덮어 씌웠는데 그게 먹혀들어 국민들은 미국에 대한 적개심을 가진 채 가난은 미국 때문이라고 믿어 왔다.

미국이 쿠바인들을 받아들여준다는 소위 쿠바조종법을 발표하며 쿠바인들의 탈출을 유인하자 1965년 쿠바정부는 마탄사스 주의 카마리오카 항구를 개방하여 미국으로 가고 싶은 사람은 떠나라고 하였지만, 의외로 15만 명 정도만 미국으로 갔다.

그 후 1980년에도 혁명사상에 해가 된다고 떠날 자는 떠나라고 항구를 개방한 적이 있다. 카스트로가 어느 정도 자신에 찬 조치였다. 그때에도 12만 명 정도가 떠나갔다. 우리들 같았으면 수백만 명의 난민이 미국으로 건너갔을 것 같은데. 쿠바인구가 1,100만 명인 것을 감안하면 의외로 작은 숫자이다. 생각보다 많은 이들이 쿠바를 떠나지 않는 것은 가난하지만 마음은 편하게 그런대로 행복하게 지내고 있는데 굳이 낯선 미국에 가고 싶지 않다는 생각들을 하고 있기 때문이다.

그래도 180km 거리밖에 안 되는 플로리다 주 특히, 마이애미에는 50만 명이 넘는 쿠바인들이 모여들어 리틀 아바나를 형성하고 있다.

50년이 넘는 일인 독재 공산통치가 지금도 국민의 지지를 받고 있다. 이 지구상에서 일당 독재 정권이 50년이 넘도록 통치하는 국가는 딱 두 군데, 북한과 쿠바이다. 그런데 완전 다르다. 2013년에 쿠바는 자국민의 해외 자유여행을 허락했다. 하지만 가고 싶어도 돈이 없어 못나간다. 쿠바는 죽은 자만 숭배한다. 그래서 피델 카스트로의 동상은 없다. 동상을 세워가면서 살아있는 자도 숭배하는 공화국이 아닌 왕조를 이루고 있는 북한과 사뭇 다르다.

쿠바의 특산물, 시가와 커피

쿠바혁명군들은 카스트로를 필두로 체 게바라 등 모두가 입에 시가를 물고 있다. 쿠바의 특산물이라서 국가 홍보 차원에서 그랬나? 시가는 혁명군들의 상징이었다. 미국으로 수출이 금지되고 유행도 시가에서 시가렛으로 바뀌어 이제는 고가의 개인 기호품으로 되었다. 더군다나 시대가 금연하는 시대이다. 그러니 시가 산업이 부진할 수밖에 없다.

여행객들이 핸드캐리 하는 시가일지라도 한 박스도 미국으로의 반입이 금지되고 있다. 몰래 반입하다 발각되면 압수는 물론 벌금을 물어야 한다. 쿠바는 북회귀선의 커피 존에 걸쳐 있다. 커피가 특산물이다. 많은 이들이 그 진한 에스프레소를 즐긴다. 설탕도 흔하다 그래서인지 커피에 설탕이 반이다. 길거리에서 파는 1페소짜리 커피의 낭만이 똑똑 떨어진다.

어느 한국인 여행객이 민박집에서 첫날 아침 먹다 마신 커피 맛에 뿅 갔다는 이야기를 해 준다.

쿠비타

쿠비타는 쿠바의 애칭이다. 단어 끝에 타를 붙이면 애칭이 된다. 그런데 쿠바 커피회사(물론 국영회사)에서 '쿠비타'를 상표화 했다. 시내에 커피전문점 쿠비타도 흔하다. 얼른 '커피타!'로 들린다.

쿠비타 커피: 쿠바의 커피 대표 브랜드이다.

달디단 에스프레소를 마신 후 찬물을 마셔야 한단다. 커피의 잔 맛이 오래 남는 것이 유쾌하지 않기 때문에 입안에 남아있는 진득한 커피의 맛을 헹구어야 개운해진다고 한다.

평소에 마시지 않던 에스프레소를 쿠바에서는 하루에 몇 잔씩 마셨다. 그런대로 맛이 좋아 슬슬 즐기다가 한국에서 다시 에스프레소를 마시니 별로다.

공산주의 배급제 풍경

주기도문 중에 나오는 '일용할 양식'을 책임지는 나라가 쿠바이다. 무엇을 입을까, 무엇을 먹을까, 고민하지 않아도 된다. 국가가 알아서 정해주고 나누어 준다. 가톨릭 국가인 쿠바! 아마도 하느님이 쿠바에 다녀가셨나 보다.

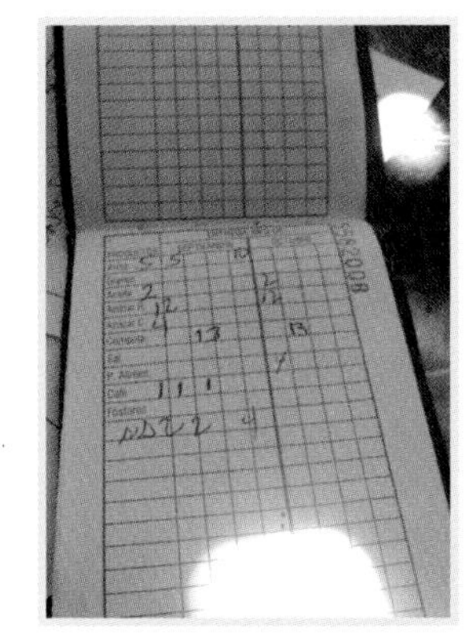

쿠바의 배급 노트: 노트에 구매한 식품 수량을 기록하여 수량을 통제한다.

공산주의에서 직업이 정해지면 거기에 맞는 임대주택을 배당배급 받는다. 식품도 배급제이다. 배급제라고 해서 무료가 아니다. 주택비로 월세를 내고 식품도 돈 주고 사야 한다. 아주 저렴하게 살 수 있는 유료 배급제이다. 그런데 살 수 있는 수량이 정해져 있다. 하루에 빵 5개, 계란 2개, 그리고 쌀이나 콩, 커피 등은 매일 일정량을 수첩에 적고 살 수 있다. 넉넉하지 않다. 부족한 것들은 비싼 가격에 자율시장에서 살 수 있다.

외국인 관광사업

공산주의를 택한 쿠바는 군사적으로나 경제적으로 소련에 의지할 수밖에 없었다. 그런데 1990년 말 소련이 붕괴되자 모든 원조가 갑자기 중단되었다. 쿠바의 수출입이 무려 80%나 줄어들고 석유수입량은 평년의 10%밖에 안 되었다. 당장 식량과 의약품은 절대적으로 부족했다. 이 고

민박 카사 간판.

난의 시기를 넘기기 위한 방편으로 외국인에게 관광을 개방하지 않을 수 없었다. 카스트로는 외국 관광객들이 결국 사회구석에 퍼져가는 독이 될 것이라고 경고하였다. 결국 독인 줄 알면서도 독배를 마셔야 했다.

관광객들을 위한 채소와 고기들을 가까운 자메이카나 멕시코에서 구입해야 했다. 배고픈 개들마저 거리를 몰려 다녔던 고난의 시기를 외국인 관광객 유치로 헤쳐 나갔다.

이제는 외국인 관광객 수가 연간 300만 명이 넘는다. 연간 25억 달러의 수입을 올리고 있다. 이 금액은 쿠바의 2번째 외화 수입이다. 호텔이 절대 부족하여 민박제도를 활용하고 있다. 까사(Casa; 집)라고 불리는 이 민박집은 개인들이 집수리를 깨끗하게 하여 외국인 관광객을 상대로 숙박업을 하는 곳인데 고급형은 호텔비와 맞먹는다. 대개 아침을 포함하여 일박에 30~50쿡 정도이다.

공산국가에서 자영업은 자본주의의 온상이라 하여 타도의 대상이었지만 고난의 어려운 시기를 견뎌내기 위해서는 1993년에 자영업을 허가해 줄 수밖에 없었다. 식당, 선물가게, 꽃가게, 화랑 등 개인들이 운영하는 곳들이 늘어나고 있다. 2011년에는 개인이 남을 고용하는 것도 허용했다.

총인구가 1,100만 명인 쿠바에서 경제활동인구는 약 500만 명으로 추산된다. 자영업 분야에 48만여 명이 일하고 나머지 450만 명 모두가 국가 공무원이다. 그런데 정부의 월급이 평균하여 약 350페소, 미국 15달러 정도여서 생활이 불가능하다. 스페인 시절 지어진 낡은 건물에서 고통스러운 삶을 이어가는 쿠바인들이다. 그러니 불법 부업이 성행할 수밖에 없다. 낮에는 국영기업에서 빈둥거리고 밤에는 달러벌이를 하는 혼합 경제활동을 한다.

개인이 운영하는 화랑.

호텔, 식당의 80%가 국유, 국영이다. 관광회사 '가에'는 국방부 소속으로 쿠바 관광사업의 80%를 장악하고 있는 지주(?)회사이다. 수없이 외국인 관광객들을 실어 나르는 관광버스회사인 '가비오타'와 외국인 상대 고급식당과 백화점을 운영하는 '시멕스' 회사도 모두 '가에' 소속이다. 그러니 관광으로 벌어들이는 돈은 모두가 정부로 들어간다.

2014년 12월 17일 버락 오바마 대통령과 라울 카스트로 의장은 국교 정상화를 추진하겠다고 발표하였다. 무엇보다 먼저 달라질 것이 혁명 이전처럼 하와이(자연경관), 라스베이거스(카지노), 그리고 파리(역사)가 어우러진 중남미 최고의 관광 휴양도시로 아바나가 부활할 것이라는 것이다. 경제 활성화가 이루어질 것이라고 기대를 하고 있다. 하지만 쿠바 스스로가 사회주의적 비효율성을 개선하지 못한다면 미국과의 관계개

선도 별 소용없을 것 같다.

대체의학과 친환경 농업의 발달

교복 입은 초등학생들. 가난 속에서 교육에 대한 복지는 대단하다

쿠바의 정책들 가운데 과정이야 어떻든 결과적으로 성공했다고 할 수 있는 것이 교육과 병원의 무상 교육과 무상 의료 서비스이다. 병원비가 무료이고 대학까지 등록금이 무료이다.

문맹률이 혁명당시 43%였던 것이 지금은 문맹률이 3%이다. 평균수명은 58세에서 79세로 늘어났고 유아 사망률은 1,000명당 4.6명으로 6.3명의 미국보다 앞선다.

다른 건물은 넘어지기 직전인데도 쿠바에서 비교적 깨끗하고 번듯한 건물은 병원이다. 다른 복지는 엉망인데 아바나 시내에서 깨끗한 교복을 입고 행렬을 지어 가는 초등학생들을 볼 수 있다.

쿠바는 이제 유기농업의 메카이다. 돈이 없어 비료나 살충제 등 화학연료를 외국에서 사올 수가 없었다. 하는 수 없이 선택했던 것이 친환경 농업이었다. 지금은 오히려 유기농 농법이 각광을 받게 되었다. 그 어느 나라보다 깨끗하고 믿을 수 있는 먹을거리를 생산하는 나라가 되었다.

외국에서 유기농 농법을 배우러 온다. 이제는 쿠바는 유기농업의 메카가 되었다.

쿠바가 대체의학의 강국이 된 것은 1959년 혁명의 성공 이후 6,000명의 의사 가운데 약 3,000명의 의사가 미국으로 망명하여 의료인력공급에 비상이 걸렸기 때문이다. 의사도 없고 의약품은 수입자체가 금지되었기 때문에 하는 수 없이 허브식물이나 약초를 키워 대체했다. 또한 동양의술인 침과 뜸을 이용하여 병을 고쳤다. 결국 꿩 대신 닭으로 발전시킨 대체의학을 50년 동안 연구발전시켜 지금은 민간요법의 과학화로 의술을 수출하는 국가로 변한 것이다.

오늘날의 쿠바의 의사 숫자는 혁명 당시 6천 명이었으나 7만 명에 이른다. 라틴아메리카 의과대학을 세워 세계 각지에서 가난한 학생들을 데려와 8년 동안 생활비까지 대주며 무료로 의술을 가르치고 있다. 졸업 후 자신이 살던 지역으로 돌아가 2년간 가난한 이들을 위해 의료봉사 하는 것이 유일한 조건이다.

쿠바의 교통수단

쿠바에 와서 눈에 띄는 것이 돌아다니는 자동차들이다. 워낙 오래된 것들이 씽씽 달린다. 필자는 오랫동안 아프리카, 동남아 등지의 후진국을 돌아다녔다. 그런 곳들은 낡은 차들 가운데 간혹 새 차가 돌아다니고 심지어 호텔 앞에는 벤츠 등 외제차가 주차해 있었다. 그런데 여기 쿠바에는 온통 오래된 것 뿐, 새 차는 보이지 않는다. 간혹 기아의 티코나 중고 일본차가 지나간다.

쿠바의 교통수단. 자전거택시 외

2013년에 들어서 겨우 수입차를 허용했지만 수입할 돈이 없다. 국민 대다수는 공무원이다 개인들이 이제 스몰비즈니스로 자영업 형태로 시작 단계이다. 정부나 공공기관은 예산이 있어도 여론을 의식해 수입할 엄두도 못한다. 개인이 돈이 없으니 수입차 구매는 불가능하다. 앞으로는 곧 개인들이 부자가 나올 것이다.

쿠바의 교통수단으로는 버스, 기차, 영업용 택시, 코코 택시, 마차 택시, 개조트럭 택시, 그리고 자전거 택시 등이다. 기차는 아직 그 인프라가 열악해 대부분 비아술이라는 고속버스를 이용하여 장거리 여행을 한다.

올드카 택시: 아바나의 관광용 명물이다. 쿠바혁명 전에 미국에서 들여온 1950년대 후반에 생산된 쉐보레, 브익, 올즈모빌, 플리머스 등 미국 고급차들이다. 외관상으로는 반질반질하게 광을 내어 그럴듯해 보인다. 내부는 낡아서 창문도 한쪽은 잘 안 열려 운전사가 내려서 열어주어야 한다. 에어컨 작동은 기대해서는 안 된다. 유리창도 올리고 내리는 것이 쉽지 않다.

쿠바의 명물 1950년대 미국의 고급 세단형 택시. 체 게바라 사진을 부착했다.

그러나 50년이 넘은 차들인데 달린다는 것 자체가 신기하지 않은가! 기아 차가 최근 수입되기 시작했기에 미국 차에 기아 차의 엔진을 부착한 차가 제일 힘 좋고 잘 달린다고 한다. 미국과의 거래가 일체 금지되어 있어 미국 차의 부품수입이 단절 금지되어 있어서 그 대안으로 해결한 것이 쿠바 자체에서 부품을 수공으로 만든 것이다. 그 결과 세계 제일의 정비기술을 보유하게 되었다.

역으로 오래된 미국 차를 타보고 싶은 욕구가 생긴다. 오픈카를 타고 멋진 포즈도 취해보고 사진으로 기념을 남기려는 관광객들로 택시 사업이 호황이다.

비아술 고속버스

중국의 유통이란 회사에서 제조한 화장실이 달린 고속버스이다. 이 버스들은 중국에서 원조 받은 것들인데 쿠바 장거리 유통의 근간이 되고 있다. 도시마다 비아술 터미널이 별도로 있다. 버스표 구입하는 창구와 요금을 내는 창구가 다르다. 또 짐을 부치는 창구도 다르다. 항상 붐벼 줄을 서서 기다린다. 표 구매에서 짐 부치는 데까지 30분 이상 걸린다.

쿠바사람들은 길거리에서나 식당 등에서 만나면 잘 웃고 친절하지만 공적으로 사무를 볼 때는 웃지도 않고 불친절하다. 비아술 고속버스 터미널 매표소 직원들은 웃지 않고 경직된 표정에다 불친절하다. 같은 사회주의 국가인 동유럽 국가들보다 더 심하다.

아바나에서 동쪽 끝 쿠바 제2의 도시 산티아고까지 860km 거리를 가는 데에 18시간이 걸린다. 그래서 운전수가 두 명이다. 교대하여 달린다. 두 명 모두 같이 연한 남색 와이셔츠에 남색 바지를 입고 넥타이를 단정하게 매고 있다. 중국에서 원조하지 않았다면 쿠바의 장거리 교통은 어떻게 발전했을까? 중국의 세력이 여기까지 와 있다.

코코 택시: 삼륜차를 개조하여 지붕을 만들어 달걀모양의 노란색 3인승 택시이다 요금도 일반보다 많이 저렴하다. 이것도 시내에서는 재미로 타보고 싶어 시승을 해보았다. 단거리에는 재미도 있다.

코코 택시

자전거 택시: 자전거 뒤에 두 바퀴를 더 달아 지붕을 만들어 두세 사람이 탈 수 있다. 아바나에도 많이 있다.

우마차 미니버스: 달구지를

트럭 택시

미니버스로 만들었다. 아바나에는 없으나 지방도시에는 있다.

개조트럭 택시: 조그만 트럭을 버스로 개조하여 양옆으로 객석을 두고 만원일 때는 가운데에서 서서 간다.

우리나라와의 관계

쿠바에 한인들이 건너간 역사가 90년이 넘는다. 1905년 황성신보 광고에 멕시코에 가서 4년만 고생하면 평생 팔자가 핀다는 말에 멕시코 행 '일포드' 호에 승선한 1,033명 가운데 200명이 멕시코를 경유하여 1921년에 쿠바로 갔다. 그들의 후손들이 꼬레아노라는 정체성을 잊지 않은 채 여전히 그곳에서 살고 있다. 그들 가운데에는 피델 카스트로와 아바나 법대 동기로 혁명군에 가담한 후 나중에 산업부 차관을 지낸 헤로니모 임도 있다. 이들의 애환을 다룬 영화, 송일곤 감독의 〈시간의 춤〉이 2009년에 개봉되기도 했다.

우리나라와는 국교가 단절되어 있어 이렇다 할 교역이 없었다가 1990년대 초에 LG는 중고 가전제품을 가지고 쿠바를 공략하기도 했고 1990년대 말쯤에는 현대는 대용량 발전기를 가지고 쿠바에 입성했다. 교역은 캐나다와 파나마를 통해서 한다. 아바나 시내를 누비는 현대차, 기아차, 티코의 질주를 볼 수 있다. '방배동–사당동' 이라고 쓴 마을버스가 글자도 못 지운 채 쿠바사람들을 실어 나른다. 집집마다 한국제 발전기가 들어가 불을 밝힌다.

지난 2014년 8월에 한국인으로 최초로 쿠바의 영주권을 얻은 한인교포가 나왔다. 2005년에 쿠바에 와서 2007년에 쿠바인과 결혼하여 아들을 둔 정호연 씨이다. 민간단체인 한·쿠바 교류협회의 간사로 활동하고 있고 한국과 쿠바 교류관련 다큐멘터리 영화에 종사하고 있다고 한다.

대사관은 없다. 대신 무역진흥공사 즉 코트라가 사무실을 개설해 있다.

이미 많은 한국인들이 쿠바를 방문하고 있다 연간 5,000명 정도라고 한다. 대부분 젊은이들이 정열적인 춤과 음악과 함께 젊음의 낭만적 혁명가 체 게바라를 찾아서 온다. 그래서인지 아바나에 한인이 운영하는 여행사도 있다. 그리고 북한 말을 잘하는 쿠바인 가이드도 있다. 그의 아버지가 주 평양 쿠바대사로 평양에 주재하여 8년간이나 평양에서 지냈다고 한다.

아바나 산책

인구 1,100만 명 중 220만 명이 아바나에 몰려있다. 후진국일수록 수도에 몰려 사는데 사회주의 국가여서인지 인구 집중이 덜한 편이다.

올라(안녕)!와 그라시아스(감사)!이 두 마디로 10일을 버티고 왔다. 그러한 필자가 얼마나 보고 경험했을까마는 나름대로 느낀 대로 적어 보려고 한다.

올드 아바나, 아바나 비에하

1982년에 유네스코는 비에하 즉, 올드 아바나 전체를 세계문화유산으

아바나 주택가 골목

로 지정하였다. 17~18세기에 지어진 낡고 오래된 스페인 식민시대의 옛 건물들이 옛 모습 그대로 남아 있다. 건물외벽의 도색은 벗겨져서 원래 색깔을 알아볼 수가 없고 어떤 건물은 허물어지기 일보 직전상태로 나무막대나 쇠파이프로 건물을 받쳐 놓기도 했다. 사람들은 녹슨 출입문, 유리가 없는 창문, 그리고 덕지덕지 붙은 먼지로 덮여있는 낡은 건물에서 살고 있다.

특히 눈에 띄는 것이 발코니와 창문에 널려 있는 빨래가 마치 만국기가 걸려 있는 것 같다. 창문을 통해서 혹은, 낡은 발코니에서 지나가는 외국인들과 눈이 마주치기라도 하면 웃으며 손을 흔들기도 한다. 천성이 개방적이고 낙천적이어서 잘 웃는다. 그들의 모습은 어쩐지 안타깝게 보였다.

모두가 똑같이 가난한 나라가 쿠바이다. 공산주의 즉, 부의 재분배로 나누어 먹다보니 다 같이 가난해졌다. 쿠바도 이제 개방정책에 의해 변하여 갈 것이지만 근본적으로 공산주의의 비효율성을 개선하지 않고서는 가난으로 부터의 탈출은 힘들 것이다.

말레콘

아바나의 첫 번째 명소로 꼽으라면 단연 말레콘이다. 잔잔한 바다가 갑자기 높은 파도를 치며 달려드는 곳이라 콘크리트로 높은 방파제를 설치해 놓았다. 아바나 시내의 북쪽 해안도로를 끼고 약 6.4km에 이르는 육중한 콘크리트 방파제를 말레콘이라 부른다.

앞으로는 망망대해 카리브해가 펼쳐지고 뒤로는 호텔들이나 시내번화가가 있다. 무엇보다 시내 중심가에서 가까워 도보로 걸어서 갈 수 있다는 것이 최대 장점이다.

말레콘은 아바나 시민들의 휴식처이다. 산책로로, 젊은 연인들의 데이트 장소로, 태공들의 낚시터로, 딱 알맞은 곳이다. 결혼식 후 기념사

말레콘 방파제: 아바나의 명물. 6.4㎞의 콘크리트 방파제이다. 말레콘을 달리는 관광객들.

카사블랑카 선창가.

진 찍기에 바쁘고 연인들은 방파제에 기대어 사랑을 나누고, 기타와 트럼펫을 든 젊은이들은 흥에 겨워 정열의 음악을 연주해댄다. 낚시꾼들은 넘실대는 파도 위로 낚싯줄을 던진다. 시민은 물론 지나는 길손 누구나 즐길 수 있는 휴식공간이다.

아쉬운 것은 뜨거운 태양을 가려줄 공간이 없다는 것이다. 그래서인가 저녁노을이 질 때쯤 방파제에 부딪쳐 일어나는 물보라와 카리브 해의 석양을 바라본다는 것은 잊을 수 없는 추억이 되기에 충분하다.

카피톨리오 나시오날

1959년 혁명 직전까지 국회의사당으로 사용하던 곳이다. 1929년에 미국국회 의사당을 모델로 하여 지었는데, 크기가 미국 카피톨보다 더 크다고 자부심을 가진다고 한다. 둥근 돔의 높이가 92m, 호세 마르티 다음으로 높다.

돔의 바닥에는 25캐럿짜리 다이아몬드(모조품이지만)가 있어 쿠바 내 모든 지역의 거리측정의 중심이 된다. 건물 내 로비 안쪽에 높이가 17m, 무게가 49톤이나 되는 혁명동상이 서 있다. 그런데 혁명 후에는 미국 카피톨과 똑같이 생겼다고 하여 홀대하였다. 과학, 기술 환경부가 사용하고 있다. 지금은 오래되어 수리중이다.

카피톨리오 나시오날: 옛 국회 의사당. 미국 국회 의사당 모방하여 건축했다.

파세오 델 프라도

카피톨리오에서 동북쪽으로 조금 가다보면 중앙공원(파르케 센트럴)이 나온다. 이곳 중앙공원에서 시작하여 말레콘까지 길게 뻗어있는 아름다운 산책로이다.

파세오 델 프라도 산책로: 폭이 넓은 보행전용도로이다.

특징이 중앙에 보도가 있고 그 높이가 차도보다 높아 좌우로 다니는 차들이 보도로 들어올 수가 없는 것이다. 산책로의 바닥은 대리석으로 깔려 있고 폭이 꽤 넓다. 양 옆으로 곳곳에 대리석 의자가 놓여 있어 쉬어 갈 수가 있어 좋다. 의자 옆에 청동사자상이 운치를 더한다. 보도를 따라 양쪽에 가로수들이 있어 보도 위를 거니는 사람들에게 시원한 그늘을 제공한다. 때마침 초등학생들이 선생님의 지도하에 댄스 연습이 한창이다.

그런데 말레콘까지 갔다가 되돌아오는 길에 돌 의자에 앉아 흐르는 땀을 식히고 있는데 만삭의 여인과 함께 웬 남자가 옆에 와 앉는다. 도와달라고 대놓고 돈을 요구한다. 아이를 위해 잘 먹어야 하는데 돈이 없다는 것이다. 이것이 쿠바의 모습이다.

오비스포 골목

원래 비숍(신부)의 거리라고 불렀다. 아바나에서 가장 인파로 붐비는 자동차가 다니지 않는 골목길이다. 헤밍웨이가 단골로 다닌 카페 플로리디타에서 시작되어 동쪽으로 길게 약 2km 뻗어 아르미나스 광장에서 끝난다.

오비스포 골목: 아바나에서 가장 붐비는 보행자 전용 도로. 붉은 건물이 암보스문도스 호텔.

이 골목길에 헤밍웨이가 묵었던 암보스 문도스 호텔도 있다. 그래서 이 골목에는 항상 외국인 관광객들로 붐빈다. 아바나 관광의 필수 코스이다. 민속 갤러리와 음식점, 선물가게, 그리고 조그만 박물관들이 여럿 있다. 이 가운데 특히 메달과 각종 동전과 화폐를 모아놓은 누미스마티코 박물관이 흥미롭다. 1869년에서 1928년 사이 발행된 미국 금화도 있다.

동전, 고물 카메라 가게.

그리고 박물관 이름이 '혁명국방위원회 9월 28일'이라는 곳이 있어 들어가 보았더니 이웃 간 서로 엿보는 조직을 전시하고 있다. 쿠바에는 이웃공동체 조직이 잘되어 있어 유사시 서로 도와서 마을을 구한다는 전시체제이다. 오늘날에는 태풍, 홍수 대비와 서로 감시하는 공산당의 통치 전술로 사용되는 듯 했다. 어느 한국인 부부가 쿠바여행 중 부인 혼자 길을 잃어 난감했는데, 남편이 마을회관에 신고했더니 금세 어느 광장에 한인 여자가 있다고 알려왔다는 것이다.

이 골목에는 괜찮은 식당들이 몇 개 있다. 라 유로파, 라 파리, 그리고 골목 끝자락에 있는 라 미나 식당들은 분위기도 있고 흥겨운 밴드의 노래와 연주를 즐길 수도 있다. 필자는 라 미나 식당에서 점심으로 20쿡 주고 근사한 바닷가재 1마리가 통째로 나오는 코스요리(후식도 있음)를 먹었다.

골목 동쪽 끝에는 아르마스 광장인데 이곳에는 중고품 즉, 동전이나 헌 책을 세계 각국에서 모아놓고 팔고 있다. 신기하다 일본, 중국, 한국 책도 있다.

오비스포 동쪽 끝 헌책가게들.

'에드피시오 산토 도밍고' 라고 불리는 옛 아바나 대학이 있다. 1728년에 도미니카의 승려가 지어 산토 도밍고라고 한단다. 1902년까지 여기에 있다가 베다도 언덕에 있는 지금의 아바나 대학 건물로 이전해 갔다.

광장들

비에하 지역에는 4개의 플라자 광장이 연이어 있는 것이 특징이다. 각 플라자 광장에는 유명한 식당들이 있다. 식당에는 밴드가 노래와 연주를 한다. 낮이나 밤이나 쉬지 않고.

쿠바인들은 춤과 노래에 모두 능하다. 그리고 즐긴다. 그러다 보니 워낙 음악가들이 많지만, 아마 밴드의 출연료가 싸서 식당에서 연주하도록 하는 것 같다.

'카데드랄 광장' 즉 성당 광장은 바로 성당이 있어 성당 광장이다. 여기에는 엘 파티오 식당이 유명하다. 18세기 후반에 지어진 이 건물은 원

엘파티오 식당. 성당광장에 있다.

래 아구아스 클라스 후작의 저택인데 과거에는 산업은행으로 사용되었으나 현재는 식당이 되어 있다. 안쪽 방보다는 광장을 바라보며 실외 테이블에서 식사를 하는 것이 아바나 비에하에서의 좋은 추억이 될 것이다.

엘 파티오 식당에서 광장 건너편에는 꽃을 파는 요란한 복장의 여인네들이 서있다. 관광객들이 오면 사진 찍으라고 포즈를 취해준다. 시가를 물고 고혹적인 표정도 지을 줄도 안다. 그러고는 모델료를 달랜다. 모델료는 여인네들이 갖지 못하고 회사에서 걷어간단다.

맨 남쪽 아래에 있는 '비에하 광장'은 이름대로 올드 광장이다. 가장 큰 광장이고 1559년에 지어진 건축물들이 지붕을 연결함이 끊이지 않고 이어져서 이 건축법이 후에 스페인의 가우디에게도 영감을 주었다고 한다. 넓은 광장에서는 스페인 시절에는 군대 열병식이 있었고 후에는 마켓 플레이스로 사용했다. 카마라 오스카 탑은 35m 높이로 쿠바 전역을 360도 전경으로 둘러볼 수 있다.

꽃파는 여인. 유료사진모델이다.

빼놓을 수 없는 곳이 바로 아바나 유일의 자가 양조장이 있는 맥주집인 따베르나 무라야이다. 2004년에 오스트리아 회사가 세운 이곳은 홈메이드 맥주뿐만 아니라 그릴 식당업도 하고 있다.

'아르마스 광장' 은 이름대로 16세기 스페인 시절 총독이 옆에 있는 카스티요 요새에 거주하면서 이 광장에서 군대 훈련을 한 것에 군대광장이라 불려졌다. 이곳은 오비스포 골목이 끝나는 곳이며 헌책들을 거리에서 팔고 있다. 1868년 쿠바독립운동의 길을 열은 카를로스 마뉴엘 세스페데스의 대리석 동상이 서 있다.

광장의 동쪽 끝에는 유명한 호텔 산타 이사벨이 있다. 이 호텔은 1867년에 개장하여 산토베니아 스페인 백작의 시내 임시 거처로 사용된 정말 오래된 호텔인데, 1998년에 3층의 바로크 풍으로 개축되어 아바나에서 최고급 호텔이 되었다. 객실 수가 17개로 조그마한 호텔이지만 내부 장식은 스페인풍의 가구와 쿠바 현대 미술가들의 작품들로 되어 있어 분위기가 조용하고 품격이 돋보이는 곳이다.

그래서일까 2002년에 지미 카터 전 미국대통령이 여기에서 묵었고, 우리나라의 반기문 유엔 사무총장이 3년 전에 쿠바방문 때 묵었다고 한다. 호텔 입구 테라스에서 준 얼음 빙수를 넣은 시원한 다이퀴리 칵테일은 더운 날씨에 목을 축이는 데에는 최고였다. 웨이터가 한국인이라 하니 반기문 사무총장님을 언급하며 엄지손가락을 올려 세웠다. 오비스포 거리를 걸은 후 여기서 쉬면서 다이퀴리 한잔 하는 것이 좋은 것 같다.

바리오 치노

카피톨리오 바로 뒤, 살루드 거리에 있는 중국인 거리이다. 1869년에서 1875년 사이에 미국 캘리포니아에 거주하던 중국인들이 많은 자금을 가지고 아바나로 이주하여 중국인 촌을 형성하였다. 다른 나라에 있는 중국인 촌과는 다르게 아바나로 올 때 이미 돈을 가지고와 비교적 여유 있는 생활을 하며 시작했다. 특히나 쿠바의 만민평등 정책 덕분으로 중국인들끼리 폐쇄적 생활이 아닌 개방된 삶을 살다보니 자연이 현지문화에 많이 동화되었다.

차이나타운 입구. 화인가(중국인거리)라고 한자로 쓰여 있다.

쿠바독립전쟁에도 참여하였고, 그러다보니 쿠바 내에서도 경제적으로나 정치적으로 당당한 지위를 누리고 있다. 경제에 능한 중국인들로서 망고재배에 성공하여 획기적인 국가적 기여를 하게 된다.

파시피코 레스토랑은 헤밍웨이와 카스트로도 단골손님이었다고 한다. 필자 방문 시 불행히도 내부 수리 중이었다.

공동묘지, 네크로 폴리스 데 콜론

가난한 쿠바에서 선진국보다 좋은 것이 있다. 도심에 있는 공동묘지 가운데 세계에서 가장 규모가 크고 화려한 공동묘지라는 이곳은, 면적이 56만㎡이고 약 200만 개의 무덤이 있다.

하도 넓어서 묘지 가운데로 여러 갈래 길이 나 있고, 그 길을 따라 가면 돔 모양의 성당이 나온다. 걸어서는 못 다닐 정도의 거리여서 묘지 안을 통과하는 버스도 다니고, 로마 군대 캠프의 모형을 본떠 좌우 대칭으로 조성되어 있다. 묘의 치장은 화려하지만 지정된 모양에 얽매이지 않고 자유스러운 양식으로 만들어져 있는데 대개 가족 단위로 묻혀있다.

◀ 공동묘지 네크로 폴리스 데 콜론: 세계에서 가장 화려하고 큰 공동묘지이다. 약 200만 개의 무덤이 있다.
▶ 이브라힘 페레르의 묘.

여기에 부에나 비스타 소셜 클럽의 이브라힘 페레르와 루벤 곤잘레스의 묘지가 있다기에 찾아보았다. 안내소에 들러 나이든 여자 안내인에게 슬쩍 건넨 팁 10쿡의 위력은 곤잘레스의 묘지까지 찾아내게 만들었다. 꼼빠이 세군도는 제2의 도시, 산티아고가 고향이라 그곳에 묻혔단다. 페레르의 가족들은 형편이 좋아서인지 아니면 운이 좋았던지 위치나 묘의 크기가 그런대로 괜찮다. 하지만 곤잘레스의 묘지는 위치가 구석에 있어 안내인도 몇 번을 헤맬 정도로 찾기가 어려웠다. 묘의 규모도 평소 생전의 곤잘레스처럼 평범하고 소박하다.

쿠바인들은 생전에는 가난하게 살았으나 사후에는 세계에서 가장 화려한 묘지에 묻히니 살아생전의 고생을 보상받는 것인가? 국가에 고맙다고 해야 되나?

묘지에 바람이 분다. 문득 '바람이 분다. 세상은 어제와 같고, 시간은 흐르고 있고……' 어느 유행가 가사가 떠올라 그 노래를 흥얼거려본다. 묘지에서 읊조리는 바람 같은 가사…….

이글레시아 성당

흑인 성모가 하얀 백인 아기 예수를 안고 있는 성모상을 모신 성당이 아바나의 레글라 지역에 있다. 성모상의 크기는 작지만 이 성모상을 보러 많은 관광객들과 신도들로 붐빈다. 이 성모님은 쿠바 선원의 수호성인으로 예마야로 부른다. 아마도 쿠바로 건너온 아프리카 흑인들과 일체감을 드러내기 위해 흑인 성모님이 나타나신 것 같다.

쿠바는 국민의 85%가 가톨릭 신자인 가톨릭 국가이다. 그런데 아프리카에서 건너온 토속신앙과 묘하게 접목되어 집안에 작은 인형 같은 신을 모셔놓고 매일 기도를 드린다. 이런 신을 모시는 여신도들은 일 년에 일정기간동안 백색의 옷을 입고 다닌다. 물론 이들도 가톨릭 신자들이다.

◀ 산테리아 신: 아프리카 토착종교와 가톨릭이 합쳐진 퓨전종교. 집 안에 모셔 놓고 기도한다.
▶ 흑인 성모상: 이글레시아 성당에 있는 예마야로 불리는 이 성모님은 쿠바선원의 수호성인이다.

필자는 현지 쿠바인의 집을 방문해 그 집안에서도 이 작은 성모상 같은 신을 모셔놓은 것을 보았다. 아프리카에서 건너온 산테리아라는 아프리카 토착종교와 가톨릭이 합쳐진 것이다. 술과 음식을 올려놓고 기도를 올린다. 영화 〈부에노 비스타 소셜 클럽〉에서 이브라힘 페레르 집안에서도 이 산테리아 여신상을 볼 수가 있었다.

까예혼 데 아멜

아바나 베다도지역, 호텔 나시오날에서 도보로 15분 거리에 있는 50m 정도의 거리이다.

1990년부터 살바도르 곤잘레스 에스칼로나 라는 화가가 아프로 쿠반 문화를 나타내는 벽화와 설치미술 등을 활용하여 골목 전체를 야외전시장으로 만들어 놓았다.

이 골목에서 매주 일요일 오전 11시부터 룸바공연을 축제 형식으로 하고

◀ 까예혼 데 아멜: 아프로 쿠반 문화를 나타내는 조각설치 미술의 거리. 여기서 룸바공연을 한다.
▶ 룸바공연: 아프리카 복장을 하고 아프리카 쿠반 음악의 대표격인 룸바(노래와 춤)를 공연한다.

있다. 입장료는 없고 다 같이 골목에서 룸바춤과 음악을 즐기면 된다. 전통의상을 걸친 무용수들과 밴드가 함께 어울려 공연을 한다. 이 골목에는 아프로 쿠반 냄새가 나는 그림과 공예품들을 파는 조그만 갤러리들이 있고 작은 카페들도 있다. 공연 중이나 시작 전 카페에서 시원한 모히토나 다이퀴리 한 잔(한 잔에 5쿡)으로 목을 축일 수도 있다.

새삼 또 느끼는 것이 쿠바인들은 노래와 춤은 천부적으로 소질을 타고 났다는 것이다. 배우고 연습하고가 필요 없다. 그냥 몸에 베여있다. 하면 된다. 누구나 가수요 무용수다. 다 잘한다.

조심해야 할 것은 히네떼로라고 하는 속칭 삐끼들이 교묘히 접근한다는 것이다. 필자가 경험한 것을 말하면 다음과 같다. 이 룸바 공연장으로 걸어가고 있는데 한 쌍이 말을 걸어와서는 그 공연장까지 길을 안내해주겠다고 한다. 길을 모르는 필자는 고맙다고 그들을 따라간다. 자기네들은 부부이고 둘 다 학교 선생이라 하며 이것저것 물어온다. 공연장에 도착해서도 계속 동행하며 갤러리로 여기저기로 데리고 다니면서 물건을 사라고 꾄다. 아무것도 사지 않자 마침 목도 마르고 해서 카페에 들어가서는 자기네들도 칵테일을 주문한다. 조금 지나자 한 잔 더 시킨다. 각각 두 잔씩 마신 거다. 돈은 필자가 낸다. 25쿡이다. 적은 돈이 아니다.

아마 그 쌍은 부부일 것이고 학교선생이 맞을지도 모른다. 그런데 그들은 월급으로는 살아가기가 너무 힘들어 외국인들을 상대로 그림과 선물 등을 사게 하고 칵테일을 마셔서 그 판매에 대한 수수료를 가게주인에게서 받아 생활비에 보태어 쓰려고 그렇게 삐끼 노릇을 하는 것이다.

울티모

쿠바인들이 매일 빵과 계란을 사려고 정부가 운영하는 가게(배급소) 창구 앞에서 길게 줄을 서서 차례를 기다린다. 항상 붐빈다. 그런데 우리네처럼 일렬이 아니고 그냥 여기저기 둘러 서 있다.

울티모: 식료품 사러 모여 있다. 줄 서는 대신 울티모이다.

순서는 어떻게 정할까 하고 지켜보았더니 아주 간단하다. 나중에 온 사람이 '울티모' 하고 맨 나중인 사람한테 물어 그 사람이 '시' 하며 그렇다고 하면 그 사람만 보고 있다가 그 사람이 차례가 되면 그 다음은 자기차례인 것이다.

공산주의의 배급사회에서 물자가 부족하다보니 매일 조금씩 물건을 구해야 하는 그들은 독특한 줄서기 문화인 울티모를 만들어 놓았다.

혁명광장

카스트로가 집권하기 전, 바티스타 정권 시절에 쿠바의 국민영웅 호세 마르티의 탄생 100주년을 기념하여 1953년부터 1958년 사이에 5년여에

혁명광장 기념비.

걸쳐 조성된 광장이다.

지상 109m의 거대한 회색 대리석 탑인 호세 마르티 기념탑이 서 있고 탑의 앞면에는 18m 높이의 호세 마르티의 대리석 좌상이 앉아 있다. 아바나에서는 가장 높아 꼭대기에 있는 파노라마에서는 아바나 전 시가지가 다 보인다.

호세 마르티는 쿠바가 스페인으로부터 독립하기위해 투쟁한 독립운동의 아버지로 혁명가이자, 시인이요, 소설가이다. 그가 1889년에 발표한 시 「소박한 시」가 1950년대에 〈관타나 메라〉의 가사가 되어 세계적으로 유행하게 되었다. 아바나국제 공항의 공식명칭이 그의 이름을 따서 호세 마르티 공항이다.

카스트로가 혁명을 성공한 후 100만 명의 군중이 모여 '피델!' 을 외치며 턱수염 휘날리며 열변을 토한 카스트로의 명연설을 들었던 곳이다. 바티스타가 힘들여 건설해 놓은 마르티 광장을 카스트로는 국민들을 단결시키는 군중집회장소로 활용하였다. 바티스타 대통령은 힘들여 이 광장을 건설해놓고는 사용해보지도 못하고 카스트로에게 빼앗긴 셈이다.

기념비 앞 광장 너머로 왼쪽에는 10층 건물 높이의 벽면에 체 게바라, 오른쪽 벽면에는 카밀로 시엔푸에고스의 얼굴 모양의 선형 조형물이 걸려 있다.

체 게바라의 얼굴 모양 선형 조형물 밑에는 '아스타 라 빅토리아 시엠프레' 즉, '영원한 승리의 그날까지' 란 뜻의 쿠바를 떠나면서 피델 카스트로에게 보낸 마지막 글귀가 쓰여 있다. 시엔푸에고스의 조형물 밑에는 '바스 비엔 피델(잘 하고 있어! 피델!)' 이라는 글귀가 쓰여 있다. 시엔푸에고스는 혁명 4인방 가운데 한 명으로 혁명 당시 24세에 지나지 않았다. 그는 비행기 사고로 젊은 나이로 요절했다. 밤에는 이 선형 조형 얼굴이 더 선명하게 드러나 가로등이 없는 아바나 시내를 밝혀주고 있다.

혁명광장 구석 주차장에는 관광버스와 1950년대의 오래된 미국 승용차, 시보레, 올즈모빌, 부익 등이 손님들이 사진 촬영하는 사이 기다리고 서 있다. 콘크리트 광장은 열반사로 무척이나 온도가 높다. 그늘도 없다. 서둘러 떠날 수밖에 없었다.

모로 성, 카바냐 요새와 카뇨나소

이곳을 가려면 택시를 타야한다 도보로는 멀다. 말레콘 앞 바다를 터널로 건너간다.

이 모로 성은 해적들의 침입을 막기 위해 아바나 방어 목적으로 이탈리아 건축가 지오반니 바우티스타 안토넬리에 의해 건설되었다. 암벽 언덕 위에 건설된 이 성은 성벽의 두께가 3m나 되고 성 주위를 바위가 둘러싸고 있는 철옹성이다.

그러나 영국군에 의해 1762년에 함락되었다가 미국 플로리다와 쿠바를 맞바꾸는 조건으로 스페인은 다시 쿠바를 지배하게 된다. 1763년에 모로 성 옆에 '산 카를로스 데 라 카바냐' 를 건설하여 요새화 하였다.

쿠바 공산혁명 당시 카바냐 요새와 모로 성은 혁명군 사령부로 사용하였다. 현재는 박물관이 되었다.

◀ 체 게바라 선형 조형물: 혁명광장 너머로 10층 건물 높이의 조형물이 걸려있다.
▶ 카밀로 시엔푸에고스 선형 조형물: 게바라와 넓게 거리를 두고 나란히 세워져 있다.

모로 성: 성벽 두께가 3m나 되고 성 주위를 바위가 둘러싸고 있는 철옹성이다.

카바냐 요새에서는 저녁 9시에 18세기 식민시대 병사복장을 한 군인들이 대포를 쏘는 포격식 행사를 거행한다. 이를 카뇨나소라 부른다. 이는 식민시대 저녁 9시부터 성문의 출입을 통제했던 풍습을 재현하는 행사로 관광객들에게 인기가 높다.

모로 성 안에 식당이 있다. 점심으로 바닷가재 코스 요리가 음료수, 커피 포함 20쿡이다. 이 식당에도 근사한 밴드가 연주를 한다. 틈틈이 자기네가 노래한 CD판을 팔고 있다.

호텔 나시오날

1930년에 개장한 이 호텔은 말레콘 해변과 해안도로가 내려다보이는 경관이 매우 좋은 곳에 위치한 쿠바 최고의 호텔이다.

미국 플로리다의 팜비치에 있는 브레이커스 호텔을 본 따서 지었다고 한다. 아르데코, 네오 클래식 양식으로 지어져, 무어 양식의 아치와 손으로 그림을 그려 놓은 타일의 아름다움이 돋보이는 로비와 그 벽면에 숙박한 손님들 중 유명한 사람들의 사진들을 걸어 놓아, 로비를 둘러보며 거닌 후 산들바람 부는 뒷 잔디 정원으로 나오면 말레콘과 푸른 바다가 장관을 이루며 반긴다. 야외 카페에서 모히토 한 잔하며 아바나의 에메랄드 바다와 어슴푸레 불을 밝히는 말레콘 해변의 가로등을 바라보면

호텔 나시오날: 국립호텔이라는 뜻이다. 1930년에 개장한 쿠바 최고의 호텔이다.

이게 바로 쿠바 아니, 아바나의 진수인가 싶어진다.

호텔 나시오날 로비: 아르데코 네오 클래식 양식으로, 천정이 높다.

1933년 10월에 바티스타가 마차도 정권을 무너트린 쿠데타를 일으켰을 때 이 호텔에 머물러 있던 미국 대사 '섬너 웰스' 는 도주했고 이 때 14명이 죽고 7명이 부상당한 사건이 일어났다. 또 다른 사건은 1946년 12월에 전 미국 마피아 모임이 여기에서 있었다는 것이다. 프랑크 시나트라 콘서트를 보러온다는 명목으로 미국 전 지역에서 마피아들이 이곳으로 모여들었다. 그 당시 마피아 전성시대를 이룬 마피아 두목인 메이어 란스키와 럭키 루시아노가 소집한 모임이었다.

1950년대에는 이 호텔이 최고의 전성기를 구가했다. 다녀간 인사로 프랑크 시나트라를 위시하여 월트 디즈니, 에바 가드너(그녀는 헤밍웨이의 핑카 비에하에 있는 수영장에서 수영을 해서 유명하다), 그리고 윈스턴 처칠 등이 있다. 이 당시 쿠바는 미국 자본이 들어와 설탕수수재배로 돈을 벌었고 아바나는 환락의 도시로 술과 춤, 노래, 도박 등으로 호황을 이루었다. 그 중심이 호텔 나시오날이었다. 카지노가 번창했지만 1959년 카스트로가 집권한 후로 카지노가 폐쇄되어 지금까지 카지노는 문을 닫은 상태이다.

1950년대 전성기를 이룬 '부에나 비스타 소셜 클럽' 의 공연장이었던

'살롱 1930' 이 아직도 공연을 제공하고 있다. 살롱 입구에 걸려있는 간판 'Salon 1930' 에는 꼼빠이 세균도의 사진도 함께 있다. 꼼빠이 세균도를 기리기 위해서이다.

매주 토요일에는 꼼빠이 세균도의 두 아들들이 만든 '꼼빠이 세균도 그룹' 이란 밴드의 공연이 있다. 입장료 30쿡이다.(저녁식사 포함 50쿡) 공연의 내용은 그다지 점수를 주고 싶지 않다. 아들의 노래실력도 그렇고 연주 실력이 꼼빠이 세균도의 이름을 걸기에는 부족하다. 아버지의 피를 이어받아 잘 할 줄로 너무 기대해서인지 몰라도 1시간 30분 공연이 약간 지루하였다. 초청가수로 많이 시간을 메우고 중간에 살사 춤 공연도 보여 준다. 손님 몇 명을 불러내어 즉석 살사 교습도 펼친다.

▲ 호텔 나시오날 뒤 정원에서 바라본 말레콘 해변의 야경.
▶ 살롱 1930: 1930년에 개장한 호텔 나시오날의 나이트클럽. 지금은 꼼빠이 세군도 사진을 걸어놓아 그를 기리고 있다.
▼ 꼼빠이 세군도 그룹 공연: 가운데 가수와 베이스 담당이 그의 두 아들이다.

'파리지엔' 카바레에서의 공연은 인기가 제일 높다. 입장료가 70쿡으로 비싼데도 쿠바에 온 관광객들은 한번은 보고 가고 싶어서인가보다. 파리의 '물랭 루주' 나 '리도' 쇼 부류의 무용과 노래 뮤지컬을 섞어 요란하고 화려한 무대를 보여준다. 외국 관광객을 불러들이기 위해서라고 하지만 이제 이곳은 공산주의가 없다.

앞 정문으로 들어가는 입구 야자나무가 일렬을 서서 반긴다. 호텔 뒤에는 미국의 침공을 대비하기위한 방공호와 대포들이 설치되었는데 아직도 그대로 보존되고 있고 관관용으로 전시하고 있다. 소련 미사일기지 건설 관련 자료들도 함께 있다.

호텔 나시오날의 빠리지엔느 공연.

호텔 나시오날은 아바나 그림엽서에도 나오는 인기 장소이다. 쿠바의 기념적인 건물이자 장소이다.

아바나 대학

아바나 대학은 필자가 묵었던 호텔 나시오날에서 도보로 약 15분 거리에 있어서 호텔로 돌아가는 길에 두어 번 들러 보았다. 이 대학은 1728년에 도미니카 수도회의 신부에 의해서 설립되었는데 처음에는 구 아바나인 아바나 비에하 지역에 있다가 1902년에 현재의 자리로 이전하였다. 카스트로도 이 아바나 대학 법학부 출신으로 변호사로 활약했었다.

현재 약 3만 명의 학생들이 있고 외국유학생들도 상당한 숫자이다. 특히 북한에서 온 유학생들이 약 50여 명이 된다고 한다. 내국인은 물론 외국유학생까지 모두 등록금이 없다. 무상교육이다.

베다도 지역의 언덕 위에 있는 아바나 대학은 정문의 돌계단이 높고 그 위용이 대단해서 에스칼리나타라고 불리는 유명한 층층계단이다. 돌계단 꼭대기에는 '알마 마테르' 라는 여자의 동상이 우뚝 서있다.

안으로 들어서면 정면에 있는 것은 도서관이고 왼편에는 의과대학이다. 아바나 대학의 의과대학은 1874년에 세워졌고 대체의학과 자연과학으로 유명하며 그 수준은 세계적이다. 베네주엘라의 전 대통령, 차베스는 결국은 암을 극복 못하고 죽었지만 암을 고쳐보겠다고 이 아바나 대학에 와서 치료를 받았다. 무상치료에 대한 답례로 석유를 무상으로 쿠바에 공급하기도 했다.

정문 반대쪽 아래 계단 밑에 훌리오 안토니오 멜라의 기념비가 있다. 그는 1925년에 쿠바 최초로 공산당을 창당한 학생 대표였다. 그는 당시 쿠바독재정권인 '마차도' 에 의해 1929년에 멕시코에서 암살당했다.

필자가 층층계단을 올라가고 있는데 3명의 쿠바대학생들이 나에게로 다가와서는 어디서 왔느냐고 물어왔다. 코리아라고 하자 노스? 수드? 라고 되물어 수드 즉 남한에서 왔노라고 하니 아바나 대학에 북한 학생들이 많다고 한다. 몇 명이냐고 물으니 한 30명은 될 거란다. 이야기를 나누고 싶어 카페에 가서 칵테일을 사겠다고 하여 그들과 칵테일과 커

아바나 대학 정문, 에스칼리나타 돌계단.

알마 마테르 동상. 아바나 대학 정문 돌계단 위에 있다.

피를 마시면서 이야기를 나누었다.

대화내용이 짐짓 무거운 주제다. 행복이 무엇인가이다. 답인즉 쿠바인들은 비록 가난하지만 표정이 밝고 행복하다는 것이다. 만인 평등, 인간의 존엄성을 중시하는 쿠바가 완전히 성공한 공산주의는 아니지만 어느 정도 성공한 거라고 주장하는 그 학생에게 피델은 어떠냐고 물었더니 동생인 라울이 잘 할 거라고만 한다. 현 정부에 대해 큰 불만이 없는 것처럼 보였다.

50년이 넘는 카스트로의 일인 독재가 아바나 대학생들에게서 나온 반응이 이 정도라면 어쩜 그 나름대로 성공한 것이 아닐까? 하는 생각도 해본다.

체 게바라의 도시, 산타클라라

쿠바를 찾는 많은 이들이 멀고먼 쿠바여행은 체 게바라의 흔적을 찾아가는 길이었다고 말한다. 이 세상 젊은 낭만적 혁명가의 대명사, 체 게바라가 아름다운 건 권력을 마다하고 좀 더 나은 세상을 위해 싸우다 죽은 영원한 삶의 혁명가였기 때문일 것이다.

산타클라라는 체 게바라가 안장되어 있는 게바라의 안식처이다. 필자 또한 게바라의 도시 산타클라라를 방문해 보고 싶었다.

아바나에서 동쪽 내륙으로 270km 거리로, 비아술 고속버스로 4시간이 소요된다. 쿠바의 고속도로인 '아우토피스타스'의 속도제한은 시속 100km의 왕복 8차로이지만 노면이 고르지 않아 덜컹거린다. 중앙분리대는 대개 풀밭으로 되어 있다. 고속도로인데도 정거장이 아닌 차로에

체 게바라 벽화: 길거리에서 흔하게 볼 수 있다.

사람들이 서서 차를 기다린다. 심지어 마차가 다닌다. 고속도로 길가의 노점상 과일가게 앞에 차를 세운다. 제한속도가 시속 100km인데 보통 70~80km로 달린다. 연료를 절감하여 경제적 운행을 하려는 것 같다.

승용차는 드물고 트럭 등 대형차들이 간간이 다닌다. 도로변 풍경은 한가롭다. 사탕수수 밭과 목장도 간간이 보인다. 토지는 대부분 잡초 덤불이 무성하여 농사를 안 짓는 휴유지들이 많다. 반대 방향에 있는 휴게소에 들어가기 위해 초지 중앙 분리대를 넘어 유턴 하여 간다. 그만큼 자동차의 통행이 적어서 가능하다.

산타클라라 비아술 터미널에 도착하여 차에서 내려 나오니 택시호객꾼과 민박집 주인들이 우르르 몰려와 곤욕을 치렀다.

호텔 산타클라라 리브레에 묵었다. 산타클라라에서는 제일 크고 좋은 호텔로 한국에서 떠나올 때 벌써 숙박비를 지불하고 쿠폰을 받아 왔기에 우선 체크인부터 했다. 그런데 호텔방 시설이 엉망이다. 침대, 비누, 변기의 종이 등의 품질은 엉망이고, 화장실 물이 내려가질 않고, 에어컨 소리는 비행기 소리이다. 그래도 어쩌랴, 여기가 제일 좋다는데.

우선 체 세바라가 잠들고 있는 혁명광장으로 갔다. 택시가 없어 지나가는 자전거 택시를 탔다. 체 게바라가 이곳 산타클라라에 묻히게 된 이유는 1958년 12월 정부군의 교두보인 산타클라라를 시엔푸에고스와 협공으로 함락시킴으로써 정부군이 항복하여 독재자 바티스타 정권이 무너지고 쿠바혁명을 승리로 이끈 장소이기 때문이다.

게바라는 애초에는 아바나를 점령하기위해 쿠바 섬의 중앙에 위치한 이곳 산타클라라를 점령하려했던 것인데 정부군은 산타클라라를 최후 방어선으로 삼고 모든 것을 걸었다가 지역주민들의 절대적인 지지를 얻은 혁명군에게 패하자 그만 항복하고 말았다. 그래서 이곳 산타클라라에서 전쟁이 끝나 아바나로의 진격이 필요 없어졌다. 그 당시 400명의 혁명군이 4,000명의 정부군을 무찔렀다고 한다. 독재자 바티스타는 1958년 12월 31일 인근국가, 도미니카로 도주하였다.

체 게바라의 죽음에 대한 의문

1967년 10월 8일 볼리비아의 케브라 델 추로 계곡에서 체포 당한 게바라는 그 다음날인 10월 9일, 라이게라 학교에서 총살당한다. 체의 나이 39세이다. 즉결 처형을 당한 것이다. 그런데 체와 같은 영웅을 재판없이 즉결 처형했다는 것이 뭔가 좀 납득이 안 간다.

정글에서 교전 중 적군의 총에 맞아 사망하여 어디에 묻혔는지 모르다가 30년이 지나 유해를 찾았다면 이해가 된다. 하지만 군목이 입회하고 그리고 총살형을 했다면 볼리비아 정부군은 상부에 보고도 안 하고 체 게바라 같은 거물을 일개 지역의 지휘관이 재판에 회부하지 않은 채 총살형을 결정해 집행했다는 이야기이다. 그것도 그가 체 게바라임을 알고 있었는데 말이다. 미국의 군사고문이 총살현장에 있었고 미국과의 사전 협의가 있었다는 설도 있다.

이러한 사실이 비밀에 부쳐 세상에 안 알려졌는데, 처형 당시 군목이었던 자가 1972년 쿠바에 게바라 처형의 비밀을 폭로함으로써 세상에 알려지게 된다. 그 후 30년이 지나서야 1997년 7월에 볼리비아 바예그란데 공동묘지에서 게바라의 유해를 찾아내고 확인한다.

이어 산타클라라에 혁명광장을 조성하고 1997년 10월 13일에 추도식을 거행하여 기념관에 안장하게 되었다. 체 게바라가 죽은 지 30년이 지나서 국민들로부터 조금씩 잊히기 시작하던 시기에 게바라의 시신을 발굴하여 그를 추모하기 위하여 혁명광장과 추모관을 만들어 안장함으로써 대대적으로 체를 기리는 행사를 하였다. 이것은 흐트러진 쿠바국민들의 혁명정신을 다시 일깨워 단결과 애국심을 고양시키기에 충분했다.

때마침 소련의 해체로 원조가 중단되어 경제적으로 매우 어려워져 쿠바에 닥쳐온 고난의 시기를 체 게바라의 혁명정신으로 무장시켜 견뎌낼 수 있었다. 그 타이밍이 기막히게 맞았다. 마치 사전에 계획된 것처럼 되었다. 체 게바라는 사후에도 다시 한 번 쿠바를 아니 카스트로 정권을 구해낸 셈이다. 카스트로 정권은 위기 때마다 체 게바라를 내세워 민심을 수습하였다. 대학생 등 많은 추종자들은 아직도 '우리는 체처럼 될 것이다!' 라고 외친다.

추모광장에 있는 체 게바라의 동상은 거대하다. 전투복 차림의 젊고 팔팔한 호전적인 모습이다. 강렬한 눈빛의 미남이다. 더욱이 어린애를 안고 있는 것이 인간미를 풍긴다. 그래서인가 혁명도 잘생긴 남자가 하면 근사하다.

동상좌측의 대형 대리석 벽화에는 마에스트라 산맥에서의 게릴라 생

체 게바라 동상과 기념비. 산타클라라 혁명광장에 서 있다.

활에서 나와 아바나를 향해 진군하는 과정이 새겨져 있으며 동상 우측에 있는 비문에는 체 게바라가 쿠바를 떠나면서 피델 카스트로에게 쓴 '마지막 편지' 와 전 라틴아메리카의 해방을 위해 비장하게 말한 게바라의 '어록' 이 새겨져 있다.

마지막 편지 가운데 한 구절을 소개하면 '내 자식들과 아내에게 아무것도 남겨주지 못하지만 괴롭지 않네. 나라에서 그들의 삶과 교육을 충분히 보장할 테니까.' 가 있다 피델 카스트로에게 가족을 믿고 맡긴다는 이야기이다. '내 가족을 부탁하네.' 라고 직접 부탁하는 것보다 훨씬 더 강하다. 또한 '누구에게든 어떤 보상도 바라지 않고 누구에게서도 그 무엇도 빼앗지 않으리라.' 라는 편지의 마지막 구절도 마음에 남는다.

그리고 기념물 왼편 옆에는 커다란 베네주엘라의 차베스 전 대통령의 사진이 전시되어 있다. 정치적으로는 사회주의의 카스트로를 지지해주고 경제적으로는 석유를 무상으로 원조해준 것에 대해 고마운 표시인가 싶다.

광장 주변에는 일렬로 10m도 더 높게 보이는 야자수 나무가 긴 나뭇잎을 펄럭이며 도열해 있다. 게바라의 동상이 서 있는 기념물의 광장 건너편에 게바라를 상징하는 붉은 별의 형상과 '체와 같이 되자!' 라는 문구가 새겨져 있다.

차베스

체의 동상 뒤로 가면 지하에 왼편에 추모관, 오른편에 박물관이 있다. 추모관에는 피델 카스트로가 점화한 '영원한 불꽃' 이 타고 있어 엄숙한 분위기이다. 벽면에는 체와 혁명동지들의 부조상이 걸려있다.

박물관에는 아기 때 사진, 럭비운동 모습, 밀림 속 장기 두는 모습, 일기 쓰는 모습, 그리고 혁명 후 골프 치는 모습까지, 게바라의 기록들이 흑백사진으로 전시되고 있었지만 사진 촬영이 금지되어 있어 아쉬웠다.

체는 혁명군의 사령관으로서 게릴라전 수행할 때는 적의 표적이 되는 위험을 무릅쓰고 항상 맨 앞에 서서 지휘를 했고, 위험한 상황이면 솔선수범하여 적진에 뛰어드는 용감함을 발휘하였다.

체 게바라 추모관, 박물관 표시판.

포로로 잡힌 첩자들을 총살시키는 잔인한 면도 있었지만, 부상당한 포로들을 치료해주는 따뜻한 면도 있는 휴머니스트이기도 했다. 그리하여 동료나 부하들로부터 존경과 신임을 받았다.

체는 무엇보다도 정의에 대해 광적일 정도로 집착을 보였고 따라서 돈과 죽음을 무시하는 태도와 금욕주의 그리고 평등주의를 내세우는 그의 태도에 젊은이들의 영원한 우상이 되었다. 외과의사로서 장래가 보장되는 미래를 외면하고 빈부의 차가 심해 불평등으로 고통 받는 라틴아메리카의 가난한 자들을 위해 자기 한 몸 희생한 그 정신이 존경받을 수밖에 없을 것이다. 그의 이상주의가 실현되지 못한 채 꺾이고 말았지만, 그래서 더 존경받고 있는지도 모른다. 오래 살다보면 아무래도 현실과의 타협을 해 가며 지내기 쉬운데 젊은 나이에 타계해서 그의 신화는 살아있는지도 모른다.

게바라가 죽은 지 50년이 되어가는데도 산타클라라의 카페 식당 내부에 아직도 그의 사진이 걸려 있고 비아술 고속버스 안에도 조그만 그의 사진이 붙어있다.

산타클라라 시내로 돌아와 시가지를 둘러보았다. 조그만 공원인 레온시오 비달 공원을 가운데 두고 빙 둘러 주요 건물들이 있다. 카리다드 극장, 아르테스 데코라티바스 박물관, 그리고 과거 주 정부 건물이었지만 지금은 도서관인 팔라시오 델 고바에르노 프로빈시얼 등이 있다.

카리다드 극장은 내부에 있는 카페, 레스토랑, 이발소, 게임룸, 극장, 연회장 등에서 얻어지는 수익금은 가난한 사람들에게 나누어주어 '자선극장' 이라고 부른다.

레온시오 비달 공원은 독립전쟁 중 전사한 레온시오 비달 장군을 추모하는 공원으로 이 도시의 중심이 되고 시민들의 휴식처가 되고 있다. 공원의 뒤쪽에는 산타클라라에서 가장 높지만 아무런 특색이 없어 우중충한 느낌의 시골 건물인 이 도시 최고의 호텔이라는 필자가 묵은 산타클라라 리브레 호텔이 서 있다.

산타클라라는 도시가 작아 그다지 돌아다닐 데가 없다. 트리니다드 같이 예쁜 도시도 아니고 마탄사스와 같은 대도시도 아니다. 다만 쿠바에서 아바나 대학 다음으로 두 번째로 유명한 대학이 있어 학구적 분위기가 난다는 것이 자랑이다. 필자도 호텔 로비에서 태국에서 온 중국계 학생을 만나 식당 소개와 그림방 소개 등 간단한 도움을 받았었다.

카스트로와 게바라의 만남과 이별

체 게바라는 1953년 아르헨티나에서 의과대학을 졸업한 후 좌파 운동을 하다 1955년 멕시코로 추방당한다. 멕시코에서 피델 카스트로의 동생인 라울 카스트로(현 쿠바의 집권자)를 만나게 되고, 라울은 예리한 게바라에게 반해 1955년 6월에 그의 형, 피델에게 그를 소개하게 된다. 10시간이나 지속된 첫 만남에 의기투합한 두 사람은 혁명동지가 된다.

1959년 1월에 카스트로 정권이 들어서고 쿠바의 국적을 얻은 게바라는 산업장관의 요직을 맡아 활약하였으나 게바라와 카스트로의 허니문 관계는 오래가지 못했다. 소련의 제3 사회주의 국가에 대한 정책에 대해 비판적인 게바라는 소련을 지지하는 카스트로와 다른 견해를 가지게 된다. 게다가 급진적으로 개혁을 해야 한다고 주장하여 서서히 점진적인 개혁을 주장하는 카스트로와 충돌한다. 공산주의 국가에서 의견대립이 있는 상황에서 강자에 의해 약자는 숙청되는 것이 상례이다. 그런데 카스트로는 정치력을 발휘하여 게바라가 해외로 떠나는 것으로 마무리하였다.

1965년 10월에 아프리카의 콩고로 갔으나 콩고 활동이 실패하자 1966년 11월에 볼리비아로 들어가 사회주의 혁명에 투신한다. 그러나 39세의 젊은 나이로 볼리비아 정글에서 정부군에 의해 처형당한다. 이상주의자인 게바라는 현실과 타협을 못 해 실패한 셈이다. 하지만 그는 혁명가로 영원히 남아 자유, 평등을 꿈꾸는 젊은이들에게는 우상이 되었다. 그런데 그가 오래 살았더라도 오늘의 신화가 존재할 수 있었을까?

유네스코 문화유산 도시, 트리니다드

트리니다드는 신기할 정도로 완벽하게 19세기 스페인 식민지시대의 모습 그대로 간직하고 있다. 보존상태도 훌륭해서 마치 시계가 1850년에 멈추어 선 것 같다. 그래서 유네스코는 1988년에 이 도시 전체를 세계문화유산도시로 지정하였다. 도시 자체가 거대한 야외 박물관이다.

트리니다드는 19세기에 설탕사업으로 부를 축적하여 스페인식 건물과 프랑스 샨들리에, 웨지우드 도자기, 이탈리아 스타일의 벽화들로 치장할 수 있었다. 도시건설도 계획되어 반듯한 도로와 모양을 낸 건축물 등이 조화를 이루어 예쁜 도시를 이룩하였다.

외형적으로만 예쁜 것이 아니라 내면으로도 문화가 발전하여 음악과 미술 등이 발달하였다. 음악을 즐기는 쿠바인에게는 쿠바음악은 생활의 일부이다. 트리니다드는 외부 건물을 19세기 당시 모습 그대로 보존시

안콘 호텔 앞 해변. 트리니다드 안콘 반도에 있다.

키는 것처럼 음악도 쿠바음악의 전통을 지켜나간다. 쿠바음악 전문 클럽은 물론 학교도 있다.

체의 도시 산타클라라를 떠나 스페인시절의 건물과 문화가 그대로 남아있는 트리니다드로 비아술 버스를 타고 갔다. 버스터미널의 대합실에는 에어컨이 없어 매표소에 들어가 한 시간여 기다리다 버스를 탔다. 매표소에는 여직원 혼자 있었는데 30대로 보이는 그녀에게 한국 초콜릿을 두 개 건넸는데 너무 좋아한다. 안 먹고 집에 가져가겠다고 집어넣는다. 초콜릿의 힘으로 한 시간 가까이를 에어컨 나오는 매표소에서 앉아있을 수 있었다.

그런데 버스를 기다리는 동안 그 매표소에 한 중년 아주머니가 큼직한 보따리를 들고 들어와서는 매표직원에게 청바지를 비롯한 여러 옷 종류와 신발, 화장품 등을 보따리를 풀며 보여준다. 모든 생활용품이 부족한 쿠바에서는 국영매장보다 암거래시장에서 싼 값에 좋은 물건을 살 수 있다고 매표소 여직원이 귀띔해 주었다.

트리니다드에 도착하자 예외 없이 민박집 호객꾼들이 몰려든다. 자기네들 집에 가자고 야단이다. 이 호객꾼들은 한 건 소개해주면 민박집에서 5쿡 정도 받는다고 한다. 민박집 이름과 주소를 가지고 와 그들에게 보여주면 그들은 그 민박집은 문 닫았다거나 심지어 집주인이 죽었다고 하며 자기 집으로 가자고 한다고 미국 여행서인 『플래닛 투어 가이드』에 나와 있다.

필자는 안콘 호텔을 예약했기에 택시를 타고 안콘으로 갔다. 쿠바 섬의 남쪽 해안 가운데 가장 아름답다는 안콘 반도가 트리니다드에서 불과 12km 정도의 거리이다. 이 안콘에다 유럽과 캐나다에서 오는 외국 관광객들을 위한 휴양 리조트를 건설해 놓고 외국인들을 유치하고 있다. 그래서 대개 트리니다드에 머물지 않고 안콘 리조트에 머문다. 이곳은 쿠바가 아니다. 시설과 서비스가 캐나다 수준이다.

서울에서 출발할 때 트리니다드 남쪽 휴양 리조트, 안콘 호텔에 2박을 예약하고 숙박비를 선불하였다. 이곳 리조트 호텔은 독특한 것이 숙박비에 모든 것이 포함되어 있다. 체크인 하면 목에 패스카드를 걸어준다. 뷔페 식사는 물론 스낵코너에서 간단한 요리와 음료수, 커피 등 호텔 내에 있는 모든 장소에서 마음대로 먹고 마실 수 있다. 여기서는 이 제도를 '올 인클루시브' 이라 부른다. 즉 모두 포함되어 있다는 뜻이다.

트리니다드 시내에서는 메이어 광장 주변에 모여 있는 성당과 박물관들이 주요 관광 포인트이다. 네모난 광장은 넓지 않다. 동쪽에 이글레시아 데 라 산티시마 성당이 북쪽에 로만티코 박물관, 동남쪽에 건축 박물관, 그리고 동북방향에는 돌계단이 나온다.

계단 맨 위에는 '카사 데 라 뮤지카' 즉, 음악의 집이 있다 이곳은 연주뿐만 아니라 음악을 가르치는 학교이기도 하다. 돌계단 올라가는 입

◀ 로만티코 박물관. 트리니다드 시내 메이어 광장에 있다.
▲ 카사 데 뮤지카 음악학원. 트리니다드 메이어광장 옆 돌계단 위에 있다.
▶살사 춤과 노래 학원 광고 게시판.

구에 살사 춤을 가르친다는 간판이 서있다. 강사를 프로페서, 교수라고 표기했다. 이곳에 수강신청을 하고 학생으로 등록을 하면 비자연장도 해준단다. 2개월 정도 더 눌러 있을 수도 있겠다 싶다. 그래서인가. 한국에서 온 여자 분들이 여행 왔다 몇 달씩 더 있다가 간다는 이야기를 들었다.

계단 입구에서부터 식사와 술, 칵테일 등을 판매하면서 밴드가 연주하고 있다.

돌계단 아래 입구에는 도망친 노예들이 숨어살던 마을의 뜻인 '팔렌케 데 로스 콩고스 레알레스' 라는 음악 전문 클럽이 있는데 룸바공연으로 유명하다. 바로 건너편에는 '카사 데라 트로바' 즉, 트로바의 집이 있다. 트로바 음악 전문 클럽이다. 시골도시라 규모는 작아 수용인원은 30명 내외의 카페스타일이다. 이곳에서는 전속악단이 연주와 노래를 한다. 트로바 외에도 살사, 룸바, 차차차 등 쿠바음악을 다 해준다. 골목길 같은 좁은 옛 도로 양편에 몇 개의 식당과 카페가 있고 각각 밴드가 있다. 그리고 선물가게가 있다. 새삼 느끼는 것이지만 역시 춤과 노래의 달인들이다. 어느 밴드 할 것 없이 다 잘 한다.

트로바 음악전문 살롱. 트리니다드에 있다.

트리니다드는 치안도 좋아 조용하면서 아늑하고 걸어서 온 시내를 돌아다니며 즐길 수 있는 곳이다.

아바나로 가기 위해 비아술 버스를 탔다. 고속버스터미널은 한국의 60년대 지방소도시의 버스터미널과 같았다. 진입로도 1950년대의 것 그대로여서 폭도 좁고 바닥은 돌을 깔아 포장했다. 우마차 버스, 자전거 택시도 다닌다. 다행인 것이 청소는 깨끗하게 해놓았다.

트리니다드에서 아바나까지 비아술 고속버스로 5시간 소요된다. 비아술 요금은 23쿡이다. 도중에 휴게소에서 모든 승객이 내려 30분 정도의 점심시간을 즐긴다. 휴게소에서의 식당은 쿠바의 수준을 고려한다면 괜찮았다. 메뉴는 2가지 가운데 하나를 고른다. 요금이 10쿡 정도이다. 싼 값이 아니다.